李鸣生，当代著名作家。1956 年生于四川简阳。1974 年入伍。1991 年毕业于解放军艺术学院文学系。中国报告文学学会副会长。中国作家协会报告文学委员会委员。中国文字著作权协会常务理事。

1981 年发表第一首诗歌。1982 年发表第一篇小说。1984 年发表第一部中篇报告文学。1990 年创作第一部电视剧剧本（中央电视台播出）。1991 年发表第一部长篇报告文学。主要作品有：《李鸣生文集》（十六卷），李鸣生“航天七部曲”（七卷），李鸣生“走出地球村”系列丛书（七卷），中篇小说、电视剧、电视专题片、电影纪录片多部，共约九百万字。

作品曾获三届鲁迅文学奖、三届国家“五个一工程”奖、三届中国报告文学奖，以及中国图书奖、中国改革开放三十年优秀报告文学奖、中国长篇广播金奖、北京市优秀文学作品奖、上海重大文艺工程精品图书奖、《当代》文学奖、首届《中华文学选刊》奖、冯牧文学奖、徐迟报告文学奖、全军文学作品特等奖、全军文学作品一等奖、中国人民解放军文艺奖等二十二项。

有作品入选《21 世纪中国文学大系》《21 世纪中国最佳纪实文学》《中国报告文学精品文库》《共和国作家文库》《新中国 60 年文学大系》《30 年文学典藏》《中国优秀报告文学读本》《中国报告文学精选》及大中专院校教材等数十种文本。

李鸣生微信公众号：lms6668

博客中国李鸣生专栏：limingsheng.blogchina.com

李鸣生新浪微博：@ 李鸣生

作者采访手迹

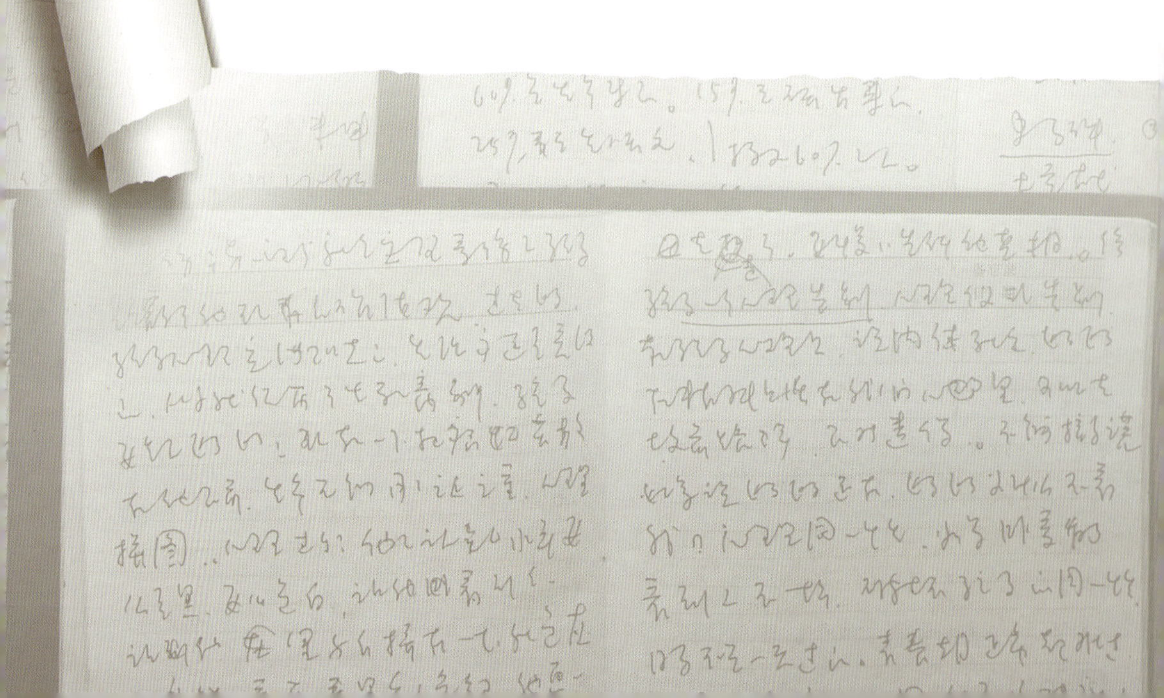

李鸣生文集

谁是中国的上帝

天地出版社

图书在版编目（CIP）数据

谁是中国的上帝/李鸣生著.—成都:天地出版社,2017.2
（李鸣生文集）
ISBN 978-7-5455-2152-8

Ⅰ.①谁… Ⅱ.①李… Ⅲ.①中篇小说-小说集-中国-当代②短篇小说-小说集-中国-当代③报告文学-作品集-中国-当代 Ⅳ.①I217.2

中国版本图书馆 CIP 数据核字（2016）第 179874 号

SHEI SHI ZHONG GUO DE SHANG DI

谁是中国的上帝 李鸣生 著

出品人 罗文琦

选题策划 张 京
选题组稿 谭清洁 漆秋香
责任编辑 谭清洁 漆秋香等（本书责任编辑：罗月婷）
装帧设计 冠腾文化
电脑制作 四川胜翔数码印务设计有限公司
责任印制 田东洋

出版发行 天地出版社
（成都市青羊区槐树街2号 邮政编码：610031）
网 址 http://www.tiandiph.com
http://www.天地出版社.com
电子邮箱 tiandicbs@vip.163.com

印 刷 四川经纬印务有限公司
版 次 2017年2月第一版
印 次 2017年2月第一次印刷
规 格 168mm×240mm 1/16
总印张 330（本书印张：14.75）
总字数 4700千(本书字数：205千)
总定价 698.00元
书 号 ISBN 978-7-5455-2152-8

序

有思想的非虚构：李鸣生报告文学论

丁晓原

尽管我们有《左传》《史记》这样久远的文学纪实的传统，但具有特指性的报告文学还只是一种只有百余年历史的后起文体。建构晚近三十年中国报告文学史的优秀作家有许多，其中特别重要的是一批穿越上世纪 70 年代末至新世纪的资深报告文学家，我们称之为跨世纪报告文学作家。但真正具有文体史意义的，或其创作参与了文体建设的报告文学作家，并不是很多。李鸣生是其中不可或缺的一位，他的写作对报告文学文体具有典型意义。这位写作了《飞向太空港》《澳星风险发射》《走出地球村》《中国“长征号”》《远征三万六》《千古一梦》《发射将军》“航天七部曲”的“太史令”，以其独特的创作，为我们书写了新中国航天的悲壮历史。它们既是航天的壮美诗史，也是国志，是文学。作家的地位是由作品的品位决定的，作家的个人史由其创作史建构。李鸣生以其高水准、大规模的航天作品，铸就了他在文坛作为中国航天首席报告文学家、中国航天文学领军者的地位，即使在世界航天文学的书写中也可作如是观。此外，《走出地球村》《中国 863》和《震中在人心》三部作品分别获得第一届、第二届和第五届鲁迅文学奖。获得三届鲁迅文学奖的作家很少，尽管获奖不是评价作家创作的唯一尺度，但李鸣生的这些作品摄取独特，叙事宏阔，思考深广，语言表达颇具个性意味，是完全配得上鲁迅文学奖这一荣誉的。

我们对作家的创作进行价值评估，需要超越作品某种应时而生的新闻性，获得必要的时间间距和空间背景。时间是最有信度的批评家，空间也为批评提供了更多的参数。基于这样的认知，我们将李鸣生个人的报告文学创作史，推置于晚近三十多年中国报告文学史中加以观照考察，解析作家创作的特质，探索其何以并在多大程度上实现了对报告文学文体的有效诠释，这应该是很有意义的。

一

我以为，报告文学是一种个人化的社会写作。从作者主体角色的存在视之，这是一种典型的知识分子写作方式。对此，李鸣生也是认同的。他在鲁迅文学院第二十届中青年作家高级研讨班的研讨会上，就明确地告诉他的青年同道："我认为，真正的报告文学作家是典型的知识分子。"①

知识分子的范畴具有多种义项。这里所说的知识分子不是"知识"的知识分子或者是"专业"的知识分子，而是公共知识分子。这种知识分子的基本特点是介入社会；作为社会良知，基于独立思想而向社会发言。因此，报告文学的写字间是整个社会，它拒绝一厢情愿的私人写作。并且从根本上说，作家的思想品位决定着报告文学作品的品质，而有品位的思想需要作家秉持独立的人格。在李鸣生看来，"知识分子最大的特点就是他的人格的独立，这点，作为一名优秀的报告文学作家必须具备"。由此李鸣生给出"报告文学作家和新闻记者的区别"的关键之处在于，"新闻记者是要在现场报道，要在第一时间内把最有价值的信息传达出去（深度报道另当别论）；报告文学作家是要在这些新闻事件的基础上作出自己的独立思考，最终传递和表达的是你对这个世界的思考，而你的思考要与众不同。所以，在所有的社会问

① 李鸣生：《报告文学作家要人格独立》，中国作家网 2013 年 7 月 2 日。

题上，作为报告文学作家必须建立起自己独立的思想体系，进行与众不同的思考，最终发出与众不同的声音”。[①] 由此可见，思考、思想之于报告文学作家李鸣生所具有的特别意义。“一个民族光有空间的高度是不够的，还必须要有思想的高度。唯有拥有了思想的高度，其眼光、胸襟、境界才大不一样，甚至说话的气派、分量也大不相同；而天天看到、想到的，就不仅仅是秦砖汉瓦、巍峨长城，滔滔黄河、滚滚长江，还有五洲四海、辽阔世界，万里长空、茫茫宇宙!”（《千古一梦·尾声》）这是李鸣生长篇报告文学《千古一梦》中一段具有主题性意义的表述。根据这一表述，结合体现作者追寻思想自觉的创作实践，我们可以获得观照、读取李鸣生报告文学特质与价值的一个优选的视角。在我看来，李鸣生的报告文学体现为一种有思想的非虚构写作范式。

思想为美是报告文学写作美学中的一条重要原则，这是这一文体作为知识分子写作方式的一种内在规定。著有《西部在移民》的麦天枢曾经说过：“当思想的深度构成读者对报告文学的普遍要求的时候，思想性就表现为一种美；思想性通过文学手段来承载，思想性就变成了文学性。”[②] 优秀的报告文学是作家卓异思想的产物，同时它又如思想的“发生器”，能够激活读者的关联思考与叩问。《哥德巴赫猜想》在新的历史时期首次正面叙写讴歌科学工作者的业绩和科学精神，在拨乱反正之初具有显然的思想先锋意义。《人妖之间》直击现实严重的腐败，开创了新时期以批判为价值取向的“问题报告文学”的先河。作者感于世相而提出的“人们啊，要警惕”的告诫，危言醒世，启人深思！李鸣生初入文坛，就浸润着新时期报告文学的文学精神。在其后的写作中，他奉持“独立人格、独立立场、独立思想、独立写作”的原则。这一原则来自他长期写作实践的真切体悟，也视为他对报告文学理想写作的一种诉求。出版文集时，这一原则被赫然印在文集的

① 李鸣生：《报告文学作家要人格独立》，中国作家网2013年7月2日。
② 参见《太行夜话——报告文学五人谈》，《光明日报》1988年9月23日。

封面上，这充分说明作者对这诸多“独立”的特别看重。

我以为，四个“独立”的核心在于“独立思想”。“独立思想”是我们解读李鸣生报告文学的“文眼”。李鸣生是一位对思想有着执着认知的作家。他以为：“一个作家的思想非常重要，无论你是写什么的。思想决定作品的高度，决定作品的品质，甚至说思想决定一切。而这种思想，必须属于自己。”① “思想”在李鸣生报告文学写作中是一种整体性的存在，它涉及选题与格局、价值取向和叙事设置、思想表达和语言策略，等等。特别与众不同的是，思想于报告文学家李鸣生而言，更可贵的是体现为思考的方法、思维的智慧。我们读李鸣生的作品，很容易获得一种直观的感觉，就是大题材、大视野、大构架、大叙事、大主题、大气场。同样是科技题材的报告文学，徐迟的《地质之光》《哥德巴赫猜想》《生命之树长绿》等可谓是精致的诗，而李鸣生的《飞向太空港》《千古一梦》等作品是一种史诗的创制，即便是《发射将军》这样的人物报告文学，也注意将个人史与国史的叙事有机融合，体现出别有意味的史性。我以为李鸣生写作中显示出的种种大观，从根本上说是来自作家的大思维。其中具有李鸣生原创性新思维的，是其关于“星际文明”“宇宙文明”的发明与阐释。这是李鸣生卓然有成、自立于文坛的思想前提。

二

航天书写于李鸣生而言是一种宿命，一种天作之合的情缘，是个体生命史的建构，也是作者贡献天地文明的事业！“十五年的发射场生活，使我比一般人更有条件看到天空，也更有机会随着火箭卫星的一次次升腾，对我们居住的这个星球以及顽强地活在这个星球上的同类

① 参见杨鸥：《李鸣生：中国航天史诗的书写者》，《人民日报·海外版》2010年8月6日。

进行立体的思索，从而改变了我跪着看待人生的姿势，获得了一个与众不同的审视世界的角度。”（《**飞向太空港·后记〈天空让人想起使命〉**》）这位结缘于航天伟业的作家，是以航天人的姿态入轨报告文学天地的。从李鸣生的话中，我们可以获知作者不仅具有得天独厚的熟稔题材的条件，而且更重要的是由此衍生出的心理优势和写作智慧。“发射场成了我的精神牧场”（《**千古一梦**》）。在对象主体化的领悟之中，李鸣生开启了辽阔宽广的思维空间。这种思维空间早在写作《飞向太空港》时就已形成了。《飞向太空港》叙写的是中国“长征三号”火箭发射美国“亚洲一号”卫星的故事。这样的题材在当时极易写成高度意识形态化的主题，但李鸣生显然并没有为思维定式所囿。有作品“题记”可证：“谨以此书，献给创造空间文明、寻找人类新家园的航天勇士们!”这里所说的“空间文明”为李鸣生首先提出，在作品后记《天空让人想起使命》中，作者对此有具体的阐释。这篇后记中，作者从容地挥洒着沛然的才情，演绎着飞天想象的迷人：在宇宙文明的时代，“也许，宇宙公民们还会从各自的星球走来，手牵着手，肩并着肩，欢聚一堂，嬉笑打闹，谈天说地。而地球人回忆的话题一定是：在很久很久以前，我们如何艰难、痛苦地挣扎在地球上”。这不只是凌虚的想象，更有对科学逻辑的预知。李鸣生认为：“从区域文明到地球文明，从地球文明到星际文明，从星际文明再到地球文明，应该是一个无法抗拒的自然规律。航天时代带来的宇宙意识，导致了人类认识的飞跃，从而把人类的思想与情感引升到一个辽远而广阔的大境界。”这一表述中所包含的卓异的宏大思维，表明了作者思维的开阔与大气。而正是这样的思维建构，促成了《飞向太空港》得以大起高开，使李鸣生此后能以高水准的创作在充满竞争的报告文学领域中步履稳健地登堂入室。

《飞向太空港》的主题不只是此类题材通常会有的爱国主义精神。它的主题是复调式的。作者将中外航天合作置于中国改革开放的大背景之中，《周游列国的中国专家们》等章节极其真实地反映了开放之初始，人们在观念、能力、文化以及适应国际规则等方面所面临的种种问题。从这一点而言，这部作品可以说是为中国的开放史留存了一段生动而珍贵的侧影。而更富创意的是作者基于空间文明的思想，将不同文明的交流设置为一个叙写重点，以开放、包容的姿态，使作品超越政治叙事，建构起一个更为宏大的文明叙事。作品共六章，其中第四章《火箭，另一个伟大的文明》、第五章《我们都是地球人》和第六章《跨越国界的飞行》都直接关联了不同文明交流的叙事。正如作品中作者在与美方技术专家交流时所说，中美火箭与卫星的合作，“不单单是一次空间技术的合作，也是两个民族、两种文化、两种感情的一次交流与沟通；不光是发射一颗卫星，也是中美两国科学家在一起共同创造空间文明。因为开发宇宙，造福人类，是全人类的共同使命”。这里给出的正是《飞向太空港》的核心价值。李鸣生在《中国“长征号”》中有一段关于“长征号”意义的表述凝练而到位：“‘长征号’其实就是中华民族的一种象征，它象征着力量，象征着智慧，象征着精神！‘长征号’从封闭走向开放、从靶场走向市场的历史，就是中华民族从传统走向现代、从国内走向世界的历史；‘长征号’与世界接轨的历史，就是中华民族与世界融合的历史。”我想，这一表述用于对《飞向太空港》多维主题的解读，也是非常合适的。

如果按照“主旋律”作品的写作制式，李鸣生的《澳星风险发射》自然无法进入“主旋律”的“轨道”；而若是按照“问题报告文学”的写作要求，则这一作品需要设置为“批判”的模式。《澳星风险发射》由作品题目就可知晓所写重心，但这里的“风险”并不是作为一种“问题”来作否定性报告的。航天是一种高风险的科技，因此，失败也是航天史的一种真实。作者将1992年3月22日“澳星”发射失败视作一种客观存在，以一种中性的叙事立场，在中国航天文学中第一次直面失败，并对此作全展式的报告，“本来，人们对那个春天的夜晚寄予了再大不过的希望。结果，那个春天的夜晚回报给人们的却是天大的懊丧和无尽的遗憾；中华民族的自尊心受到了空前的刺激，火箭子孙的感情遭到了莫名的戏弄”，“失败似一道无形的阴影，笼罩在发射场的上空；失败像一个看不见的幽灵，潜伏在人们的心底”。作品以真实而很有故事性的叙写，凸显了极具中国特色的失败心理和失败文化。但显然，李鸣生并不是因为“懊丧”与“遗恨”而言说失败，而是因为真正领悟了诗人惠特曼所说的“当失败不可避免时，失败也是伟大的”的深意。作者以为：“一个民族，如果不光会欢呼成功，而且还能正视失败、接受失败、超越失败，甚至达到一种欣赏失败的境界，那这个民族该是多么地伟大而不可战胜啊!”由此，作品既展示“澳星”发射失败后种种中国式的反应，也不吝笔墨实写了中国航天人艰辛负重、超越失败的壮美精神。这样颠覆常规的写作，在当代中国报告文学史上也是少数的典型个例。作品这种有意义的立异，正是建立在作者独立思想、独立写作的基础之上的。从这个角度而言，《澳星风险发射》是有思想非虚构的一个典型样本。

如果我们仅仅关注创作了航天及其他高科技题材作品的李鸣生的存在价值，是不够的，也是不完整的。我们还应当关注他的另一部作品——《震中在人心》，关注这部作品的写作怎样“避免概念化，避免传统的主流叙事”，又怎样将“传统的‘主流’叙事转化为作家个性化的作品叙事”①。李鸣生的这一表达实际上涉及了公共的“主流叙事”和作家个人的“作品叙事”这个重要的话题。真正的报告文学需要作家在面对重大的公共写作题材时，善于将新闻写作常设的“主流叙事”有效地转化为文学创作别异的“作品叙事”。这里的“作品叙事”，就是基于主体独特感受、独立价值判断、独立思想的具有个人色彩的非虚构的文学叙事。在这一点上，《震中在人心》尤显其意义。这部取材于汶川特大地震的作品，在第五届鲁迅文学奖终评中以名列第一胜出。有意思的是，在初评时因为作品思想的某种“异调”、主题的非主旋律而差一点遭淘汰出局。这是很值得我们思考的。我们需要反思何为地

① 《李鸣生在〈千古一梦〉研讨会上的发言》，中国作家网2009年5月22日。

震非虚构作品的终极价值。我以为钱刚的《唐山大地震》和李鸣生的《震中在人心》，在某种角度上对此作了例说。《唐山大地震》就是一部具有多功能的皇皇之作，它“是作者为今天和明天的人类学家、社会学家、地震学家、心理学家……为我们整个星球上的人们留下的一部关于大毁灭的真实记录，一部蒙受了不可抵御的灾难的人的真实记录”①。《震中在人心》不仅有通常的对抗震救灾的感人场面的描写，而且更有对人类遭遇重大创伤的生命之痛的感悟，还有对地震灾害作出的深刻反思。作品不仅观照地震的视角独异，而且在情感与思考的深度上超越了同类作品。作者曾说，“面对灾难，作家不应缺席；面对死亡，文学不该沉默”。大地震的写作有很多可能性，应该有对一方有难、八方支援，以人为本、抢救生命等主题的表现。但大地震终究是对人类的重创，因此大悲悯应该是此类写作不可或缺的元素。“我只为真相，只为实情，只为血印，只为泪痕，只为记录，只为见证。我不想把废墟变成大厦，把悲剧变成喜剧；我不想把谎言变成真理，把哭泣变成歌声；我不想把反思变成庆典……公示汶川大地震灾难的真相，传递废墟的气息，留下亡灵的心声，定格人心的表情。”正是有了这样的思考，作者不仅独异地摄取地震的镜头，而且在叙事处理、情感书写和思考深度以及批判性等方面超越了同类题材的作品。

有思想的非虚构，需要达成报告客体的本真、呈现主体自我的元真，从而实现报告文学文体有自我且真实的文体性。真实是报告文学的生命，是其文体力量生成的支点。报告文学的真实说到底需要作家独立地思考和判断，不违心，不唯上，不唯书，不唯权威名家，而能唯实，尊重并敬畏叙写对象本身的历史存在。作为一个有思想的非虚构作家，李鸣生是严格持守这样的写作原则的。其作品里有一个关于钱学森的个例可以说明这一点。钱学森是名满世界的杰出科学家，“钱学森的脑袋比一般人的大，略呈方形；尤其是额头，非常宽阔，而且

① 徐怀中：《唐山大地震·代序》，《解放军文艺》1986年第3期。

发亮。你很难说清他的脑袋具体哪点与众不同，但给你的印象就是与众不同，似乎藏有一座智慧的金山，又像装着一组成功的密码，满脑袋都长满了天才的花朵与知识的森林，甚至连每根头发丝都像是一棵智慧的大树”。（《走出地球村》）可是就是这样的科学家，当年却坚持航天飞船“五人舱”的设计主张。“钱学森解释说，这五个人的分工是：一个是指令长，一个是航天员，一个是随船工程师，一个是随船医生，再加上一个政委。”（《千古一梦》）就是“再加上一个政委”的极简叙说，意味无限地实写了当时中国航天发展的复杂的政治生态。尽管科学的“钥匙”可以开启政治的“后门”，但科技的研发需要盖上“政治的印章”。“再加上一个政委”并不是钱学森的非科学，而是政治异化下一种集体无意识的表达。这便是历史的真实，也是一个关于钱学森的真实的插曲。

三

研读李鸣生的报告文学，我以为他的最大优势，并不在于新闻性，而体现为作品思想性的整体生成和他对非虚构文学性的自觉追求。这是决定李鸣生报告文学写作能在较高水准上长期可持续发展的关键因素。而这对新常态语境中的报告文学写作，更具有切实的意义。所谓“新常态”，取自经济学界的一个热词，报告文学的“新常态”就是全媒体或融媒体的存在。全媒体时代的报告文学，它原有的“新闻性”红利大为减少，文体一般的新闻优势已不存在。这就需要报告文学基于非虚构原则，通过有深度有个性的思想表达和非虚构文学的美学建设，激发文体内在的活力，有效强化非虚构叙事的优势。

文学性不高，是制约报告文学作为审美文体而发展的一个重要因素，也是影响读者阅读的一个基本问题。尤其在全媒体时代，报告文学文体的新闻性优势已经失去，报告文学的写作并不能简单依赖新闻性，在此背景中，文学性的意义就显得特别重要。报告文学的文学性是什么？烦琐的学院派式的论证最终也许还是无解。在美国非虚构作家杰克·哈特的《故事技巧——叙事性非虚构文学写作指南》中，“叙事性非虚构文学”命题及其展开的思路，对于报告文学文学性的研究和达成，或许能给我们一些有意义的启发。

我以为作为一种叙事文学样式，将报告文学定义为“叙事性非虚构文学”，是符合这一文体逻辑的。报告文学是真实的叙事，小说是虚构的叙事，它们共同的要求是叙事。叙事构成报告文学写作的本体，它既承载着作品思想情感等价值表达，同时又是写作本身的重要目的。

李鸣生的作品具有强烈的叙事意识。《中国“长征号”》是中国火箭发射美国卫星的大叙事，作品以事件演化为叙事线索。这是作品建章的目录：第一章《怪圈》、第二章《变轨》、第三章《推销》、第四章《天机》、第五章《谈判》、第六章《碰撞》、第七章《发射》、第八章《草图》、第九章《保险》、第十章《贷款》、第十一章《合同》、第十二章《失败》、第十三章《检讨》、第十四章《发愤》、第十五章《官司》、第十六章《爆炸》、第十七章《阵痛》、第十八章《反省》、第十九章《雪耻》、第二十章《代价》。由章目设置可见，作者十分重视作品的叙事构篇，贯穿其中的线索主干清晰而又跌宕曲折，故事性很强，对读者别有一种牵引力。《发射将军》是一部人物报告，作品以“发射将军”与发射相关的人生历程为叙事线索，具有某种纪传体的特征。作品从第一章《军委令》将主人公由战场奉调至发射场作为故事的发端，以人物离休生活“晚年赋”作结，突出了“故事性”人物的叙事。吸引读者的是将军的传奇和在传奇中蕴含的伟大精神。

一个叙事优化的文本，首先需要建构一个与之适配的叙事结构。李鸣生能根据客体本身内在的逻辑和主题思想表达的需要来配置这样的结构。《走出地球村》写的是“东方红一号”卫星飞天的故事。卫星的研制动议于1958年，发射成功在1970年。这是一个具有特殊的政治生态的时期。根据这样一种特殊的存在，作品设置卫星叙事和政治叙事双线叙事结构。政治叙事在《走出地球村》中是充分的，从开篇

“苏联第一颗卫星上天，艾森豪威尔总统手中桥牌落地”，到“美国人造‘小月亮’挂到天上，周恩来午夜拿起直通毛泽东的电话”，一直贯穿到收结“卫星功臣登上天安门”。而“‘小弟弟’找‘老大哥’学放卫星”“忍着饥饿的肚子，中国从八公里起飞”“‘东方红一号’人造卫星方案诞生”“马灯前钱学森坐卧不安”“火箭司令神游戈壁”等则为卫星叙事。这种双线并置反映的正是“东方红一号”卫星的一种特殊的历史真实。这样的安排一方面强化了对科学家忍辱负重、刻苦创造、献身科学光辉形象的再现，另一方面对非科学的政治对于科学的干预、对于科学家的摧残，进行了深刻的反思和批判。

一般来说，李鸣生的报告文学叙事构架是宏大的，这是因为叙事对象具有先在的宏大性。但是单纯的宏大无法抵达文学叙事所需要的细部深层的景致，宏大叙事需要有具体叙事作坚实的支撑。李鸣生也有作品如《发射将军》，表面看不是宏大题材，书写的只是某个人物。但对于这样的作品作者并不就小写微，而是注意将人物推置时代与历史的宏大背景中加以表现。在历时演进的纵轴上融合将军的个人叙事、导弹部队的集体叙事和共和国历史的大叙事。作为文学的非虚构叙事，在李鸣生报告文学中大叙事与小叙事是相生的，而小叙事的核心则是具体的人物叙事。“叙事需要三大支柱：人物、动作和场景。排在第一位的是人物，因为人物能够推动动作和场景的发展。”① 对于人物叙事的意义，李鸣生是充分认知的。他说自己的作品“希望通过人物把我们的历史，一个非同寻常的历史写出来”②。李鸣生把人物作为历史叙事的要素，而在我看来人物就是历史的本身，作者笔下的许多人物，航天人、科学家等，正是他们创造了作者叙写的历史。不仅如此，作者再现的人物，许多是中国脊梁式的人物而又具有常人情怀。作品的感染力来自于这些走近读者的真实而感人的人物。

① 杰克·哈特：《故事技巧——叙事性非虚构文学写作指南》，第74页，叶青、曾轶峰译，中国人民大学出版社，2012年。

② 《李鸣生在〈千古一梦〉研讨会上的发言》，中国作家网2009年5月22日。

李鸣生报告文学的人物叙事，颇多性格叙事、精神叙事。《中国863》是一部题材重大的长篇，作品首章《悄悄发生的革命》格局甚大，由美国“星球大战计划”、欧洲“尤里卡计划”、日本“振兴科学技术政策大纲”叙述领起，导出中国的“863 计划”。这是典型的宏大叙事。以后的全部篇幅从第二章到第七章都为具体的人物叙事，其中第二章《科委来了个“厉害的老太婆”》，是作品重点写作的一章。“厉害的老太婆”是朱丽兰。“厉害”是其作为管理者的主导性格，改革创新，敢于担当。但作品没有将她写成一个单面的概念人物，而是运用细节集成的方法，还原朱丽兰既“厉害”又和蔼；既是工作狂，又会理发、织毛衣、弹钢琴的圆形立体的本真。而李鸣生航天系列中的航天人的形象，是最烙印在心底的、难忘感人的。作者叙写这些人物，不只写他们的科学智慧、科技才能，而更重于对他们作精神性叙事。赵廉清是创建西昌发射场的指挥者，在非常年代，知其不可为而为之，积劳成疾。他留给这个世界最后的镜头是：“他手上紧紧揣着一样东西。这样东西不是别的，就是他生前一直随身携带的那个军用挎包！而护士打开挎包后，只看见两样东西：一份皱巴巴的施工图纸，一个被啃了小半的冷馒头！”（《千古一梦》）从这样的细节中我们可以看到，一个瘦小羸弱的生命里，升华出一个伟大的精神形象。

四

故事是什么？乔恩·弗兰克林在《为故事而写作》中为我们给出了“定义”之一：“当人物遇到错综复杂的情况，而他又不得不面对和解决时，行动就发生了，故事正是由一连串这样的行动所构成的。”[①] 这一表述中关键词是冲突，是矛盾。故事存在于冲突、矛盾之中，冲

① 杰克·哈特：《故事技巧——叙事性非虚构文学写作指南》，第 6 页，叶青、曾铁峰译，中国人民大学出版社，2012 年。

突、矛盾推衍出故事。非虚构的报告文学作者无法依靠想象力制造故事，但是他可以从对真实客体冲突、矛盾的存在中，选择并呈现其中的故事。李鸣生说，在他的作品中，“我希望呈现大的矛盾”①。《走出地球村》中有极“左”政治与卫星科技的矛盾，《中国“长征号”》中有开放与保守、体制与市场、国力基础与航天发展、中外文化等之间的矛盾，航天人存在的价值就是“面对和解决”“错综复杂”的矛盾冲突。这些形成了李鸣生叙事的基本构架和基础。这样的矛盾构篇也决定了李鸣生报告文学叙事的丰富性和复杂性。在总体的矛盾叙事基础上，作者再相宜地采用悬念式叙事方法，就更有效地强化了作品叙事的故事性。悬念不是虚拟的，而是实际发生的状况，也是航天高风险的一种表征。作品一环扣一环的悬念叙写，渲染了其时其地其情的紧张感。而报告文学所需的现场感就在这紧张感之中，特别扣人心弦，使人身临其境，强化了故事性叙事对读者的吸附力。

李鸣生报告文学的叙事方法是富有变化的，他能根据不同的报告对象运用相应的方法。在他的作品中读者可以分享到多种叙事艺术所产生的叙事之美。在《千古一梦》中，作者设计了“双声叙事”，即作者（采访者）叙事和人物（被访者）叙事的结合，特别是导入当事人的自述，以人物的亲历亲验，真实地还原出特定时空中人物和事件的现场情状。这是一份珍贵的活的航天档案。《发射将军》则注意在“实体叙事”中有机地穿插“软性叙事”。所谓“实体叙事”是指与作品主人公“发射将军”直接关联的主干内容的记写，而“软性叙事”则如对导弹部队饥饿、文艺生活极度贫乏等的叙说。《震中在人心》则是一部运用镜头观察和叙事的作品，“用镜头定格真相，让文字留下思考”，大量的照片极具视觉冲击力和情思震撼力，不只是为文字的叙述提供了直观的背景，而且照片本身也成为作品的一种独特的叙事元素，生成了超越文字的叙述力量。

① 《李鸣生在〈千古一梦〉研讨会上的发言》，中国作家网2009年5月22日。

五

文学是语言的艺术，报告文学也是。语言是作品思想的现实，也是叙事生成的工具，还是作为审美的报告文学的要素。报告文学创作中语言的问题，主要是缺乏主体鲜明个性的语言新闻化，另一个是小说化的语言絮叨铺张。李鸣生的报告文学大多为长篇，但语言凝练具有表现力，诚朴简约不过度藻饰，并且具有自己鲜明的个性，许多语言表达有意味、情味、趣味，有效地增强了他作品的文学美感。在这里，我不打算对李鸣生报告文学的语言艺术进行全面的解析，只就他的“智慧语言”和“软语言”运用之美作一解读。

所谓“智慧语言”，是指形象生动、意含新异别致、具有特殊表现力的语言。比如“已经点火的火箭竟然无视天下众生，老练得如同一位千岁老人，打个盘腿坐在那儿，连动都懒得动弹一下”。(《澳星风险发射》)写卫星发射的失败，作者用拟人化的手法形容，以独特的冷峻与幽默，写意地写出发射失败的状态和航天人的尴尬，用语非常新颖。作者以幽默笔法言说失败，正与作品正视失败、超越失败的主题相关。幽默的语言是典型的智慧语言。在李鸣生的作品中已不是偶尔为之，而是一种个性的语言景观。“在国际市场上，美国人早就大把大把地捞着美元，中国人为什么不能去弄点‘零花钱’？在国际空间俱乐部里，美国人可以大口大口地喝着‘咖啡’，中国人为什么就不能去喝上一杯‘清茶’?”(《中国“长征号”》)这一表达的语境是，对于中国航天进入国际市场，国内以为冒险，西方设置障碍。这里的美元与“零花钱”之喻，客观地表示中美航天科技实力和航天市场份额的差距，“清茶”之类意含走中国自己的航天发展之路。整体的表意是非常清晰的，就是中国应该进入国际航天市场进行竞争，只不过用“李式语言”表达，意味意趣就大不一样了。“已经欠着一屁股账的中国专家当然拿不出这笔钱来，他们只有一个价值连城的传家宝，这就是：自力更生!”(《中国“长征号”》）“一屁股账”与“价值连城”对举，极简地实写了中国航天发展的境况，高度凝练了中国航天的伟大精神。

李鸣生幽默的语言可分为“麻辣幽默”和“冷幽默”。“这一年，‘反右斗争’刚刚过去，‘大跃进’的旋风又骤然卷起，中国人像被灌了一桶大剂量的兴奋剂。”（《千古一梦》）“据说，两年前一所中学考试时，发生过这样一个故事——试卷问：爱因斯坦是谁？学生答：美国当代著名歌星。”（《飞向太空港》）这种幽默让我们无法轻松说笑，其间的麻辣唤起读者对非常年代的反思与批判；是对过度娱乐化，忽视科学世相的揭露和讽刺。“美国人把这条山沟称为‘神秘的峡谷’，而当地彝族老人则说：‘什么神秘不神秘，这山沟就是我们过去放羊的地方！’故此，当地人称‘赶羊沟’。”（《飞向太空港》）这样的文字可谓冷幽默，读起来会忍俊不禁。报告文学拒绝虚构，但它同样需要作家具有丰富的想象力。想象之翼可以飞扬智慧的语言。“世界各国许多中学的少男少女们，每晚相聚在迷人的星空下，像谈论童话似的，长时间不知疲倦地谈论着卫星、卫星、卫星。仿佛苏联的这颗人造卫星，成了他们嘴里一块永远嚼不够的口香糖。”（《走出地球村》）以“口香糖”喻说人类第一颗人造卫星发射后对各国学生的影响力，新颖生动，可意会，也可言说，体现了李鸣生语言表达的一种智慧。

软语可人，是我阅读李鸣生作品时的一种直觉。我这里无法给出“软语”的标准解释。所谓软语，是一种“闲语”，它不属于主干叙事，但与主干叙事有所关联；在表情表意方面偏于柔细，静安之中，可入情入心。“将军家的院门是双扇的大铁门，夕阳照在斑斑驳驳的门上，给人暖洋洋的感觉。每当这时，将军便坐在门外一张自制的小折椅上，像一位坐在长满颗粒饱满的庄稼地边的老农，静静地守候着儿孙们的归来。夕阳在他眼角的皱褶里绣着陈年旧事，时光在他花白的头上写着岁月沧桑。”（《发射将军》）将军从战场到发射场，军人形象刚硬，棱角分明。而此时进入晚景的将军没有了豪情、霸气，却有人间的亲情和慈祥。“夕阳在他眼角的皱褶里绣着陈年旧事，时光在他花白的头上写着岁月沧桑。”我们从诗一样的句子中，可以读出将军人生种种的况味。

李鸣生的报告文学有种种特点和优点，而我最为看重的是他的作品有思想，也很文学。有思想，也文学，这就是我所希望读到的报告文学。

2015年8月28日

目　录

上　篇
纪　实

下　篇
小　说

上　篇

纪　实

狼　山

狼山谜

我生在南方，从小与山为伴，对山有一种说不出的依恋和别样的情感，每到一处，或隔一时，总想见上一面。

因此，第一次到江苏南通，一下飞机，便问友人，南通有江，是否有山？

友人答，有。

什么山？

狼山！

狼山？中国名山数不胜数，皆以美名冠之。这南通的山，为何偏偏就取了个令人心惊肉跳的名字——狼山？

狼是要吃人的，这是常识。不仅过去吃，现在也吃。前不久，看到《北京晚报》报道，山西省离石县马茂庄有一村民养了两只狼狗，一天，一个叫融融的九岁小男孩正在院里玩耍，狼狗突然扑上去，生吞活剥地撕咬起这个孩子来。屋里的母亲听见孩子声嘶力竭的哭叫声，急忙跑出门来，目睹狼狗吃人的惨状，便不顾一切地向狼狗挥起铁锹。可狼狗不但不怕，反而向孩子的母亲扑去……等众人赶到，狼狗不仅将孩子吃得没了人形，甚至连孩子的“小鸡鸡”也给啃掉了！

狼狗，是进化后的狼。进化后的狼还要吃人，原始的狼呢？

友人又说，狼山，是一座佛山。

佛山？在中国人的传统观念中，狼，是凶，是残；佛，是和，是善。狼与佛，残与善，二者怎统一于一山？且据我所知，中国佛教有四大名山：四川的峨眉山，山西的五台山，安徽的九华山，浙江的普陀山。这区区之南通，怎又冒出一座从未听说过的狼山？

这狼山，究竟是一座怎样的山呢？

访山必问史。

狼山位于南通城南。说狼山，得先说南通。南通位于长江以北，古称通州，今日南通人称它为“中国近代第一城”，美国人则称它为“地上天堂”。据当地史料记载，南通六千五百多年前便由海成陆，从汉代起“煮海为盐”，是著名的产盐区。到明朝，已成沿海重要城市。

远在新石器时代，便有人类的脚步悄悄踏上了这片沼泽遍地、丛林密布、大象出没、獐狐腾跃的原野。而当秦军挥师东进，灭六国而统天下，大汉帝国的长矛与匈奴的铁骑拼命厮杀，诸王的旌旗在四百年王朝的时空南飘北荡时，南通的先祖们却一直置身世外，坚守着自己渔猎原泽的平静日子

然而，从公元4世纪起，这块平静的原野便不再平静了。先是因北方十六国的纷争，导致第一次北方移民的涌入；继而是10世纪的五代之初，第二次移民大潮的兴起；然后是18世纪前后，第三次大移民的入迁，此次入迁，持续时间长达两百年之久，直至19世纪末才基本停止。随着庞大移民群体的加入，向江海拓地造田的力量不断壮大。于是，历经一代又一代南通人的艰辛创举，一块块海上绿洲拼成了平原，一片片沙滩变成了陆地，一个年轻的苏北平原从大江大海中悄然生起。

那么一马平川的苏北平原，为何偏偏崛起一座山呢？

据相关史料记载，狼山是从江海中“漂移”而来的山。狼山的形成，距今已有三亿五千万年到四亿年的历史，比喜马拉雅山还早一百万年。狼山因强烈的地壳变动和海陆变迁形成，是苏北平原上唯一的一座浅丘。七千五百年前，狼山还是茫茫大海中的一个小岛。两千年前，长江带来的泥沙逐渐堆积到今南通一带，使南通多数地区开始成

为江口和海边互补相连的片片沙洲。即是说，当汉朝皇帝派往西域的使者用白马驮着佛经，带着古印度僧人翻越雪山，穿过戈壁，凯旋东归时，狼山这座江中之岛还屹立于长江的南岸。两晋时，狼山随长江主泓移至江心。大唐时，狼山仍漂浮于江中。北宋时，狼山渐与陆地相连。公元1003年，狼山靠上北岸，从此结束海上漂泊的历史而正式登入陆地。

由此可见，大海和长江是南通的母亲，也是狼山的家园。如果说南通文明早期属于海文明，那么狼山文明至少一半受过大海的浸染。这种独有的半海半陆的狼山文明，不仅为我们留下了无数神奇的美妙故事，提供了诸多浪漫的想象空间，还带给了我们一个非常实惠的重要启示，那就是：既然坚如磐石、古今永是的大地山川都会在岁月的流逝中不断更替变幻，人的命运自然也就不可能从始至终一成不变；倘若我们的人生之旅真的出现了坡坡坎坎甚至大起大落，又有什么值得大惊小怪的呢？

问题是，狼山为何姓狼？

我求助史料，发现早在唐天宝年间或更早，狼山便定名为狼山了。狼山之名，最早见于记载鉴真和尚东渡的《唐大和尚东征传》一书；在《资治通鉴》中也有提及；而关于狼山的由来，则有三种说法：

一说，狼山山形似狼，故叫狼山；

二说，狼山古时荒在海中，因山中有狼，故称狼山；

三说，相传古时狼山有一只白狼盘踞山中，后修炼成精，长期为非作歹。一日，狼山开山祖师为弘传佛法，云游至此，决心为民除害。开山祖师假扮行脚僧人，向白狼精商借一衲之地，用于修行。白狼精听说只要一衲之地，便哂笑道：“偌大狼山，借区区之一衲地，何损于我？”便慨然应允。哪知这开山祖师运法力，念咒语，祭袈裟，顿时祥云满天，金光万道，整个狼山被袈裟罩尽。白狼精见状，方知高人来临，无力回天，只得乖乖逃离狼山。但逃遁前，白狼精向开山祖师求情道：“我在此山多年，实属不易，走后望能为我保留一个姓‘狼’的山名。”开山祖师宽宏大量，点头应承。于是“狼山”由此而得名。

上述三种说法，除第一种说法有一定的道理外，我认为另两种说法多少有点牵强附会——至少，难以让我信服。

那么还有没有第四种说法呢？

考证史料，我首先发现，在南通早期的历史上有大批的北方胡人迁入。在南宋末期，南通一度还沦入金元之手。尤其是第二次蒙古人入侵，杀戮甚酷。其次，在南通，约在公元 5 世纪时，从海上冒出一个沙洲，当地人称胡逗洲。在《太平寰宇记》中，这样记载“胡逗洲”：“胡逗洲上多留人，以煮盐为业。”我想，这“胡逗洲”或许就是胡人逗留的洲，而这“胡逗洲”的“逗”，很可能就是“豆”之笔误，应为“胡豆洲”才是。因为在南方，如我老家四川等地，形似小指头大小的一种豆，叫胡豆。故“胡豆洲”即小洲之意。此外，我在实地采访中还了解到，南通现在姓“保”的人很多，据说除汉族外，姓“保”的人数位居第二。而凡姓“保”的人，均为外来的蒙古族。

上述三点证明：早期入迁南通者确有北方胡人，早期的南通其实就是胡人的天下。据此，在我看来，无论是“胡逗洲”，还是“胡豆洲”，二者都姓胡。而这姓胡的“胡豆洲”，很可能就是胡人命名的。倘若我们顺着这样一个逻辑往下推理，那么“狼山”，会不会也是胡人命名的呢？

众所周知，历史上的北方胡人，浑身上下，里里外外，甚至连每个汗毛孔都充满着狂野的狼性！狼，是胡人的图腾。而南通自古便是一片温情的海洋，一块柔美的土地，这儿的山，这儿的水，连同这儿的人，淳朴得像江边的一把土，似路旁的一簇草，浑身上下都充满着羊性而非狼性。北方胡人迁徙到这儿后，天生的狼性无法得到释放，于是为寻求狼的象征，寄托狼的精神，便把江海平原唯一的一座山取名为“狼山”，借以满足心中对狼的渴望，和对狼图腾的憧憬。

当然，这一推论纯属我个人一孔之见，可以不必当真。但有一点却是可以肯定的，即今日狼山确实无狼，也感受不到狼性的存在。至于狼山为何姓狼，谜底有待后人的深入探究。我只能说，狼山的存在，是一个谜，一个神奇的谜；而狼山，则是一座谜一样的山。

狼山景

在这个世界上，恐怕再没比登狼山更省力气的了。

为什么？

狼山太小。

狼山身高仅有 106.9 米。若在上海，或者北京，也就相当于一栋普通的楼房而已。再说得夸张一点，从山脚到山顶，一抬腿，便可完成登山的全过程。

于是第一次登狼山，我便想，普天之下，也许狼山就是最小的山了。难怪著名学者、作家余秋雨先生登狼山后，写了一篇随笔，题为《狼山脚下》。秋雨先生不写狼山的头，不写狼山的尾，不写狼山的腰，不写狼山的臂，偏偏只写了狼山的一只“脚”。——古往今来，写“山头”的文章数不胜数，写“山脚”的文章却独此一篇——这固然是秋雨先生独具慧眼，为狼山留下的神来之笔。但假如狼山再高大一点，再魁伟一点，秋雨先生看到的，还会是一只“脚”吗？

但狼山的确称不上高大，更谈不上伟岸。而正因为小，恰恰构成了狼山一大特点：像江上一叶舟，一旦扬帆起航，便能吸引无数的眼球；似杯中一粒盐，只要放进锅里，便会生出许多的味道。

狼山虽小，却小得特别。中国名山很多，但依江靠海的山，大概只有狼山一座。狼山地处长江之尾，黄海之头，依江靠海，屹立千秋。故，江波海浪，山水一色，构成了狼山独有的山水文化。

我第一次登上狼山，便发现，狼山虽小，人文圣景，举目皆是。山体结构，天然雕成，犹如鬼斧神工；殿阁与宝刹，寺庙与庭院，相互烘托；粉墙与黛瓦，杏壁与紫柱，彼此辉映。且狼山的所有建筑，与其他名山截然不同，它采用的是中国传统的“龙降狼”的布局结构，因而使山体的外貌呈现出一条“龙”的骨架：山下金刚门是“龙口”，两侧大悲殿、轮藏殿是龙的“犄角”，法乳堂是“龙头”，台阶是“龙舌”，山腹中的葵竹山房、山仙池是“龙爪”，山顶的支云塔则是“龙尾”。每当我游走其间，便会感到，狼山这条人造的“山龙”，仿佛也在随着我的脚步，祥云般缓缓挪腾。

尤其是傍晚时分，我漫步山间，虽前不见狼，后不见仙，却能实实在在地感受到一种“山不在高，有仙则名”的奇妙神韵，以及依江傍海的舒坦气势和亦实亦幻的独特韵味。每当这时，我所看到的狼山，犹如一盆被上帝之手慢慢打开的“水石盆景”，鲜美至极，妙不可言。

此外，狼山还是由海入江的第一重门户，因而在军事上有着重要的地位。自唐末以来，狼山一直设有驻军，历史上的海患均靠这里扼守；而南京曾为六朝都城，狼山则为京畿重镇，一如今日天津之于北京。所以古时五山相连，山头各有烽火台，斥堠相望，宛若水上长城；再因狼山古时位于长江之中，而长江又为天堑，于是狼山也就成了天堑之上的“天下第一关”!

狼山虽小，却小得奇妙。狼山历史悠久，底蕴丰厚，山水相映，南畅北幽。山上奇峰怪石，寺院塔殿，鳞次栉比；山下竹林房舍，亭台楼阁，阡陌纵横。其林风溪水，曲径栈桥，观音禅院，赵绘沈楼，古松翠柏，奇峰香炉，处处成景，极为宜人。正如古诗所云：“蝉噪林愈静，鸟鸣山更幽。”因而既具泰山之雄奇，青城山之幽闲，又有华山之险峻，峨眉山之秀美，将雄、幽、险、秀四者汇聚一身，融为一体。难怪宋代大书法家米芾登上狼山时，大为惊叹，惊叹之余，欣然挥毫，题下三个大字：“第一山”。这幅字至今还保留在狼山的大关台上。且一座狼山，两个世界，“一山之间，阴晴风殊，南北气异，千变万化，莫可端倪”。四季山水，风景各异，自然景致，常看常新：春天，绿树幽花，秀色可餐；盛夏，晨雨晚潮，万壑云烟；金秋，山高云淡，江水碧天；隆冬，银装素裹，林霜草寒。因而八方游客，不管春夏秋冬，无论何时登山，四季同乐，老少皆宜。

狼山虽小，却小得高贵。狼山有两处宝地，甚是耐人寻味。一是支云塔，二是大观台。支云塔位于狼山绝顶，身高 35 米，既是狼山的一道风景，也是南通的一种象征。狼山脚下，流传着一首民谣：“南通三座塔，角分四六八。两塔平地起，一塔云霄插。”这“一塔云霄插”，指的便是狼山的支云塔。

据载，支云塔始建于唐总章二年，北宋太平兴国年间复建。此后虽经历代多次重修，始终保持着宋塔的基本风格。宋朝大诗人陆游在他的《老学庵笔记》里还记载了这样一则神话：宣和末年，有一姓施的巨商，将古泗州城的普照塔修整一新。数年后，巨商经商而归，舟行江中，忽见上游水面有一座塔，由西向东，漂浮而来，及至眼前，竟是当年自己亲自修建的泗州普照塔！随后，塔中走出一和尚，向他合掌言道：“修塔施主，淮南大水，大师命我将此塔送往东海神山。”说罢江面狂风大作，宝塔如飞，飞至狼山。于是狼山从此有了支云塔。而南通人从此将支云塔看作南通的风水门户。

支云塔的下侧，便是大观台。大观台建于明嘉靖十八年，始称大观音台，后因此处洋洋大观，四望无际，遂称大观台。在大观台看到的长江，是 6000 多公里长的长江最宽阔的江面，故被公认为狼山观景的最佳去处。我曾两次登上大观台。站在大观台举目远眺，但见大江东去，波涌浪翻，鸟飞鸥翔，白帆点点，宽阔的江面与高远的天空融为一体，南北两岸，水天一色，缥缥缈缈，一望无际，给人一种海阔天空、气吞山河、心临天下、至高无上的感觉，甚至连灵魂仿佛也随着空气的飘浮飞升到一个自由畅快、超凡脱俗的大境界。而当我回望山顶，又见峰峦叠嶂，风舒云卷，香火袅袅，佛光冲天，整个狼山，独立苍茫，吞天浴日，如诗如画，如梦如幻。尤其是仰望着那承受了千年世俗的目光却依然默默支撑着万里云空的支云塔，狼山在我的眼里，便不再是矮小，而简直就是高贵无比了。

狼山虽小，却小得和谐。狼山并非一峰独俏，而是众山齐秀。狼山的身边，簇拥着四座山——军山、剑山、马鞍山、黄泥山，与狼山并称“狼五山”。狼五山从东往西，依次排开，酷似五颗镶嵌在长江岸边的绿色翡翠。五山相依相偎，各有千秋，构成了独特的狼五山风景区：狼山待月坡能赏月，望江亭可望江；军山独处东墺，是观日的好地方；剑山以奇峰怪石取胜；黄泥山、马鞍山则以江海美景迷人。

在狼五山中，因狼山居五山之首，名气最大，因此人们说到狼山，常常也就代表了狼五山。我登狼五山，感受最深的是，狼五山虽各自占山为王，却你中有我，我中有你，唇齿相依，千年共处。狼五山尽管不会说话，却比会说话的人似乎更懂得和气生财、内和外顺的道理。于是望着“狼五山”，便想起汉朝一故事：京城田氏三兄弟，一直和睦相处，因而其庭院中的紫荆树长得花繁叶茂。可后来有一天，三兄弟闹别扭分了家，紫荆树一夜间便枯萎了。三兄弟望着突然枯萎的紫荆树，既震惊又感动，重新和好如初，于是紫荆树又盛开如故。这个故事告诉我们一个道理：“人”字的结构，其实就是相互支撑。狼五山的结构，又何尝不是如此！狼五山之所以千古共存，屹立不倒，正是明白一个简单的道理：和谐相处。

或许正因了狼山这些独特的魅力，千百年来，不少文人墨客，达人贤士，纷纷慕名来到狼山，流连忘返，感叹不已，为后世留下无数极其珍贵的游记和诗篇。据明清《狼五山志》《南通州五山全志》及《通州志》记载，登临狼山者，仅流传下来的诗作就有上千首，游记百余篇。如，北宋王安石登临狼山时，便写下了脍炙人口的《狼山观海》：

万里昆仑谁凿破，无边波浪拍天来。
晓寒云雾连穷屿，春暖鱼龙化蛰雷。
阆苑仙人何处觅，灵槎使者几时还。
遨游半是江湖里，始觉今朝眼界开。

而民族英雄文天祥从南通渡海时，也为狼山留下一首动人的《卖鱼湾》：

风急千重浪，潮生万顷沙。

春红堆蟹子，晚白结盐花。

故国何时讯，扁舟到处家。

狼山青几点，极目是天涯。

是的，“遨游半是江湖里，始觉今朝眼界开”“狼山青几点，极目是天涯”。山川大地，风光无限，都是上帝的造化，自然人见人喜，人见人爱。

然而风光再美，迟早会被岁月风化；景色再艳，终将被历史蚕食。而唯有山川文化，山川风骨，山川精神，山川品格，如同一壶老酒，愈久愈香，愈久愈醇。狼山，这座高不过百余米的小山，正是如此。

可叹的是，今天的我们，在郁闷的都市生活太久，早已丧失了放浪山水的本能；在拥挤的车站日复一日年复一年地耐心等候，已习惯把公共汽车屁股喷出的烟雾想象成蓝天的云朵；不分昼夜、死去活来地爬在电脑跟前与虚拟的世界暗送秋波窃窃私语，更容易把马桶中的废水想象成长江的浪花黄河的波涛。倘若我们离居远行遨游山水，仰观天穹俯察人间，像我们的先祖一样把整个身心全部交给自然，其情感、其精神、其肉体、其心灵，谁说不会在大地长天、历史自然的浩然时空中重获新生呢？

狼山佛

随着对狼山的了解，我进而得知，中国佛教除四大名山外，还有八小名山。这八小名山便是：江苏的狼山，湖南的衡山，江西的庐山，河南的嵩山，浙江的天台山，陕西的终南山，云南的鸡足山，北京的香山。八小名山之一的狼山，虽不能与中国佛教四大名山媲美，却因狼山的广教寺供有“西方三圣”之一的大势至菩萨，故位居中国佛教

"八小名山"之首。

所以在我看来，狼山的另一景观，便是"佛"。这"佛"，便是菩萨；或者说这菩萨，便是人们心中的"佛"。

南通人都说，狼山的香火很旺。为什么呢？因为狼山的菩萨很灵。据传说，当年南通的大学人张謇，年已过四十，尚未得子，于是夫人时常前往观音菩萨跟前朝拜，并许下诺言：若能得子，必写经造像。次年，即光绪二十四年，果然得子（即张孝若，后与孙科、袁克定、张学良并称"民国四公子"）。张謇因此写经造像，并重修观音寺院，还请来佛门高僧太虚到狼山讲经。而在南通民间，还流传着这样一种说法：狼山的菩萨，敬远不敬邻。意思是说，对远道而来的香客，狼山的菩萨格外显灵。

我登狼山，拜过众多菩萨，也许下了我的心愿。狼山的菩萨灵不灵，现在尚不得而知。但狼山的菩萨个性十足，充满神奇，却是实事。尤其是其中的三尊菩萨，印象深刻，颇值一说。

第一尊，大圣菩萨。

大圣菩萨供奉于狼山的大圣殿。在狼山众多的殿堂中，最令我感兴趣的，便是大圣殿了。大圣殿原名僧伽殿，因僧伽而得名。僧伽何许人也？僧伽为一和尚，据前人多方考证，僧伽和尚在历史上确有其人。据《宋高僧传》记载："僧伽者，葱岭北何国人也，详其何国，在碎叶国东北，是碎叶附属耳。"僧伽在本土少而出家，为僧之后，誓志游方，于公元657年来到中国。僧伽和尚有两大本事，一是医术高明，为民治病；二是精通水利，为民造福。初到江淮时，僧伽和尚手执杨枝，混迹于僧众之间，普行善事，广结善缘，深受百姓爱戴。据传，有一次武则天的侄子生了重病，广招天下名医，最后找到僧伽和尚。僧伽和尚去后，手到病除，令武则天狂喜不已。还有一次，江淮大疫，僧伽和尚八方奔走，广采草药，最后以杨柳洒水，救治了无数百姓。此外，僧伽和尚还与江淮百姓一起，兴修水利，多次化解大水灾，使江淮百姓得以安居乐业，日子太平。

于是，天下仰望，众人朝拜，朝廷民间，上下盛传，僧伽和尚为观音菩萨的化身！甚至唐朝的中宗皇帝也奉之为师，赐一龙袍，封僧伽和尚为“大圣国师”；并传下诏令，各地凡造精庐，必立僧伽本人真相。后世帝王，更是推崇备至，纷纷赐予僧伽各种圣号。如，唐懿宗赐僧伽为“证圣大师”；唐僖宗赐僧伽为“真相大师”；周世宗赐僧伽为“大圣僧伽和尚”；宋哲宗则赐僧伽为“泗州僧伽普照明觉大师”；等等。

而唐朝大诗人李白，对僧伽和尚也敬重三分。有诗为证：

真僧法号曰僧伽，
有时与我论三车。
问言诵咒几千遍，
口道恒河沙复沙。
此僧本住南天竺，
为法头陀来此国。
戒得长天秋月明，
长如世上青莲色。

甚至一向反佛的大散文家韩愈，也写诗赞叹僧伽：

僧伽晚出淮泗上，
势到众佛尤魁奇。

大诗人苏东坡，对僧伽更是赞赏有加：

传慕世间千万亿，
皆自大士法身出。
麻田供养东坡赞，
见者无数悉成佛。

至宋太平兴国年间，僧伽之故事，已遍布中华，深入人心。故，江淮一带百姓，把这位为民解忧、广做善事的和尚，尊称为“大圣菩萨”！

大圣菩萨供奉于狼山大圣殿的中央。身披龙袍，头戴毗卢帽，右侍弟子慧岸，左侍弟子木叉，两侧塑“二十诸天”，额书“功昭淮海”四个大字，为清朝同治皇帝所赐。因大圣菩萨是真人而不是神，加之他的塑像是依据他本人的画像打造而成，故人们现在看到的大圣菩萨，是所有菩萨中最小的一尊，且与他本人极其酷似。

然而，历经千古岁月，僧伽这尊大圣菩萨，早已成了人造的佛、人造的神。今日南通，无论是老人青年，还是妇孺儿童，不管是山里山外，还是城市农村——尤其是农村，不少人对大圣菩萨崇拜至极。有狼山人告诉我说，大圣菩萨真的很灵，我们在大圣菩萨面前许下的心愿，多数都应验。他们相信，由于南通有了大圣菩萨的保佑，常年无灾无难，风调雨顺，百姓安居乐业，家家团圆和睦。

由于狼山为江中之山，狼山与长江的关系便成了江与山的关系，狼山也就成了南通人心中的“江山”！于是，每年的农历七月十三大圣菩萨生日这天和农历三月初三僧伽法师生日这天，上万香客不远万里，不辞辛劳，专程赶到狼山，烧香朝拜。甚至日本、美国、新加坡等国的佛教徒也专程赶来朝拜。他们心甘情愿地跪拜在大圣菩萨面前，纷纷许下自己的心愿。有病的祈求自己没病，没病的希望自己永远不病；没钱的希望有钱，有钱的希望更有钱；没房的盼着有房，有房的盼着有更多房；没官的想当官，有官的还想再当更大的官！总之他们把狼山的大圣菩萨当成自己心中的佛，并相信这佛能为他们带来好运、幸福和安康！

狼山人告诉我，在这潮水般涌来的朝拜者中，有两类人最虔诚，一类是官员，一类是百姓。官员分两种，一种是还想往上爬的官，一种是贪得无厌的贪官。这两种官都想乞求大圣菩萨的保佑——或盼满足权欲；或欲逃过一劫。百姓也分两种，一种是外地百姓，一种是当地百姓。外地百姓，时多时少，长年不断，姿态各异，心愿不一：有来化凶的，有来祈福的，有来求子的，有来治病的，有来还愿的。而当地百姓主要是南通百姓，他们大都集中在除夕之夜到来。每当这个夜晚，他们吃罢团圆饭，连春节晚会也不看，带着精心准备的香火供品，直奔狼山。于是这个夜晚的狼山，大人小孩，男人女人，人山人海，拥挤不堪。他们或站，或坐，或蹲，把狼山寺院围个水泄不通，只待新年钟声一敲响，便排山倒海似的跪拜在大圣菩萨面前。

在这成千上万的香客中，最踊跃也最有特点的，当属江苏靖江人。为什么呢？传说当年农历七月的一天，僧伽法师忽仰望东方天脚下，见风起云涌，水浪翻滚，忙掐指一算，三日内有大难降临！于是将寺院僧人全部赶出庙门，挨家挨户通知靖江所有百姓，备好家什木盆，以防洪水侵袭。靖江百姓皆知僧伽法师生性奇异，上晓天文，下知地理，精通阴阳八卦，于是家家从命，纷纷赶制木盆。而僧伽法师也下令本院老少僧人，将自己落住的一座古庙拆得七零八落，而后取其木材，为百姓赶做木盆。果然，等到第三日子夜时分，天色骤变，星云昏暗，狂风大作，江水猛涨，幸亏百姓事先有备，方逃过一劫。于是僧伽法师圆寂后，每年的农历七月，靖江的百姓便会模仿当年僧伽法师携雨伞、披袈裟、赤脚草履、长途跋涉、四处化缘的情景，扶老携幼，腋夹雨伞，肩挎黄布香袋，背驮当年新米，手提香蜡纸钱、玉米烧饼，头顶炎炎烈日，打着赤脚，从百里之外的靖江一步一步走到狼山，而后虔诚地跪在他们无限敬仰的大圣菩萨跟前，烧香磕头，倾吐苦难，祈祷心愿。

第二尊，文殊菩萨。

文殊菩萨供奉于狼五山的剑山。剑山原为一座无名小山，相传公元前221年的一个春天，秦始皇路经剑山，但见江海合流，水天一色，于是联想到秦朝江山统一，四海升平，一高兴，拔出手中的吴越宝剑，对着山上一块大石横空一劈，大石顿时被劈为两半。于是这座无名小山从此得名“剑山”。

在剑山山顶，有一文殊院，落于1914年，为张謇先生六十大寿时所建。院内除了供有药师、地藏、西方三圣、雷神以及金刚护法、哼哈二将等外，主要供奉的便是文殊菩萨了。文殊院当年落成时，张謇先生还撰写了一副对联："无慧剑，有慧剑；非灵山，即灵山"。此联充满禅意，意思是说，智慧的宝剑是文殊菩萨的专利，朝拜文殊菩萨不一定非去五台山，只要有文殊菩萨的地方，用心朝拜，同样也能获得智慧。于是，剑山的文殊菩萨从此远近闻名，剑山也因此被称为"小五台山"。

2000年，剑山又迎来一尊文殊菩萨：高7.8米，长13.8米，造型奇异，工艺精湛。这尊文殊菩萨静静地卧在剑山的山门前，凡登剑山者，进门便能看见。我第一次见到这尊文殊菩萨，先是有一种说不出的亲切感，继而便有一种心灵的震颤。狼山人告诉我说，这尊文殊菩萨能落户剑山，有一段十分微妙的机缘——

1986年夏季的一天，中央美术学院的王惕先生和浙江宁波宏托佛社的谢厂长以及二十多位画家从五台山普济寺下山时，正走在半山坡上，忽见对面一座山祥云浮动，紫气冲天，在强烈的阳光映照下，整个山形活灵活现地被勾勒出一幅文殊菩萨像的睡姿。王惕当即拿起画笔，画了一幅速写，后又根据这幅速写，细描了一幅《文殊菩萨卧身像》，交由谢厂长收藏。1999年，南通的胡广茂先生投资四百万，修整了剑山文殊院。一次，胡光茂与谢厂长在一次偶然的交谈中，谈到自己打算在剑山造一座大佛像，并向谢厂长展示了剑山的地形图。谢厂长见到剑山地形图，惊得目瞪口呆，因为眼前的剑山地形图和当年五台山文殊菩萨显身的那座山几乎一模一样。随后，谢厂长拿出了自己收藏多年的那幅《文殊菩萨卧身像》，胡光茂一看，正是自己梦想中的那尊文殊菩萨像！于是，文殊菩萨像便落在了剑山。

有佛学常识的人都知道，文殊菩萨乃"七佛之师""众佛之母"，是大乘佛教的奠基人、佛祖释迦牟尼的左侍从。佛教认为，追求真理和达到解脱，是要通过智慧的，而文殊菩萨正是智慧的化身。所以要想得到智慧，实现自己的心愿和人生的目标，就得朝拜文殊菩萨。历史上朝拜文殊菩萨者，多为想通过参加科举考试而获取功名的秀才。据说当年的张謇先生，考上状元之前也拜过文殊菩萨。

如今，前来朝拜文殊菩萨者，早已不是那些为了捞取功名而参加科举考试的酸溜溜的秀才举人，而是为了谋求生存、谋求出路而必须参加高考的一脸纯洁稚嫩的青年学生。狼山人告诉我，在全国高考之风愈刮愈猛的今天，每年高考前夕，前来剑山跪拜文殊菩萨的，不仅有大量参加高考的学生，还有这些学生的家长。在这络绎不绝、数不胜数的人中，有当地的，有外地的，有附近农村的，也有上海、北京、广州等大城市的。学生中，有男有女，有大有小，有心甘情愿的，有勉为其难的，有满怀希望的，有半信半疑的；家长中，有的是母亲，有的是父亲，有的是奶奶，有的是爷爷。

由于高考前正值盛夏，天气炎热，加之长途跋涉，一路辛苦，有的人一到狼山便中了暑，倒在狼山脚下；甚至有的呕吐发烧，还住进了医院。然而，一旦他们跪倒在文殊菩萨面前，眼里充满的都是虔诚、都是希望、都是哀求、都是泪水。甚至有的白发苍苍的母亲父亲或者爷爷奶奶，为了祈求文殊菩萨保佑儿孙顺利考上大学，把额头都磕出了血，依然长跪不起。

第三尊，翡翠观音菩萨。

翡翠观音菩萨供奉于狼五山的军山。据说，军山还是海中岛屿时，便为秦始皇的驻军之地，故被后人取名军山。军山位于长江北岸最东，高度最高。站在军山之巅，既可观看黄海的日出，欣赏东海的明月，还能遥望上海的灯火，俯瞰长江的波涛。故在狼五山中，军山可谓一山独秀，独尊一方。

在军山山顶，有一座普陀别院，为明代山西高僧法空大师所建。在清朝初期，普陀别院已形成大小庙堂十六座，成为东南佛门圣地。鼎盛时期，军山的寺院和庙堂，多达上百所，僧房数千间，前来朝拜的香客络绎不绝。然，到顺治十八年，清政府采取迁居毁寺的闭关海禁政策，军山惨遭重创，寺院尽毁于大火之中。至康熙二十二年，才得以复建。

现供奉于普陀别院的翡翠观音菩萨塑像，净重 320 公斤，高 78 厘米，宽 71 厘米，厚 34 厘米，是迄今为止全世界最大的一尊翡翠观音菩萨塑像。这尊翡翠观音菩萨似乎确有神妙之处，那天，当我登上军山，走进普陀别院，双膝跪在她面前时，我感到翡翠观音菩萨在第一时间传递给我的信息，就两个字："静"与"善"。"静"，就是她能一下拂去我心中所有的烦躁，让我变得心平气和，简单纯粹；"善"，就是她能瞬间拂去我满脑的杂念，让我内心流淌出一股善意绵绵的甘泉。

狼山人告诉我，翡翠观音菩萨举世无双，百年不遇，绝对是一件稀世之物！它不仅是狼山的镇山之宝，还是吸引天下游客的一大亮点。有了这尊翡翠观音菩萨，近几年仰慕狼山的人越来越多，香火也就越烧越旺。无论在狼山还是外地，不管是业内还是业外，对翡翠观音菩萨评价极高，几乎到了万众敬仰、人见人拜的程度！

一块现代人雕塑的石头，为何有如此大的神力?

通过走访，我这才得知，翡翠观音菩萨之所以声名远播，万众敬仰，除本身有着完美的造型和精湛的雕刻艺术外，其背后还有一个非常神奇而又真实的故事；而正是这个在狼山广为流传的故事，既为翡翠观音菩萨注入了丰富而深层的文化内涵，又为翡翠观音菩萨抹上了一笔神秘的传奇色彩——

1992 年初夏的一天，在缅甸密支那的一座大山里，正开采石头的缅甸石工们突然发现一块巨石。石工们将巨石凿开一个"天窗"，看到里面有蓝光闪烁，于是经验丰富的石工们当即认定，这是一块罕见的奇石！由于石工们想找个大买主，卖个好价钱，奇石一直迟迟没有出手。后来为安全起见，石工们将这块奇石偷偷埋藏在了深山。这一埋，便是两年。

1994 年的一天，一个在深圳专门做玉石生意的中国商人，为了购得好玉石，突发奇想，决定亲临缅甸密支那寻找。这个中国商人叫黄立达，曾在云南德宏生产建设兵团当过知青，了解缅甸密支那盛产宝石的情况。于是黄立达以一个旅游者的身份，冒着风险，历经千难万阻，闯过十几个边防检查站，途经一个多月的死活折腾，终于从中国的腾冲悄悄潜入缅甸密支那。黄立达在密支那吃尽苦头，却一无所获，正穷途末路一筹莫展之际，有一天却偶然得知一个信息：密支那一座大山里藏有一块巨大的奇石，价值连城，百年难遇！后在一位缅甸朋友的帮助下，黄立达几经周折，终于见到了这块奇石。这一见，黄立达被惊得目瞪口呆，头晕目眩！奇石不仅重达五百六十公斤，前所未见，而且通过奇石的“天窗”，黄立达还看到了里面的“高绿”。凭直觉，黄立达预感到碰上了难得的好货！但他心里清楚，眼前这块奇石至少价值人民币几百万元，他即便掏光身上所有银子，也不可能买到；何况奇石沉重如山，纵有三头六臂，也不可能运回中国。但黄立达经与对方反复协商，最终还是达成了如下协议：他返回深圳筹款，缅方将奇石运到中国腾冲，再从腾冲运至云南昆明，而后双方在昆明再秘密会面商谈。

黄立达马不停蹄，火速返回中国深圳。而缅方人员则紧锣密鼓，准备偷运奇石。但缅方人员偷运奇石，有两大难点：一是奇石珍贵无比，既怕政府没收，又怕途中被打劫，走什么路线才不会被发现？二是巨石重达五百六十公斤，用什么工具才能安全运到中国腾冲？最后，缅方人员绞尽脑汁，终于想出高招：用大象驮着巨石，再借助夜幕掩护，偷偷穿越人迹罕至的原始森林，而后直抵中国腾冲。一月后，途中受尽磨难的缅方人员果然将奇石安全运至腾冲。途中，缅方三位人员均被奇石砸伤：一个伤了手，一个伤了脚，一个伤了腿。

黄立达得知奇石运至腾冲的消息后，和另一个叫张天正的玉石商人，火速赶到腾冲。腾冲位于中国与缅甸的交界处，从汉代起，便是中缅两国民间贸易交往的重镇；又因此地自古玉业发达，与翡翠天生有缘，故人称“翡翠城”。黄张二人赶到腾冲后，当晚就被缅方人员领进一间隐蔽的仓库，见到了那块令他们魂牵梦绕而又心惊肉跳的巨大奇石。奇石被装在一个脏兮兮的麻袋里，四周站满了“卫士”，他们腰上可能还别着家伙。二人经一番细看，凭经验，判定这确是一块品质很高的翡翠原石。再问价格，缅方人员掏出一个黑乎乎的计数器，而后伸出一根黑乎乎的手指头，轻轻一点，小小的荧屏上便跳出一个吓人的数字：八百万！二人思忖一番，自知没有这个实力，遂心生一计，让缅方人员再将奇石运至昆明，待他们返回深圳，再找合作伙伴，然后在昆明验货拍板！

一周后，缅方将奇石运至昆明。黄张二人闻讯后，即领着深圳七彩石珠宝有限公司的老板和另一位翡翠专家直飞昆明。七彩石珠宝公司的老板是位女性姓韩名凤琴，原为北京某高校党委委员，20 世纪 90 年代初“下海”去了深圳。据说韩凤琴最落魄时，曾在一个洗澡堂为人家卖过洗澡票。后时来运转，她不仅当上了珠宝有限公司的老板，且生意做得红红火火。当她听说昆明有一翡翠奇石时，冥冥中像有神灵召唤，当机立断，决定“赌”他一把！

在玉石、翡翠交易界，人们把玉石、翡翠毛料的民间私有交易方式，叫作“赌石”。意思是说，你若用几百万买回一块石头毛料，劈开后里面水头好，硬度强，高绿多，你就赌赢了，少则能赚几百万，多者能赚几千万；要是花上几百万买回的石头毛料，劈开后水头不好，硬度不强，又不含绿，那你就赌输了，有时连本带利，输得一塌糊涂。在历史上，因一次赌石而财源滚滚、一夜暴富者，大有人在；而因一次赌石而倾家荡产、自杀身亡的人，也不在少数。

韩凤琴等人来到昆明后，缅方很快将他们秘密领到存放奇石的现场。奇石还是藏放在一个隐蔽的仓库里，还是用一个脏兮兮的麻袋紧裹着。不同的是，缅方队伍中又添了两名“伤兵”：一个被奇石碰破了头，一个被奇石砸断了手！阴暗的仓库，肮脏的麻袋，溃不成军的偷运队伍，加上一个脏兮兮的麻袋和五个躺在墙角裹着纱布一脸痛苦的“伤兵”，让韩老板感到了一种充满阴森感的恐怖。据说，韩老板一踏进这个阴暗潮湿的仓库，就像钻进了地狱，连连叫苦，懊悔不已，心中原有的那份美好希望与莫大期盼，瞬间灰飞烟灭荡然无存。然而，当解开麻袋，打开奇石的“天窗”，韩凤琴只看了一眼，便被眼前的奇石击倒了，忍不住便脱口大叫一声：“这块石头我要了！”而身旁的翡翠专家绕着奇石转了两圈后，也附在韩凤琴的身边耳语了一句：“搞了半辈子的翡翠，还从未见过这么大这么好的原料呢！”于是双方经几番讨价还价，最终以五百二十万元人民币成交！五百二十万元人民币对韩老板来说也并非一个小数目，想起当年给人卖洗澡票的凄苦日子，韩老板也不免好一阵心惊肉跳！何况投掷如此高额的赌注，她还是第一次。而这第一次是输是赢，是祸是福，只能听天由命了。

韩凤琴等人经过精心策划，决定将奇石运到广州四会，再物色一个好的下家，高价出手，大大地赚他一把！四会乃广州地区翡翠玉石最大的交易市场，在那里不仅可以引起国内商家的注意，更主要的是可以吸引香港、台湾地区大老板的目光。不幸的是，奇石起运这天，当十几个大汉将奇石搬上一辆大卡车时，一位壮实如牛的男子尽管小心翼翼，还是被奇石当场压断了手指！众人捧起血淋淋的手指，望着多次被鲜血浸染的奇石，心里七上八下，好不忐忑！结果，费了九牛二虎之力运到广州四会的奇石，非但没有大老板光顾，甚至连出个成本价的人也没有。

奇石只好从四会转运到深圳。

奇石一到深圳，立即轰动全城。第一天就被围了个水泄不通。可从早到晚，看热闹的人络绎不绝，张口开价者，却无一人。

第二天，香港的珠宝商们也蜂拥而至。但来一个，看了一下，走了；再来第二个，看了一下，也走了；再来第三个、第四个，看了一下，还是走了。后来有几个看了，终于张口开价，价格却出奇的低。

一周后，一位台湾巨商悄然现身。台商围着奇石，转了一圈又一圈，看得极为仔细。可这位台商从台湾到深圳，来来回回，一连跑了三次，最后还是一声叹息，不辞而别。事后韩凤琴一打听，原来这位台商刚因一次赌石而输掉了几千万！故面对这块奇石，仍然心有余悸，最后踌躇再三，还是罢了。

奇石首次问世，便遭如此冷遇，让韩凤琴始料不及。此后，奇石成了韩凤琴的一块心病。渐渐的，心病成了焦虑，成了疑问，成了失望，最后变成恐惧！忽有一日，韩凤琴对着身边人员大喊一声："剖石!"话一出口，语惊四座!

"剖石"，是赌石中最后一个环节，它体现了赌石者一种破釜沉舟、一赌到底的决战气概。就是说，把石头一层一层地剖开，如果里面的"内容"好，你就胸有成竹，赢定了；假若里面的"内容"很差，甚至没有"内容"，那你就命中注定，愿赌服输，自认倒霉!

那天，奇石的表层刚一剖开，可谓石破天惊——人们除了看到一块天然的淡藕色翡翠，还看到了一块很大的"祖母绿"!"祖母绿"价值极高，按当时的行价，仅一百克就能卖到十五万美元！于是活生生的事实证明，这块用五百二十万赌回的石头，绝对是块上等的翡翠原料，绝对可以卖个大价钱!

然而面对这块上等的翡翠原料，该作何处置呢?

一是把奇石彻底剖开，做成小件，分而卖之，少说也得赚他几百万；二是将奇石雕刻成一个大件，再择机出手，至少可赚上千万！两种方案，各有利弊，韩凤琴一时左右为难，举棋不定。

据传，一日韩凤琴正在梦中，突然灵光一闪，眼前飘来一个异物，定睛一看，原来是一尊观音菩萨。醒后再看眼前的翡翠奇石，越看越有佛相，看到后来，居然与梦中的观音相似无异，叠为一体。于是一个从未有过的念头在韩凤琴的脑海倏然诞生了：将翡翠奇石雕刻成一尊大慈大悲的观音菩萨，找个地方供奉起来，永远留给世人。

很快，韩凤琴找到南派雕刻大师冯德荣。

冯大师第一眼见到奇石就被震惊了，且想法与韩凤琴不谋而合。

此后，冯大师谢绝所有来客，闭门造佛，潜心创作。一年后，翡翠观音菩萨的创作渐近尾声。然而有一天，冯大师突然发现，已经雕塑好的观音菩萨的手臂上，竟然莫名其妙地出现了斑斑点点的瑕疵。

冯大师修补后，当时晶莹剔透，洁白无瑕，第二天又复归原样；再修补，依然如此。这是怎么回事呢？冯大师为难了。

韩凤琴闻讯赶来，望着眼看就要大功告成的菩萨雕像和无可奈何的冯大师，急得流下了伤心的眼泪。冯大师说，翡翠是有灵性的，我与此佛看来缘分已尽，如果再雕下去，说不定会毁在我的手上。为了这尊珍贵的翡翠观音，还是另请高明吧。言罢，放下雕刀，面对眼看就要“成佛”的翡翠观音菩萨，深深鞠了一躬，拂袖而去。

不久，韩凤琴又从北京请来原故宫博物院副院长、中国文物学会玉器委员会会长杨伯达和北派雕刻大师吕琨。二位先生赶到深圳后，守着奇石看了好几天，才说出四个字来：此玉可雕！吕琨大师还说，此石倘若一经雕成，定是我中华的传世之宝！

于是，韩凤琴恳请北派大师吕琨出山，在原有基础上重塑观音。吕大师慨然应诺。说来令人难以置信，一经吕大师接手，观音菩萨的手臂便不再出现瑕疵。一年后，历经九九八十一难，由中国南北两派大师联袂雕塑的世界最大的翡翠观音菩萨塑像终成正果！

剪彩那天，韩凤琴望着心中期望已久的“大佛”，喜极而泣，并当场跪在翡翠观音菩萨跟前，连磕了三个响头。

此后，韩凤琴将翡翠观音塑像放于家中客厅，装在一个红木玻璃柜中，每日以一杯清水亲手供之。

然而，有菩萨就得有庙宇，有和尚就得有寺院，而无论是庙宇还是寺院，都应在宁静的山上，而不该在喧闹的城里，更不能在世俗的家中。

于是翡翠观音菩萨供奉何处，又成一大难题。

一日，澳门一法师带着几位佛家弟子来到韩凤琴家中，一见翡翠观音就拜。韩凤琴趁机请教法师：翡翠观音落户何处最妥？法师说，勿急，缘分到了，自有去处。

之后，韩凤琴又专程前往厦门南普陀寺讨教。南普陀寺的圣辉法师一见韩凤琴，便说，我知道你来自南海边，是为一尊翡翠观音而来。

这尊菩萨缘分早定，你不用操心，不去大城市，也不去小城市，而要去一个有山有水、有江有海的中等城市，等时机一到，自有结果。韩凤琴听罢此番话语，心生疑虑，随即心领神会，茅塞顿开，心想既然有大师指点迷津，就随缘而定吧。

2000 年春，南通市招商团队到深圳招商引资，在会上播放了一段介绍南通市市况的录像。韩凤琴这天恰巧也在会上，恰巧看到了这段录像。所以，当依江傍海、风景秀美的狼山画面突然出现在韩凤琴眼前时，她被惊呆了——狼山与她想象中的翡翠观音要去的地方，几乎一模一样！

韩凤琴事后一打听，才知狼山原来是中国佛教八小名山之一。韩凤琴随后亲赴南通狼五山考察，结果令她非常中意。因为在她看来，狼五山正是南普陀寺的圣辉大师明示之处。

于是 2002 年 7 月，南通市投资管理中心和深州多福尔实业公司联合投资，共同组建南通狼五山旅游投资开发有限公司，决定将翡翠观音菩萨供奉于军山普陀别院。经由中国最具权威的专家组鉴定评估，这尊翡翠观音菩萨价值人民币二千六百万元！而翡翠观音菩萨“开光”之日，便选定在 2002 年 10 月 24 日。

这一天，应邀而来的美国、马来西亚、新加坡、泰国以及中国的香港、台湾等地的近八十多位大亨全部亲临现场。在这众多嘉宾中，表现最虔诚者当属来自台湾的赵先生。赵先生一年前被东南亚一位大师预测有难，要他到中国大陆寻找翡翠观音菩萨，朝拜许愿后，方可逃过一劫。于是，赵先生费尽周折，不惜重金，在台湾请高人专门制作了三十公斤的沉香，又铸造了一个绝品香炉，而后乘飞机一路捧着沉香和香炉，从台湾，经上海，到南通。赵先生说，他为翡翠观音菩萨供奉的三十公斤沉香，可供狼山每天烧香烧上十年！

然而，这天的天气却让所有在场的人尤其是韩凤琴等投资商惊吓出了一身冷汗。此前算好这天是个艳阳高照的好天，可上午 8 点，离“开光”的时辰只剩一个小时了，狼五山还下着小雨，天空一脸阴沉。

后来令所有人惊奇的是，9 时整，“开光”时辰一到，狼五山便云开雾散，江海大地一片阳光灿烂！

于是翡翠观音菩萨顺利“开光”，从此落户军山。

……

狼山菩萨的故事，还有很多很多。而有关狼山显灵的种种传说，一经民间演绎，更是变得神乎其神。

更有意思的是，近几年，南通为发展经济，大量招商引资。有的外商到南通后，决策干脆，投资果断；有的外商到南通后，则举棋不定，犹豫再三。于是有人便将外商从会场引向郊外，同登狼山，把心灵交给山水，让天性回归自然。在同登狼山的过程中，或请外商观看山中美景，或引外商眺望江上风光；或与外商谈古论今，或与外商拉拉家常；或与外商拍照留影，或与外商坐古论道，然后到大圣菩萨或翡翠观音菩萨面前，烧烧香，拜拜佛，最后再与狼山寺院的法师会谈会谈、交流交流。在这会谈交流中，狼山寺院的法师常常会从狼山特殊的地理位置和佛学的角度，谈人世沧桑之常理，论天地宇宙之正道，而后将狼山的神奇与故事娓娓道来。末了再总结道，“东西南北中，发展在南通”等等。如此一来，有的外商因迷信狼山的“佛”能保佑他们逢凶化吉，财路通畅，最终下定投资的决心，为南通扔下一大笔银子。

于是有人说，狼山不仅是一座佛山，还是一座“福山”！

狼山僧

古人云，天下名山僧占多。

说到狼山，不能不说到狼山的僧人。而说到狼山的僧人，又不能不说到狼山的寺院。

广教寺是狼山有名的禅门道场，为国务院确定的全国汉族地区佛教重点寺院。据载，狼山广教寺建于唐总章二年，即公元 669 年，距今已有一千三百多年的历史。广教寺的寺院建筑，遍布于狼山山上山下。山上主要有山门、萃景楼、大观台、圆通宝殿、大圣殿、葵竹山房、三仙祠、支云塔等；山下主要有大佛殿、轮藏殿、大悲殿、金刚殿、藏经楼、晒经楼、枕山楼、方丈室等。在上千年的沧桑演变中，狼山寺院曾几度兴毁。其间，经历了北宋太平兴国年间智幻祖师的中兴和明清后的衰败。清康熙年间，十一世祖冷山法师主持法席，中兴山寺，重振纲纪，狼山行丛林制，讲经说法，挂单集众，振兴江北宗风。康熙三十六年，冷山法师圆寂，狼山复改为七房分制，即根据寺庙建筑，划为七庵。此后七分制得以延续两百余年，直至 1949 年才被取消。

在狼山众多的寺院中，有一座寺院尤为特别，非同寻常，这便是位于金刚门内的法乳堂。法乳堂外，银杏、古柏参天而立；殿堂正门楣上，高悬“法乳堂”三字，乃中国佛教协会会长赵朴初先生所题；两侧抱柱楹联“一堂都圣哲，万派尽朝宗”，也为赵朴初先生笔墨。沿四十一级台阶拾级而上，步入法乳堂，便会看到，高约两米的释迦牟尼佛像位于中央，而两侧的墙壁上则镶嵌着十八高僧瓷砖画像。画像每幅高二米二，宽一米三，画中人物个个栩栩如生，神采奕奕，为享誉海内外的佛门瑰宝之一。

狼山能有十八高僧壁画，与南通籍著名国画家范曾有关。1982 年，范曾回访南通故里，忽发奇想：可否在原释迦殿内不再按传统供列十八罗汉，而改为供奉十八位佛教高僧？范曾的这一想法得到赵朴初的首肯。赵朴初随后邀请在京的巨赞、净慧等大德同范曾一起，从中国东汉至近代历史上的九十多位高僧中，挑选出十八位高僧。其中东晋、隋唐的高僧有道安、慧远、法显、智凯、吉藏、道宣、玄奘、慧能、法藏、一行、鉴真、怀海十二位：近代的高僧有敬安、弘一两位；此外还有西域龟兹国的鸠摩罗什、安息国的安世高、南天竺的菩提达摩以及中天竺的善无畏四位。这十八位高僧，囊括了各派始祖、佛经翻译家、科学家、知名学者等，均为中国佛教史上的著名人物。

十八高僧选定后，先由范曾浴手一一创绘，接着由北京工艺美术制品厂将十八高僧画像烧制在二千三百零四块瓷砖上，再分别镶嵌于法乳堂东、西、北三面殿墙。最后由赵朴初先生亲笔题写“法乳堂”堂额。“法乳”二字，源自《涅槃经》中“饮我法乳，常养法身”一句，意为“以佛教正法滋养弟子之法身，犹如母乳之于幼儿”。

狼山人告诉我，法乳堂落成后，每年造访者多达数十万，胡耀邦、李鹏、朱镕基、乔石、宋平、费孝通、钱伟长、荣毅仁、习仲勋等近二十位党和国家领导人，三十多个国家的商务参赞，以及二十二个国家的驻华武官均在法乳堂留下了自己的脚印。

走访中我注意到，在全国的名山中，狼山是唯一供奉十八高僧的地方。可见狼山善待僧人的胸怀，是多么的博大与宽广；而僧人在狼山的地位，又是何等的显赫与贵重。在狼山的十八高僧中，还有一位高僧，在生前便与狼山有幸结缘。这位高僧，便是大家耳熟能详的鉴真和尚！

据有关史料记载，唐朝的鉴真高僧应日本高僧荣睿、普照的邀请，曾七次东渡扶桑。前三次失败后，唐朝地方官府为禁止鉴真高僧“偷渡”，对他实行种种警戒和防范。但鉴真雄心不泯，到扬州三年，表面足不出户，暗中却继续准备。官府见鉴真年逾花甲，想必再也不会漂洋过海，便渐渐放松了对他的警惕。于是在公元748年农历六月的一个盛夏之日，鉴真开始了第四次东渡之旅。他带着十八名水手和十三位工匠，从扬州南门外的新河口悄悄登上自造的海船，而后出瓜州，入长江，一路东下，很快驶抵狼山江面。然而就在这时，江面突然电闪雷鸣，风起云涌，骤然间惊涛骇浪像一个个小山头一样扑面而来，猛地撞在船舷上，溅起几丈高的水墙！船舵被浪涛撞断后，渡船像一匹脱缰的野马，似一只失控的陀螺，在风浪的鞭打下，先从军山漂到剑山，从剑山漂到黄泥山，再从黄泥山漂到马鞍山，最后从马鞍山漂到狼山寺门前。狼山僧人闻知扬州鉴真高僧海船遇险，迅速下山，将船上的鉴真等接进狼山寺庙，一边洗尘压惊，一边派工匠连夜抢修船舵，同时准备熟食、干粮、水果、蔬菜。翌日一早，再将鉴真高僧等送上海船。死里逃生的鉴真高僧这才扬帆远航，继续东渡扶桑。狼山从此与鉴真高僧结缘。为纪念鉴真高僧，1995 年，南通市佛教协会和南通狼山风景区管理委员会等部门，还在黄泥山建造了一座仿唐经幢式“鉴真东渡遇险纪念塔”。

如果说，唐朝的鉴真和尚仅是狼山的匆匆过客，那么当代的另一位高僧，则是狼山的正宗弟子。这位当代高僧，便是如今名扬四海、享誉国际佛教界的台湾农禅寺住持——圣严法师！

圣严法师与南通的狼山有着深厚的脉根与渊源。1930 年农历十二月，圣严法师出生于距狼山不远的小娘港，十三岁那年，上狼山广教寺剃度出家。此后，狼山奠基了他的佛业巨厦，成为他菩提树的根植土壤。于是狼山既是他的血源之地，又是他的法源之乡。1944 年 10 月，圣严法师被师尊差遣到上海协助那里的师父们工作。1947 年到静安寺佛学院当插班生。1949 年 5 月，随国民党军队去了台湾。去台后，圣严法师潜心弘法，矢志不渝，曾在高雄山中闭关六年，再留学日本，后成为日本立正大学文学博士、台湾农禅寺住持、美国纽约东初禅寺住持，并以中、日、英三种文字，在亚、美、欧三大洲分别出版著作近百种。其致力推动的理念是：提升人的品质，建设人间净土；主张以教育完成关怀的任务，以关怀达到教育之目的。所以在国际佛学界，圣严法师可谓德高望重，桃李满天下。

圣严法师自离开狼山后，对狼山一直怀有深深的感恩与眷恋之情，最大的心愿就是有一天能返回狼山哪怕看上一眼。然而，由于众所周知的原因，狼山与台湾，相隔天涯，四十年来尽管圣严法师对狼山魂牵梦绕，情有独钟，却也只能与狼山在梦中相见。祖国大陆对外开放后，圣严法师曾从美国写信给狼山的师祖、师父，却因狼山住持在“文化大革命”期间惨遭批斗，余悸犹存，很想给圣严法师回信却不敢回信，只能悄悄托人带口信给圣严法师，希望他能回狼山，探看劫后余生的师祖、长老们。直至 1988 年，圣严法师已年近六旬，才带着几名随行弟子，轻装简行，回到了一别四十年的狼山。然而，此次狼山之行，在圣严法师心中留下的，却是深深的伤感与无限的惆怅。

圣严法师登上狼山后，发现狼山当年的七个房头仅存其二，且已合为一寺，全山僧众只有五十来个，其中多半还来自南通原有各寺，其余十来个，则是“文化大革命”后剃度的青年。而狼山的老僧，尚健在人世者仅有五人。由于此时的狼山已成公园，狼山脚下旧日炮台街的数十家香烛店，早被全部拆除，所以昔年上山的人皆为烧香，如今上山的人则多为旅游。大圣殿上虽人头攒动，却多半都是看热闹而已。这在圣严法师的眼中，哪是佛教的圣地和弘扬佛法的道场，简直就是一个“没有烟囱的工厂”！

圣严法师登上山顶，来到供有观音像的偏殿，未等引路的人开口，圣严法师已发现偏殿供着的四个牌位中，竟有三个都是他的师长：曾师祖贯通、师公朗慧、师父莲塘。望着眼前的黄纸牌位，圣严法师当即老泪纵横，顶礼三拜。

接着，圣严法师步入当年自己住过的法聚庵。法聚庵现已更名为“紫琅园”，成了素菜馆，原有房舍虽然俱在，五代老僧却已作古，且不见了所有的佛像。庭苑中既不见花木扶疏的盆景，也少了储蓄雨水用的数十口大缸。当年曾是他习诵的老佛堂，被改成了小卖部；曾是他朝暮课诵的新佛堂，变成了“北餐厅”；曾是他卧室的小厢房，也闭门关窗，阒无人影；而曾是他莳花、种菜、浇水、除草的后院，则蔓草丛生，一片零乱，几多凄凉！

后来，圣严法师在《我是狼山的孤僧》一文中，曾这样记叙道：

> 我一面参观，一面心痛如绞。为什么昔日的僧院，变成了今日的餐馆？到此，我的心念，反而转了方向。佛陀不是早就说过的吗？“诸行无常，诸法无我。”狼山的道场，从无而有，从有而无，已历劫数次。历史的展延，或有相似的轨迹可循，既然诸行无常，我们就不可能遇见完全相同的事物，

> 也不可能回头走上完全相同的道路。只要我们自身时时脚踏实地，全力以赴就好。师祖开创道场，未必是为了后人给他起塔，整个的三千大千世界，都逃不出成住坏空的四大过程，何况是祖庙祖塔。问题是有没有人能在破坏了的废墟之中，再把它们重建起来，不仅要重建，而且要建得比往昔更多、更好。狼山师长对我未有多少培植，但是由于他们能够度我出家，并且肯送我去佛学院，始有我的今日，那已经是大成就、大栽培和大恩德了。可是我这次回山，只有默对三个牌位念佛，连说一句谢谢的机会都没有了。这儿，是我走上佛学之途的起步之处，现在，那几位曾经搀我学步的老和尚在哪里呢？我四十年来虽然经常魂牵梦绕地怀念着曾在狼山出家的殊胜因缘，这趟回到狼山，竟无回到老家的感受。如果我还是狼山僧，则已无祖庵可栖，向上无师可依，向下无徒为继，真是一介孤僧！

然而，圣严法师的一生都是知恩图报、积善积德的，只要还有一个地方因为佛法而需要他，无论如何他都定会前往。1995 年，圣严法师二度率领佛教弟子三百人的朝参团，再次回到狼山。此次狼山行，圣严法师为南通的繁荣和狼山的变化而深感欣慰。在萃景楼，大师挥笔题写了“紫琅千圣云来集”，笔力雄劲端庄，词义旷达深远。圣严法师在艰辛中见其悲愿，在坚毅中悟其禅慧，生命对他而言，就是一趟实践佛法的旅程。

当然，在生于斯长于斯的狼山众多僧人中，出类拔萃者不胜枚举。远的且不论，离我们最近的两位狼山法师—— 一位育枚法师，一位月朗法师，便令人敬仰不已。可悲的是，这两位法师也和鉴真高僧和圣严法师一样，其命运之舟同样经历了岁月的狂涛巨浪，凄风苦雨。

先说育枚法师。

育枚法师生于江苏南通，二十四岁在宝华山隆昌寺受戒，师从晏陀法师，后毕业于厦门闽南佛学院。抗战胜利后，育枚法师曾在上海任静安寺佛学院教务长、玉佛寺监院等职，1949 年回狼山广教寺任住持。新中国成立后，育枚法师被选为中国佛教协会理事、江苏省佛教协会副会长、南通市佛教协会会长。抗美援朝期间，育枚法师四处化缘，八方筹款，带头为抗美援朝捐赠了一架飞机！而育枚法师到狼山后做的最伟大的一件事情，就是将狼山在康熙年间分为七庵的寺院和僧人，一并统管起来，结束了二百年来狼山寺院各自为家的“分割”局面。

然而，1958 年，当“大跃进”的狂飙热浪在全国骤然掀起时，育枚法师和狼山的僧人们却被这股热浪从山上刮到了山下。有关部门作出指示，狼山广教寺拿出五十万给南通市玻璃厂，并让育枚法师去当副厂长，而狼山的僧人也几乎全被赶进这家玻璃厂。从此，和尚变成了俗人，法师变成了厂长，打坐念经变成了振臂呼喊“大跃进”的劳动口号！

“文化大革命”开始后，中国所有的寺庙几乎都被拆除或改作他用，狼山广教寺更是遭到空前浩劫：佛像被毁，庙门被封，寺庙被拆，僧众被逐。据后来统计，狼山寺庙一共被拆除一百五十多间。而当时仅存的一个和尚，也被强行赶下狼山。由于“文化大革命”的折腾，狼山容颜，惨不忍睹，僧众日子，苦不堪言。尤其是贯通、朗慧、莲塘三位老和尚，即圣严法师的三位师长，其命运更是苦不堪言：贯通老人在玻璃厂做工三十多年，早已还俗，后回狼山不久，便离开尘世；莲塘老人好不容易回到狼山，却久病不起，几年后便撒手人寰；而朗慧老人早在 20 世纪 50 年代初，便以勾结日军等罪名，被判刑十七年，而后送至新疆劳改农场，几年折腾下来，便命归西天。

1980 年，国家的宗教政策重新得到贯彻落实，在玻璃厂苦苦干了几十年的育枚法师重新回到了朝思暮想的狼山。是时，狼山满目荒凉，破败不堪。为尽快恢复狼山原貌，育枚法师等僧人不辞辛劳，日夜拼命苦干。没粮吃，喝野菜汤；没床睡，躺在地板上。同年 10 月，育枚法师借了三千六百元钱，让狼山广教寺重新对外开放。

广教寺开放这天，狼山人山人海，拥挤不堪，尽管一张门票只卖五分钱，可第一天就收回了成本。之后，在有关部门的支持下，狼山广教寺耗资五百多万元，进行全面维修。先期修复了法乳堂、支云塔、圆通宝殿、大圣殿、三贤祠等主要建筑，随后又对藏经楼、晒经楼、枕山楼、葵竹山房、萃景楼等房舍做了全面修缮，并扩建了餐厅楼、票房、宿舍、围墙、焚香亭等。在殿堂内还雕塑了佛像，建造了佛台，添置了钟、磬、香炉等法器，从而让寺院的整体格局得到了进一步的完善。

1988 年，在台湾的圣严法师第一次回狼山，一见恩师育枚法师，当即伏地，行叩拜大礼。育枚法师当时已近八十，患有严重腿病，寸步难行；但耳聪目明，声如洪钟，头脑清醒。师徒二人，一隔四十载，今生有幸重新聚首，忆及往事，依稀如梦，感慨万千！

1995 年，圣严法师第二次回狼山，再度拜谒了恩师育枚法师。两人相约，育枚法师九十岁生日时，圣严法师再回狼山为其拜寿。非常遗憾的是，1999 年育枚法师圆寂时，圣严法师刚从台湾抵达纽约，无法赶回与恩师见上最后一面。然而，获悉育枚法师圆寂的消息后，已是古稀之年的圣严法师不顾长途旅途的劳累，第二天便摒除万缘，一气呵成了一篇追悼感念恩师的长文。圣严法师在悼文中这样写道：

> 育枚长老在我生命中，是相当重要的恩人之一，如果不是他鼓励我狼山的师长贯通及朗慧二位老人说，“法聚庵也应该培养个把小和尚读书”，恐怕我只有在沪西的大圣寺赶经忏的份；如果不是育枚长老正好担任静安寺佛学院的教务主任，凭我当时的程度是无法成为该院学僧的。

南通市民族宗教事务局梁尚江先生告诉我说，育枚法师做过两个佛学院的教务主任，佛学高深，写得一手好字，是江苏佛学界公认的高僧。育枚法师头脑清醒，决策果断，他周围的僧人对他都十分敬畏。从 1952 年到 1999 年，育枚法师当了四十七年南通市人民代表，而且每次都是全票。一个人能获得如此众多的人心，是一件很不容易做到的事情，但育枚法师做到了。

再说月朗法师。

月朗法师是继育枚法师之后狼山广教寺的方丈住持，江苏省佛教协会副会长，省人大代表。月朗法师也是江苏南通人，比育枚法师小十岁，二人均为同代僧人，其经历也大致相同。不同的是，月朗法师比育枚法师品尝了人间更多的苦头。

1958 年，月朗法师和狼山其他僧人一样，被赶到了南通玻璃厂还俗做工，一做就是八年。在这八年中，月朗法师无论白天还是晚上，都与玻璃打交道。尤其是在寒冷的冬天，月朗法师每天都要打着赤脚，挑着上百斤重的玻璃来回奔走于山道、河边、桥梁。尽管脚下的道路被霜雪冻得又僵又硬，还撒满了玻璃碎渣，但月朗法师却始终坚持着，把每一个步点，都踩得既准又稳。而且，再肮脏的玻璃，一经他手，都会被他擦得锃亮。

然而，1966 年“文化大革命”开始后，月朗法师首当其冲，被强行遣送南通老家，管制劳教了整整十三年！在这十三年中，月朗法师吃尽了人间的苦头，尝够了人间的辛酸，却硬是坚持活了下来。而支撑着月朗法师活下来的，是三样东西：佛心、人情、猫德。

佛心，即指月朗法师在家乡度日如年的劳教生涯中，不管世界如何风吹雨打，无论人间冷暖怎样变化，甚至哪怕在他生命垂危之际，也始终佛心不改，情系狼山。月朗法师坚信善有善报，恶有恶报；坚信善的力量终将战胜一切；坚信乌云不会永远遮挡蓝天，太阳终将普照天下！对佛学的执着和对自己信仰的坚持，使月朗法师从中获得了莫大的信心与无穷的力量！

人情，即指月朗法师在劳教最困难时期，是家乡百姓用真情与善良养育了他的生命。月朗法师在劳教期间，住在家乡一个四面漏风的仓库里，一张破草席，一床破棉絮，再加一个布满蜘蛛网的破墙角，便是他的“家”了。当时，月朗法师所在的生产队，是按挣的工分多少来分粮的，而月朗法师——一个从小出家的和尚，哪里懂得种菜种粮！何况他是“牛鬼蛇神”，本来应该分到的一点点粮食，也时常遭到克扣。所以，月朗法师尽管满腹经文，却始终饥肠辘辘，常年挣扎在饥饿线上。好在只要有人居住的地方，就有良心生长，就有好人存在。家乡百姓见月朗法师孤苦伶仃，苦度时日，便常常趁着月黑之夜，把一碗玉米偷偷放在他的墙角，或者将一把青菜偷偷搁在他的门前。尤其是那位生产队的队长，每次在院坝里组织召开完批斗他的大会后，都要大声吆喝着，让他必须把批斗会场打扫干净后才能回家。谁知他在打扫批斗会场中，却发现了一个秘密：会场的垃圾里居然躲藏着一粒又一粒的豌豆或者玉米！后来他终于恍然大悟，原来这位好心的生产队长每次在搬运粮食时，都故意把粮食撒落一点在地上，好让他在打扫批斗会场时，将这些粮食捡回家中维持生计。——人间的真情与善良居然用如此微妙的方式传递出来，令月朗法师感激万分永生难忘！

猫德，即指一只小猫解救月朗法师于危难之中的故事。有一次，月朗法师病倒了，三天三夜没吃没喝，就在这时，月朗法师身边唯一的伴侣——一只小猫——突然从外面叼回一条鱼来。小猫将鱼放在月朗法师面前，鱼的尾巴一动一动，居然还是活的。月朗法师坚持着从床上爬起，将这条鱼放进锅里，熬了一碗鱼汤。此后，每当月朗法师病了，或者家中断粮，小猫总能叼回一条鱼来。这让月朗法师好生疑惑。一次，月朗法师悄悄跟踪小猫，这才发现，小猫居然会游泳——那家中叼回的鱼，原来是小猫自己游到河里捉来的！那一刻，月朗法师被小猫深深感动了，感动得双膝跪地，感动得灵魂发颤！猫天性喜好吃鱼，鱼是猫的最好食品，可眼前已被饿得只剩一张皮的小猫居然冒着生命危险潜入水中，将鱼好不容易捉回来之后，自己不吃，却全部奉献给了自己落魄的主人！一只小猫尚且如此讲德，顶天立地的人呢？什么是德？这就是人世间最大的德啊！那一刻，月朗法师大彻大悟。此后，在那饥肠辘辘而又孤独苦闷的漫漫长夜里，月朗法师常做的一件事情，就是躺在布满蜘蛛网的墙角，认认真真地反省穿着衣服的自己，同时也反省和他一样穿着衣服的人。在不断的自我反省中，月朗法师坚持熬过了一天又一天，一年又一年，直至熬过了整整十三年！而正是这最艰辛的十三年，让月朗法师真正懂得了人生，也更深刻地领悟了佛性。

1980 年，结束了十三年劳教生涯的月朗法师复归狼山，终于又当上了一名和尚。此时的月朗法师，两袖清风，身无分文，尽管年过六旬，已是一个名副其实的老和尚了，却连一件像样的袈裟也没有。

然而，回到狼山的月朗法师似乎早已忘掉了尘世的一切恩怨是非，他的心中只有狼山旧寺院的修复和狼山新寺院的重建。他做广教寺监院后，每天第一个起床，最后一个睡觉，工作极其认真仔细——认真到了每晚必须亲眼盯着值班和尚关闭最后一道山门，仔细到了从山下买回的每块豆腐他都要亲自到伙房用自己的鼻子闻闻味道。他不仅对山上的每一个和尚厚爱有加，对山下的百姓也体贴入微，无论谁遇到了困难，不管谁有了病患，他都会想方设法，为其排忧解难。所以山上山下的人都说，月朗法师真是个好人哪！

1999 年，月朗法师出任狼山广教寺方丈住持。这一年，月朗法师已是一位年迈体弱、八十高寿的老人了。但他依然雄心勃勃，不减当年，每天坚持山上山下，忙里忙外，为振兴狼山的佛教事业日夜操劳。

2005 年 4 月，月朗法师圆寂。这天，近的，远的，老的，少的，亲近的，不认识的，上千弟子香客，庶民百姓，纷纷来到狼山。南通市佛教协会在狼山摆了整整一百桌饭菜，也不够用。狼山人告诉我，这是善良的百姓对月朗法师发自发内心的敬仰，也是善良的百姓对狼山僧人发自内心的尊重！

狼山的现任住持，是俊才方丈。俊才方丈毕业于南京栖霞佛学院，1982 年来到狼山，出任狼山住持时，年仅四十二岁，为当时全国最年轻的方丈之一。因为年轻，便充满朝气与活力，其思维观念与行为方式，与老一代僧人也有所不同。

然而，以善为本，普度众人，造福天下，皆为新老僧人不变的使命。千百年来，狼山僧人为山川大地和佛教事业默默作出了自己应有的贡献，已是不争的事实。尤其是高僧们与众不同的智慧和独具时代特色的精神典范，即使历经千年时空转换，对这个知识快速提升，生命智慧却反而缺少的时代；对那些不清楚日常生活目标，无法把握人生方向的人来说，仍然有着积极的启示意义。

谨此祝福天下名山不老，僧人长存！

谁是中国的上帝？

据有关科学家考证，自人类有历史记载以来，已有八百亿个生命从地球消逝。

可见，在我们居住的这个星球上，无论是真龙天子，还是庶民百姓，都不会有任何一个人能陪伴历史老人走到终点。故此，人类的历史每前进一程，所碰到的总是一代陌生人。

但从另一个意义上说，历史也会时常碰到这样一类人：他们不是在前人早已铺好的社会轨道上行走，也不是按与生俱来的命运摆布去走完约定俗成的人生，而是在大时代的紧要时刻，既选择了属于自己的人生，又选择了属于民族的命运。他们虽一路风雨，一路坎坷，甚至不是生，便是死，却始终不放弃自己的梦想与追求，甘愿为百姓的幸福留下一串殉道者的足印。他们尽管与旁人生活在同一时代，其思想、情感、言论和所作所为，却与所处的时代几乎格格不入——他们无法与时代苟同，时代亦难以和他们相融。结果，他们成了一个时代的陌生人。

张鸣岐会不会是“假冒商品”？

当今中国百姓，在滚滚商潮的冲击下，由于大都忙于挣钱过日子，对所谓的“国家大事”，似乎已经明显不如从前那么关心了；尤其对一些被政治杠杆随意撬起的“英雄”“模范”“标兵”等时髦人物，则更是不屑一顾，甚至嗤之以鼻。

然而，当辽宁锦州市委书记张鸣岐的事迹被首都各大报纸和电视电台报道后，不再轻信什么的中国百姓们在一夜之间却开始惊喜、兴奋起来了。百姓们惊喜的是，一个高不可攀的市委书记，竟肯为普普通通的百姓献出自己珍贵的生命；百姓们兴奋的是，当他们不断从电视上看到一个个、一串串的贪官被押上历史的审判台时，现实生活中居然还有这样一位只死心塌地为百姓而唯独不为自己的清官！

当然，像张鸣岐这样的官，百姓们并不多见。所以当这样的官一旦登场亮相，百姓们在惊喜、兴奋之余，自然也会有一种陌生感。

于是有人说，在 20 世纪 90 年代的中国，怎么可能还有这样的市委书记？也有人说，张鸣岐真的是这样一个好官吗？甚至还有人大胆质疑：在假话满天、假货遍地的今天，张鸣岐会不会又是一个被政治推销上市的“假冒商品”？

1994 年 7 月 26 日，带着诸如此类的疑问，我匆匆赶往锦州。在去北京车站的出租车上，当司机得知我要赶去采访张鸣岐时，笑了：“我得提醒你们这些作家记者，现在有的典型吹得不得了，可等你深入一调查，原来却是大贪官！”

接着，出租司机还给我讲了这样一个故事：南方某市的一个公安局局长，在一次抢救大火中不幸死亡。当善良的中国老百姓正把他当作英雄模范学习、敬仰时，有关人员在清理他家的遗物时，竟在一个抽屉里发现了一张受贿得来的巨额支票！

出租车司机的话令人警醒。当今中国，商海滔滔，物欲横流，金钱的狂潮正荡涤着每个人的灵魂。尽管中央三令五申，有关部门的红头文件下了一个又一个，但在某些领导甚至某些高层领导中，利用职权，贪污腐化，损公肥私，不管百姓死活的事，仍然在发生。

据说，某市的一位领导，在高唱住房改革高调的同时，自己竟私占公房十多套；而某地另一位领导，偶然生病去世后，有人在为他更衣时，发现他脖子上挂着一把连他老婆也不知道的钥匙，后来用这把钥匙打开他家的一个箱子时，才发现箱中尽是手镯、戒指、项链以及一捆又一捆已经发霉的人民币……

显然，此类官员的存在，既损害了共产党的形象，又败坏了社会风气，难怪当今中国老百姓对他们痛恨至极！

因此，当张鸣岐一夜间脱颖而出时，中国老百姓当然也就有足够的理由和权利提出质疑：张鸣岐会不会是个“假冒商品”呢？

锦州百姓怎么说?

其实，考查一个干部是不是个好官，问问老百姓就行。

实事求是地说，锦州的百姓对锦州的现状是有情绪的，是有怨言的；对过去的某个领导也是有看法的，很不满意的。我在锦州采访期间，不少老百姓都向我表达了一个观点，即锦州的某个领导没有实实在在地为老百姓办事，或者说没有办什么好事。奇怪的是，他们都不认识这个领导，更没打过任何交道，但对这个领导的看法却十分一致。我问其缘由，他们的回答很简单：“大家都这么说呀！”

是的，如果老百姓们对某个官员都说好，这个官员一般来说是个好官；要是老百姓们对某个官员都说不好，这个官员恐怕就有问题了。因为老百姓对官员的印象，是无法用红头文件替代的，他们只能从这个官员所干的事情和民间的各种传闻中，凭自己的经验来作出评判，而这种评判往往比一个法官的判断还要公正，还要精准。

那么，锦州的百姓对张鸣岐怎么说呢？

肯定地说，锦州的百姓极少有认识张鸣岐的，即使有的偶然见过，也未必认识。但同样奇怪的是，锦州百姓对张鸣岐的看法就像开过会商定好了似的，只要一问起张鸣岐，答案惊人的一致：“张鸣岐书记是个好官！”

我在锦州采访，无论是在商场、街头，还是在饭馆、地摊；不管是在学校、工厂，还是在村头、田间，只要一提起张鸣岐，没一个不知道的，没一个不说好的；甚至我出门乘坐“神牛”车（一种用脚蹬的人力三轮车），当蹬车的师傅得知我是来锦州采访张鸣岐的时候，说什么也不肯收钱，师傅说：“张书记为咱老百姓把命都搭进去了，你是来写我们张书记的，这几个小钱我怎么还好意思收呢?”

如果说锦州百姓私下对张鸣岐众口一词的称颂还不足为凭，那么张鸣岐去世后，锦州百姓自愿为他送行的事实，应该是最好的说明。

1994 年 7 月 18 日，锦州市为张鸣岐举行隆重的遗体告别仪式。说来令人难以置信，原计划只安排了几百人参加的告别仪式，一下子却拥去了数千人。这数千名自发而来的人中，绝大多数都是普通市民、劳苦百姓，既与张鸣岐非亲非故，又与张鸣岐素昧平生。奇怪的是，往常每天都是赤日炎炎的锦州，这天忽然下开了大雨。更为神奇的是，据当时掐着表做了观察的军分区副参谋长孔繁敏说，为张鸣岐送行的《英烈魂》乐曲刚一响起，倾盆大雨突然从天而降；《英烈魂》乐曲刚一结束，大雨又戛然而止。从早上到中午，锦州市的重庆路到殡仪馆的公路两侧，全都挤满了男男女女老老少少。风雨中，他们或披着雨衣，或打着雨伞，或光着脑袋，把一幅幅悼念张鸣岐的条幅举在胸前；锦州第二热电厂一千多名职工，则高举着一幅一千多米长的巨大条幅，上写“沉痛悼念我们的好书记”十个大字，在风雨中一站就是几个小时；而一百多辆个体户的“神牛”车，也全都停止营业，自觉列队排在公路的两侧。

后来，尽管雨越下越大，人群却越聚越多。渐渐地，人群越过人行道，挤到了公路中间，宽阔的公路顿时被围得水泄不通，以至于交警们不得不出面强行劝阻。许多从未见过张鸣岐的老百姓，为了看上一眼死后的张鸣岐，居然连安放张鸣岐遗体的第一吊唁大厅的玻璃门都给挤裂了。当吊唁的车队缓缓启动时，风雨中数千人顿时号啕痛哭，泪如雨下。一位在雨中连续等了三个小时的七十岁的老大娘，当终于望见吊唁的车队经过面前时，竟扑通一声跪在泥水地上，对着老天放声哭喊道：“好人啊，好人啊，张书记是个好人啊!”而另一位与张鸣岐共事多年的干部实在忍受不住内心的悲痛，竟在吊唁的大厅当众放声大哭起来："鸣岐你不能走啊，锦州人民还需要你这样的好干部啊！"

不少锦州人都说，这是 1949 年以来，锦州历史上从未有过的送灵的场面。

那么，在中国老百姓对共产党的一些官员意见很大，甚至恨之入骨、视如仇敌的今天，为什么面对同样是共产党官员的张鸣岐，又会如此的信任、如此的尊敬、如此的厚爱、如此的怀恋呢？

辽沈战役与"富民强市"

张鸣岐不是锦州人。

张鸣岐 1945 年 10 月生于黑龙江哈尔滨，1963 年 5 月考入哈尔滨航空工业学校。他从小的理想是翱翔蓝天，可命运偏偏将他引入官场。长大做官，他做梦都没想过；一生为民，倒是他从小的愿望。

正值中年的张鸣岐未去锦州之前，在沈阳是有些政绩的。他曾担任过沈阳市副市长、沈阳市委常委和政法委书记等职，凭着他当时的官衔和年轻的资本，如果继续在沈阳干下去，理想的前程应该不成问题。但 1993 年 11 月底，省委一纸命令，让他去锦州出任市委书记。

锦州，既是辽西大地经济、文化和贸易的中心，又是一座有着悠久历史的英雄古城。锦州南临渤海，地处"辽西走廊"，是连接山海关内外交通的咽喉。这里，不仅土地辽阔，人杰地灵，资源丰富，工业历史悠久，而且还是震惊中外的辽沈战役的重要战场。按理说，今天的锦州应该是繁荣昌盛，一派富强；今天的锦州百姓应该是美满幸福，快乐无恙。但遗憾，锦州的实力综合起来看，在全省仅占第六位。因此，作为一个刚刚走马上任的市委书记，张鸣岐从双脚踏上锦州的土地之日起，思考和忧虑的核心问题就是：怎么尽快改变锦州的现实状况？如何尽快提高锦州百姓的生活水平？

为此，他上班的第一件事，就是找来有关的四个部门的负责同志，问："锦州人均年收入到底是多少?"对方告诉他，是1200元。他不信，说："这是理论上的数字，只能作参考，关键的是我们要看老百姓实际住得怎样，吃得怎样，穿得怎样，以及孩子们上学怎样。"

接下来，他便开始展开调查，了解情况。他去矿山，去工厂，去农村，去学校，去过去领导从来没去过的地方，与普通的市民、工人、农民、军人以及失业者们广交朋友，促膝聊天。每到一处，他都亲自过问、亲自察看老百姓的真实生活情况。为了真正掌握民情，他还利用晚饭后散步这段时间，把自己装扮成普通的市民或外地出差的客人，自己掏钱，专门坐上"神牛"车，让蹬车的师傅拉着他在街上转来转去。一边转，他一边和蹬车的师傅聊天，了解市民们的真实看法、想法和家庭状况。

经两个多月的调查和研究，张鸣岐对锦州有了自己基本的看法：锦州改革的步子与发达城市相比还有很大的差距。造成这种差距的根本原因，是观念和思想认识问题。

因此，春节刚过，他便正式提出了一个口号："富民强市!"然后，在全市展开了一场前所未有的关于如何"解放思想，富民强市"的群众性大讨论。从各级领导到普通百姓，人人畅所欲言，献计献策。有人说，这是张鸣岐在锦州的战略思想的核心。他把一个与人民切身利益息息相关的问题交给人民，而后集中人民的智慧和力量，在思想和经济领域再打一场"攻克锦州"的现代化战役。

于是，为了富民强市，张鸣岐通过抓锦州钢厂这个典型，使一个严重亏损的企业，在较短时间内便盈利四千四百万元，同时还让数千名放假职工和失业工人重新获得了上班的权利。

为了富民强市，他在市直机关的千人干部大会上，针对少数干部作风拖拉、工作扯皮等问题，对三个部门进行了公开的点名批评，并要求领导干部一定要讲实话，鼓实劲，办实事，重实效，坚决反对欺上瞒下、报喜不报忧的虚假作风，真正做到一心想百姓，一心为百姓，一心爱百姓。

为了富民强市，他针对市里几个身居要职的中层领导干部以权谋私、贪污腐化问题，下令市纪委和监察部门认真进行立案查处，使违纪者受到了严肃的处理。而对群众反映极大，却谁都不敢轻易动的市公安局书记兼副局长，则撤了职，罢了官。

为了富民强市，他严厉打击社会不正之风，下令关闭了几个有“三陪”的舞厅。对持有特权的有关部门用公款搞不正当行业，利用职权仗势欺人，在社会上吃、拿、卡、硬、恶、横等行业不正之风，进行了彻底的整顿。并明确规定：公安干警人员，一律不准进舞厅。

为了富民强市，他提倡领导干部要节省每一个铜板，坚决反对腐败。在市常委会上，他针对少数领导干部到饭店大吃大喝，到营业性舞厅跳舞，热衷于参加一些开业庆典之类的活动等现象，提出严厉批评：“现在有的企业停工放了假，连职工的工资都发不出来了，可我们有的领导干部还在跳舞，还在大吃大喝，群众怎么没意见？怎么不发牢骚？这种现象必须马上杜绝，立即禁止！”接着他在常委会上作出规定：领导干部不准大吃大喝，不准进营业性舞厅跳舞，不参加或尽量少参加开业庆典之类的应酬性活动。

张鸣岐如此严于要求他人，那对他自己呢？

七个半月的故事

张鸣岐从踏上锦州，到被锦州的洪水吞没，只在锦州生活了七个半月的时间。七个半月在历史长河中不过弹指一挥间，但在这短短的七个半月里，民间却流传着张鸣岐不少的故事。这些事情鲜活、生动、实在，甚至还有几分传奇，所以被锦州老百姓口口相传，越传越神。

故事一：不设亲信

中国封建社会三千年，裙带关系始终宰割不断。这一官场遗风，对今天的社会仍然有着连绵不断的影响。因此，尽管“秉公办事，任人唯贤”的口号喊了上千年，但时至今日，一些官员拉帮结派、任人唯亲的恶习依然存在，甚至有些还非常严重，极其丑恶。这些官员职务升迁或者工作调动时，身边总会带着一班人马，名曰为了工作，实则是为自己安营扎寨，经营地盘。

张鸣岐原在沈阳工作多年，从车间团支部书记到沈阳市副市长，熟悉了解他的人和他了解熟悉的人，自然不少。按理说，作为从沈阳到锦州新上任的市委书记，顺便带上两个工作人员，比如秘书、司机什么的，然后再调上几个得力助手，是合情合理的，无可非议的，过去和现在绝大多数的官员们也是这么做的。但张鸣岐不。他非但不带一个亲信，甚至连自己的秘书、司机也不带！

张鸣岐在锦州的秘书，是上一任市委书记的秘书，而这个秘书还是锦州市委给安排的，直到他去世之前，这位秘书也一直没有调换。并且，张鸣岐去锦州，既没带家眷，也没带随从，甚至直至去世，也没从沈阳或别的地方调去任何一个人，就连早就应该调换的司机，他也始终没有调换。

张鸣岐在锦州七个半月，不搞宗派，不抱小团，秉公办事，一视同仁。该讲的话他一定要讲，不该讲的话他一句不讲；该用的人他一定要用，不该用的人他坚决不用。他用人的原则是：“工作选择，群众认可。”并主张既要从下往上选干部，又要自下而上评干部。如果这个人被群众认定确实能干，他就大胆启用；若是这个人被群众认定确实无能，不管你是皇亲还是国戚，他坚决不用。他用人的标准只有一个，看你肯不肯、能不能为老百姓服务。他说：“什么叫能人？能人就是能为群众谋福利的人。能为群众谋福的人就用，不能为群众谋福的人，再能也不能用！”

故事二：不住宾馆

住茅草房和睡席梦思，肯定是两种感觉。当今社会，住高级宾馆早已成为很多官员的一种待遇，一种规格，甚至一种时髦。虽然这些官员不少都是从大山沟的茅草房里生下来的，走出来的，但一年四季在茅草房里被蚊虫叮咬的滋味早就被他们忘得一干二净。他们当官之后，把住宾馆不是当作工作的需要，而是当作人生的体验和生活的享受，好像出门不住高级宾馆，自己的身价就不够似的。开始，他们还住三星级、四星级宾馆；后来就不过瘾了，动不动就住五星级宾馆；甚至有的官员还以“睡眠不好”为借口，单独承包一层小洋楼。他们之所以如此慷慨大方挥金如土，原因只有一个：钱是国家的，被窝是自己的。

张鸣岐去锦州未带家属，算是临时单身汉。本来，他可以在锦州找一个最好的宾馆，再包上一套“总统套间”，这样睡起来舒服，吃起来可口，玩起来自由，工作起来方便；况且，市委有关部门一开始就安排他住宾馆。

但是，张鸣岐一到锦州便提出：不住宾馆。他说，在军分区随便找间房住下就行。他的理由有五点：一、他对军队很有感情；二、可以躲开官场上一些不必要的交往和地方上许多微妙的应酬；三、宾馆里闲散人员多，环境和气氛都不利于考虑工作；四、他在锦州是单身汉，宾馆里女服务员多，容易让人说闲话；五、住宾馆太浪费钱！

所以，张鸣岐就在军分区找了间房子住了下来。住下后的张鸣岐，除身边有一个司机外，是名副其实的“三无”人员：无亲属，无秘书，无一个工作人员。不仅生活上一切自理，连衣服都是自己清洗。军分区的王玉民参谋长就提出给他配个公务员，以便照料他的生活，可他不同意；后来王玉民再次提出给他配个公务员，他还是坚决不同意。他说，我还年轻，所有事情自己都能干，何必要浪费一个劳动力呢！

结果，军分区先后不下二十次提出给他配个公务员，他的身边始终也没有一个公务员。后来他的爱人去锦州，见他一天到晚忙工作，自己还要洗衣服，觉得实在可怜，也劝他配个公务员算了，但他还是坚持不配。

就这样，张鸣岐在锦州七个半月，不但没住宾馆坐享其福，反而每次出差在外，能凑合就凑合，能节省就节省，从不住高级宾馆。他说，住高级宾馆，一晚上就得花上几百元，甚至上千元，中国的老百姓有几个住得起啊？花那么多钱买觉睡，我睡不着！

故事三：不吃“官饭”

近十年来，随着中国经济的振兴，某些官员利用手中公权，借助种种理由，依托各类形式，用公款大吃大喝，致使不正之风如瘟疫一般流行全国。尽管中央三令五申，百姓怨声载道，这些官员依然我行我素。他们今天喝“五粮”，明天饮“茅台”，时而接风，时而洗尘，时而小聚，时而宴请。吃了中餐品西餐，品了西餐干海鲜。一顿少则几千，多则上万！吃喝，成了他们人生的一大乐趣；吃喝，成了他们工作的主要内容。有资料显示，中国一年公款吃掉喝掉的人民币，竟高达八百亿元！

然而，张鸣岐一到锦州，便先给自己定了三条规矩：

1. 不参加宴请；

2. 不参加应酬；

3. 不搞花架子。

张鸣岐很清楚，锦州还穷，领导和百姓只有同甘共苦，节省每一个铜板，锦州的明天才有希望。因此，不管是单位还是个人，所有宴请，他统统谢绝，从不出席。他去世后，仅从市委办公室主任抽屉里找出的宴请他的请柬就有二十多份。

张鸣岐借宿军分区，每天都在军分区的食堂与干部战士共进三餐。军分区的领导考虑到他患有心脏病和糖尿病，想给他专门配一个炊事员，在饮食上做些调节。但他不准，始终坚持和大伙同吃一个食堂。他每顿的主食是一块二两重的苞谷饼（价值二毛五分钱），副食是一碟咸菜、一碟黄瓜、一盆苦苦菜。晚上加班饿了，便自己动手，泡上一袋方便面。在锦州七个半月，月月如此，天天如此。而且，他每月按时交付伙食费。军分区不让他交，他说啥也要交，且分文不少。

他有时在市委机关食堂吃饭，食堂要给他另外炒菜，他不准，说："我这人吃饭很简单，一块饼，一碗豆腐，外加一碟咸菜就行了。吃饭的事，以后不要管我。"并且每次吃完就付钱，付了钱才离开食堂。有时来了客人，他也不上饭馆，而就在食堂加两个菜，并且吃了照样付钱。他对军分区的同志说："我最不愿意的，就是到外面去吃'官饭'。因为只要我一个人去吃，就会有不少人也陪着我去吃。这样的话，我们随便吃上一顿，老百姓都得辛辛苦苦种上一年的地，我哪张得开嘴啊！"

故事四：不坐好车

坐车攀比，是当今中国社会的一大弊病。一些官员，没车时，想方设法也要搞上一辆车；有车后，又绞尽脑汁再换一辆好车。于是，旧的换新的，大的换小的，组装的换原装的，国产的换进口的。吉普换标致，伏尔加换雪铁龙，蓝鸟换奥迪，桑塔纳换奔驰。反正车是公家的，能坐就要坐，不坐白不坐，坐了也白坐。他们把坐好车当作一种炫耀，一种资本，一种显示官员地位和人生价值的标志，以此满足内心永远填不满的虚荣。为了坐上好车，有的无视法纪，公然走私；有的利用特权，暗中交易；有的狗胆包天，动用专款；有的昧着良心，搜刮民财。车子一旦得手，便借"工作"之名，随便占用，肆意挥霍，或兜风，或显摆，或游山，或玩水，或串门，或逛街，甚至有的还长期作为以权谋私、违法乱纪的工具。

张鸣岐到锦州后，锦州市委出于对工作和他的身体状况的考虑，为他准备了市机关最好的一辆皇冠。可当他得知市里离休退休的老干部们没车用时，当即便把这辆车送给了老干部，自己则想办法从沈阳借了一辆三菱吉普。有人知道他心脏不好，吉普车跑起来颠得厉害，便劝他再买一辆好车。他坚决不同意，说车是用来工作的，又不是用来摆谱的，只要能工作，什么车都一样。现在锦州不富，老百姓还穷，应该把钱多花在改善提高老百姓的生活水平上。结果，他不但自己不买新车，反而还在市机关作了一项规定：鉴于全市财政困难，1994 年市机关一律不得购买小汽车！

不仅如此，在车辆的使用上，张鸣岐也相当严格。他工作上需要用车，概由市委办公室统一安排。而他自己，从不轻易用车，也不乱用车，更不用公车为自己或他人办私事。1994 年 4 月，他儿子去锦州出差，打电话说要去看看他。当时在场的军分区王参谋长要派车去接，理由是天正下着雨。但他不准。后来他儿子只好冒雨去挤公共汽车。

故事五：不讲排场

当今中国，不少官员事事讲排场，处处显威风，甚至有的把讲排场、显威风变成了一种工作作风。好像捧场的人越多，官员的地位就越高，气魄就越大。

张鸣岐不喜欢讲排场，更不喜显威风。在平常的工作、生活中，他不喜欢、也不习惯有人围着他转来转去，甚至工作中哪怕有一个多余的人，他也觉得别扭。他每次外出、回来，或者参加某项社会活动，从不惊动无关人员，哪怕一个。

他第一次去沈阳开会，回来时发现锦州车站除了接他的司机外，还有几部车和几个局的领导以及一些工作人员，他便开玩笑说："又不是打群架，你们来这么一大帮人干吗?"接着，他当场就作了规定："今后我外出或回来，无关人员一律不要出动。大家工作都很忙，没必要讲这个排场嘛!"有人马上说了，主要是考虑到领导的安全问题。他说，领导和老百姓本来就是一家人，有什么不安全的? 处处考虑个人安全的人，那是自己心虚! 此后，他每次外出或者归来，除司机外，再无一个人去送或者去接。

他出席会议或者与群众公开见面，也从不讲究，极其随便，既不请报社电台记者，也不带宣传部人员，所有捧场者统统被拒之门外。他的办公室的布置也很简单。他刚到锦州时，市委办公室在他的办公室里铺了一块地毯。他一见就问："别的办公室有吗?"办公室的人说没有，他马上就让撤掉。但办公室的同志考虑到他的腿不好，为了防潮，后来还是在他办公桌下留了一小块地毯。他见了后又问："原来的书记有这块地毯吗?"办公室的人便撒了个谎，说有。他的办公室这才留下一块与众不同的小地毯。

故事六：不受贿收礼

在现实生活中，有些官员把受贿收礼当作一种生活习惯，甚至久而久之，竟把受贿收礼当作一种工作程序。他们利用现有的职位和手上的权力，大受其贿，大收其礼，大发其财。由于不行贿难办事，不送礼事难办，所以行贿送礼，屡禁不止。

张鸣岐不受贿，不收礼。但张鸣岐害怕有人行贿，害怕有人送礼。他便想了一个逃脱之计：不住宾馆，而住在军分区里。可军分区并非世外桃源，不可能完全与世隔绝，送礼的人依然不时会找上门来。他只好向军分区明确表态：凡来找他办事的人，一概拒之门外。当然了，该办的事，不收礼他照样办：不该办的事，即便想送礼他也不办。他说："如果我这当书记的收了一样礼，别人就可以收十样礼；我这当书记的办了一件不该办的事，别人就可以办十件不该办的事。"

1993年春节前夕，他病倒后被送进医院。一进医院，他便约法三章：不许走漏他住院的消息！他心里明白，春节到了，若是外界知道他生病住院了，来看望他的人一定很多；看望他的人多了，送礼的事就五花八门避之不及了。不料，他住院的消息后来还是被一个护士说漏了嘴，结果看望他的人果然络绎不绝。他一看形势不妙，大年三十一早，拖着病重的身子便悄悄离开锦州，躲到了沈阳。

有一次，他去某县一个村里了解情况，一位种草莓的农民见市委书记居然到家门口了，十分感动。临走时，这位农民兄弟装了一袋三斤左右的草莓悄悄塞给司机，让司机一定要给张书记。第二天，张鸣岐发现草莓并问明情况后，立即按每斤三元的市场价格，叫司机把钱给农民兄弟送去。他对司机说："我们的农民兄弟挣点钱很不容易，当领导的绝不能利用职权，去占他们的便宜!”

……

张鸣岐在锦州的故事还有很多。这些故事与现实生活放在一起，可能有点格格不入；若与某些官员相比，还会显得很不真实。但是，这些故事是我亲自走访所获，我相信是真实的。而且如果没有那场洪水，张鸣岐的故事肯定还会继续。

遗憾的是，那场洪水说来就来了。

于是张鸣岐的命运也就随着那场洪水的到来，而被彻底改变。

一个豆沙包与三百万条人命

1994 年的锦州，多灾多难。

锦州为历代兵家必争之城，也是历代洪水侵袭之地。1930 年的那次特大洪水，致使数千百姓葬身水底，不少老人至今记忆犹新。1962 年和 1984 年的两次洪水，令不少人更是心有余悸。尤其是 1984 年那次特大洪水，大凌河决口多达十一处，为历史之最。

而锦州的这次洪水，为三十年来所罕见。引发洪水的原因很简单：7 月 13 日朝阳等地连降暴雨，使流经锦州境内的大凌河、小凌河水势猛涨，从而导致洪水泛滥。

锦州市防汛指挥部接到省汛情急电的时间，是 7 月 13 日下午 3 点 30 分。急电一到，全市立即处于高度紧张之中。因洪水一旦漫堤，锦州七个县必将受灾无疑。于是，驻锦州的部队当即出动官兵四千名、解放牌卡车一千辆，火速开往危险地段；市直属机关及企事业单位也组织了近万人，立刻奔赴小凌河大堤。

5 点左右，市指挥中心向正在省里开会的关永光市长汇报了汛情。关永光来不及向省委请假，便急速回奔锦州。而在沈阳开会的张鸣岐接到市指挥中心电话时，早上和中午都未吃饭的他，胃正疼得厉害。他听完汛情报告，扔下电话便往回赶。就在他上车之际，匆忙中有人塞给他一个豆沙包。

张鸣岐是在车上咽下这个豆沙包的，此后，他的胃里再没进过一点食物。

张鸣岐赶回锦州已是晚上 7 点。这时，大凌河水的流量已超过了每秒一万立方米，而且还在以不断上涨的趋势疯狂涌来。张鸣岐一回到锦州，就直奔市防汛指挥部，水杯还来不及碰一下，便开始听汇报；汇报一听完，他又匆匆赶往小凌河大堤。

8 点 30 分，张鸣岐到达小凌河大堤。他察看完水势，立即对抢险工作做了部署，并强调说："抢险队必须马上到位，一定要千方百计保住群众的安全！"

9 点 20 分，张鸣岐回到市防汛指挥部。据后来有人回忆，当时张鸣岐的心情很焦虑，很沉重，却很冷静，很果断，思路相当清楚。他对指挥部下命令说："不管河水多大，一定要保住锦州城，保住大凌河镇，保住锦州三百万人民的生命财产。人的安全是第一位的，要力争做到不伤不亡一个人！"接着他又补充说，"小凌河堤坝的状况很不好。等洪水退去后，对小凌河的西岸要马上组织补修、加固！"说完，他换上一套防雨服，找来一把手电，几步跨出指挥部，冲着司机就喊："快走，去凌海！"

"张书记，您吃点饭再走！"有人在后面喊了一句。

他头也没回。呼啸而去的车，很快便消失在沉沉夜色中。

凌海是锦州的一个县级市，距锦州约五十公里。张鸣岐之所以要赶去凌海，是因凌海位于大凌河畔，为锦州的最大隐患。就在张鸣岐赶往凌海的同时，凌海的各级干部和解放军们正冒雨一遍又一遍地逐户敲门，帮助群众转移、撤离。于是公路上，汽车、拖拉机、三轮车、自行车、毛驴车以及潮水般奔涌的人群，慌慌张张，比比皆是。但有的老百姓特别是个别老人，面对一辈一辈传下来的锅瓢碗盏坛坛罐罐以及满院子已经长大和快要长大的鸡鸭猪狗时，无论如何也舍不得离开家门，竟抱住门前的老树或者干脆爬上房顶，死活就是不走。无奈之下，解放军战士只好强行背起这部分老人往外跑。而这时，大凌河上游水的流量正以每秒一点二万立方米的速度狂泻不止，大堤的负荷量已超过了三分之一。也就是说，一旦洪水漫堤，凌海近十万百姓必将遭到灭顶之灾！

11点半左右，张鸣岐赶到了凌海防汛指挥部。凌海市委书记薛恒立即将凌海的汛情及群众的撤离方案作了汇报。张鸣岐听后马上表态说："这个方案很好。这次关键是要保证人民生命和财产的安全，一定不能死人！实在不行，哪怕淹一部分土地也行。"接着，他对关永光市长说："老关，看来我们俩不能都在这儿。这样，你在这儿坐镇指挥，我到大桥看看，然后马上赶回锦州。"

说罢，张鸣岐驱车穿过市区，很快来到大凌河桥头。这时，雨下得更猛烈了，大凌河滚滚奔泻的流水声，清晰可闻。张鸣岐站在桥头，举目远眺，茫茫河水浊浪滔天，阴沉的夜空雷雨交加；各村各镇的高音喇叭声，家家户户的鸡鸭狗叫声，此起彼伏，不绝于耳。张鸣岐不禁往前加快了步伐。

这时，年仅十九岁的女记者刘晶为了多拍些镜头，央求张鸣岐道："张书记，您能不能配合我们一下，走慢一点，把脸转过来一下。"

张鸣岐却头也不回，说："转过来干啥？你们是来拍险情的，又不是来拍我的。"

这时的张鸣岐，假如他按事先的计划，在大桥察看完汛情就回锦州，他的人生将是另外一种样子。但是，人生没有假如。正当他刚要离开大桥时，混乱中偏偏传来一个消息：前面决堤了！

闻讯后的张鸣岐马上改变计划：让刘守新副市长先回锦州，自己去决堤处看看。

薛恒书记忙上前劝阻："前面危险太大！找个高处看看水情就行了。"

张鸣岐厉声回道："我是来看灾情的，不是来观水的！"

张鸣岐赶到尤山套堤，察看了几处险情，见群众确实已经撤离，这才稍稍放心。但此刻水势仍然凶猛，倘若不尽快采取措施，后果不堪设想。

张鸣岐决定马上返回指挥部。

可就在他刚准备离开尤山子村时，洪水已淹过了他的小腿。

此时，已是凌晨1点多了。眼前除了恐怖的闪电，便是一片阴森森的黑暗；耳边除了不时扯响的雷鸣，便是狂泻不止的洪水。而且，洪水非但不见退却，反而愈呈上升趋势。薛恒书记见状，忙劝告张鸣岐，别走了，就留在尤山子村，尤山子村的地势比周围所有地方地势都高；而村里的老百姓担心张鸣岐的安全，也死死把住张鸣岐的车门，不让他出村。

但张鸣岐说："我不走，就会被洪水困在这儿。现在，我只有把准确的情况带回指挥部，才好立即采取抢救措施。再说了，其他地方的情况也不清楚，我不走哪行啊！"说完，张鸣岐下令司机开车，硬是离开了尤山子村，沿着来路，疾返指挥部。

而此时张鸣岐，尽管身患心脏病、糖尿病和腰椎间盘突出，可他已经冒着大雨在沈阳、兴城、锦州、凌海之间连续奔波了四百四十多公里；而在这长达十几小时的匆忙行程中，一米八几的他，只吃了一个小小的豆沙包！

出乎意料的是，张鸣岐的车刚刚开进一块洼地，尤山套堤决口处的洪水突然间就漫了过来，并很快漫至车窗，导致两辆小车同时熄火。张鸣岐一行急忙钻出车门，挽臂前行。可水位不断上涨，洪水很快便淹到了张鸣岐一行的胸部。

薛恒迅速打开手持机，向指挥部报警。可他刚讲了两句话，洪水便漫到他的嘴唇。而女记者刘晶眼看洪水淹到了自己脖颈，禁不住一下子就哭出声来。张鸣岐急忙抓住刘晶的手臂，大声喊了一句："大家挽住手，谁也别松开！"

就在这时，轰隆一声，一排巨浪扑了过来；紧接着，又是一排巨浪扑了过来……

不死就不是张鸣岐

这个恶浪滔滔的夜晚，对张鸣岐来说，至少有如下五种选择：

一、坐镇锦州，不去凌海。因为关永光市长已去了凌海，他有充足的理由就在锦州指挥。

二、去凌海，但只在会议室听听汇报，而不去大凌河险段察看灾情。因为到了凌海，也算到了抗洪第一线。

三、去大凌河险段，但可以像有些官员那样，走马观花似的看看，见机行事，适可而止，急流勇退，而不必去明知已经决堤的、危险最大的尤山套堤。因为当时马上打道回府，或者指派两个下属去，无可厚非。

四、去尤山套堤，但一当发现有危险，则按兵不动，就待在尤山子村，然后再寻呼指挥部派汽艇或直升机来援救。因为尤山子村的地势明显高于四周。事后的情况证明，待在尤山子村的确不会有生命危险。

五、返回指挥部也行，但不从地势最低的来路返回，而是沿着仅距尤山子村约五十米左右的大凌河堤岸返回。因为大凌河堤岸的地势较高。事后也证明，如果张鸣岐一行当时沿着大凌河堤岸返回，便安全无恙。可不知是慌忙中大家一时糊涂，还是冥冥中鬼使神差，张鸣岐一行偏偏没有沿大凌河堤岸返回。

上述五种选择，张鸣岐无论选择任何一种，均在情理之中，既不会受到上级的追查，也不会遭到百姓的谴责。

但是，张鸣岐没有选择其中任何一种，而偏偏选择了死！

这是偶然，还是必然？

从当晚实际情况来看，张鸣岐的死，似乎有点偶然。比如，张鸣岐在大凌河桥头察看完灾情后，决堤的消息如果晚传来一分钟，张鸣岐肯定就回到了锦州，后面的故事也就不会发生。再比如，如果尤山套堤的洪水早一分钟扑来，张鸣岐的车就无法启动，想返回也无法返回；或者尤山套堤的洪水晚一分钟扑来，张鸣岐的车就不会熄火，也肯定驶出了那块洼地……

但张鸣岐之死，真是偶然吗？或者说仅仅是偶然吗？

让我们先来看一下，此前的张鸣岐曾经怎么闯过了“三关”：

第一关，歹徒关。张鸣岐在沈阳主持政法工作期间，沈阳曾有一歹徒用火药枪打死了十一人，而后逍遥法外。歹徒气焰嚣张，严重威胁着人民的生命安全。于是张鸣岐亲自挂帅，和有关部门一起侦破此案。一天，凶手被发现后顽抗逃窜，张鸣岐马上和刑警队员们一起追击，而且他居然冲在了身强力壮的刑警队长的前面。当击毙歹徒的枪声鸣响后，歹徒身上的血竟溅了张鸣岐一身。

第二关，山火关。1994 年 3 月 27 日，锦州紫金山发生了一场罕见的山火，直接威胁着弹药库和附近老百姓的生命财产安全。在沈阳手术住院的张鸣岐这天正好出院，他刚从担架上被扶下来，一听山上失火，硬是强行让军分区派车将他拉到失火现场，然后在一位参谋的搀扶下，一手捂着伤口，一手拄着树棍，爬到距熊熊大火只有百米左右的山顶，组织指挥救火。在连续几个小时的指挥中，他不顾危险，从村头跑到村尾，从这个山头爬到那个山头，直到山火得以控制，他才捂着早已绽裂的伤口坐在地上。

第三关，台风关。1994 年 5 月 3 日，锦州义县、凌海、北镇等地突然刮起一场特大风暴，老百姓种的眼看就要收获的蔬菜和庄稼遭到了毁灭性的破坏，十几万亩保护庄稼的塑料棚全被刮得无踪无影，甚至不少合抱粗的大树也被连根拔起掀翻在地。正在饭堂吃饭的张鸣岐接到电话后，扔下饭碗便急急忙忙赶到受灾现场。当他看见不少老百姓跪在地里号啕大哭时，他也忍不住偷偷陪着老百姓落泪。接着，他冒着台风的危险，挨家挨户地察看灾情，采取各种抢救措施，并连夜召开常委会，作出一个规定：全市的农用薄膜，统一由市供销社独家经营，并一律按平价送到受灾百姓的手中，任何单位和个人不得插手经营。结果，受灾百姓及时得到援助，生产很快得以恢复。

可见，哪里有危险，哪里就有张鸣岐；为了老百姓，他可以不顾自己的一切。尽管他有幸避开了歹徒的枪口、大火的吞噬、台风的席卷，可惜最终还是没有躲过洪水的偷袭。诚如他夫人后来所言："即使他躲过了这一次，也躲不过下一次，没办法，鸣岐就是这样一个人!"

是的，张鸣岐就是张鸣岐，不死就不是张鸣岐。他之所以最终为老百姓而死，完全出于他的生命职责使然。

谁是中国的上帝?

1994 年 7 月 16 日晨，5 时许，上千名老百姓、解放军、武警和公安干警默默伫立在大凌河畔凌北村东的一块坡地上。冰凉的晨风缓缓吹拂着沉默的堤岸，忧伤的大凌河荡起低沉的回响。当张鸣岐的遗体从洪水中慢慢抬出时，在场的官兵们全都自动摘下了帽子，四周的百姓全部流下了眼泪。已在水中浸泡了五十二个小时的张鸣岐，此刻已是全身浮肿，面目全非，若不是生前熟悉他的人，根本无法辨认。一位老太太双膝跪在河堤上，疯了似的不停地哭喊道："张书记，你为啥死得这么惨啊？老天爷，好人为啥命不长啊？老天爷，你为啥不让我去替他死呀?"

……

十天后，我驱车来到这里。大凌河默默无语，凌北村一片寂然，穷凶极恶的洪水早已逃得无踪无影。这里仿佛什么也不曾发生，什么也不会再发生。但事实是，就在这里，一排洪水确实扼杀了一个年仅四十九岁的生命。

然而，扼杀这个年轻生命的仅仅是洪水吗?

凌北村一位姓徐的八十岁的老汉告诉我："这儿已经有十来年没修过堤坝了。听说每年上边都拨款修坝，但这些钱都不知到哪儿去了?这些年，路边的树砍光了，坝子上的土被挖走了，甚至河堤上的树也连根都拔走了！要是北边的堤早加高一点，洪水就漫不过来，张书记就不会死了。”

是的，走访中我了解到，就在张鸣岐的尸体刚打捞上岸的第二天，河堤上刚刚垒起的用于防洪的袋子，便在一夜间被洗劫一空。我便想，如果在洪水到来之前，各级领导能像张鸣岐那样，把老百姓的安危和利益想得多一些，细一些；能把修大坝的方案规划得好一些，北边的堤坝加高一些，老百姓还会被淹吗？张鸣岐还会死吗？

遗憾，历史的车轮已无法倒转。

那么，已经死去的张鸣岐为活着的我们留下了什么呢？

统观张鸣岐四十九年的人生历史，不难看出，全心全意、真心实意为百姓，是他高扬的人生主题。作为中共锦州市委书记，他当然记得“没有共产党，就没有新中国”这句歌词；但作为人民的儿子，他更懂得，没有老百姓，哪有共产党的道理。如果张鸣岐也信仰上帝的话，或许在他看来，那些不是父母却胜似父母的老百姓，才是中国真正的上帝，也是他心中真正的上帝！

这，或许便是张鸣岐一生追求的真理，也是张鸣岐用死为我们留下的启示。

1994 年 9 月 6 日

人民拒绝假币

都说世界很复杂，其实也简单，简单得似乎用两个字便可概括：真与假。

也许，自人类诞生之日起，真与假便如同一对双胞胎，同时来到这个世上。而这对“双胞胎”就像两个天生的竞争对手，总是道高一尺，魔高一丈，形影不离，互不相让。

于是有真必有假，有假必有真，真真假假，假假真真，我们生活的这个世界便被搞得乱七八糟、复复杂杂。

印钞票的人哭了

有人说，纵观历史，再也没有比今天的“假氏家族”更兴旺发达、儿孙满堂了。稍加清点，假玩意儿这东西就可以从东长安街排到西长安街，从长城内排到长城外。

此话虽然有点夸张，倒也形象。君不见，当今社会，假烟、假酒、假药、假奶、假项链、假戒指、假皮衣、假化妆品遍地皆是；假冰箱、假彩电、假电脑、假相机、假单据、假发票、假证券、假公章、假证明、假护照、假身份证、假许可证、假进出口货单等，更是无处不有。于是一个假字，闹得满城风雨，真假难分；一个假字，搅得人心惶惶，草木皆兵。

而且，更有甚者，随着商品经济大潮的滚滚到来，一向神圣而不可冒犯的人民币，居然也被一双双看不见的黑手拽进了假的行列！

众所周知，中国是发明印刷术的故乡，也是世界上最早印制、使用纸币的国家之一。然而，老祖宗恐怕做梦也没想到，他们的伟大发明和辉煌创造，竟然会被今天的子孙反扣上一顶假的帽子。

中国印钞史新的一页，是从清王朝的手上翻开的。一方面，清政府当时需要统一印制和发行钞票，以控制财政；另一方面，由于工商业的发展，对外贸易日趋增多，而中国的旧式钞票印刷质量较差，信誉很低，极易造假，无法适应货币流通的需要。于是，清政府专程派人赴日本考察纸币印刷事宜，并于光绪三十二年，即1907年上半年降旨，批准筹建度支部印刷局，即现在的北京印钞厂的前身。1908年，度支部印刷局成立，宣告了中国第一家采用雕刻钢凹版工艺印钞企业的诞生，从而开始了中国印钞新的历史。

为了印制出新式钢凹版雕刻印刷钞票，以提高中国钞票的质量，提高在世界上的信誉，清政府曾用重金聘请美国的专家来中国印刷局传艺授徒。截至1949年，北京印钞厂共经历了清末、民初、军阀、日伪和国民党五个统治时期。但当时的印钞技术虽有进步，钞票信誉也有提高，却仍然无法与其他先进国家的钞票抗衡。至1949年前夕，该厂部分工人被遣散回家，仅剩下四百二十六人护厂，完全处于停产状态。

1948年12月1日，中国人民银行正式成立。为统一各解放区的货币流通，加强金融管理，做好全中国解放的准备工作，在银行成立的当天，便发行了第一套人民币三种面额的钞票。

1949年1月31日，北平和平解放，中央印刷厂北平厂从此获得新生。2月初，华北人民政府主席董必武到中央印刷厂视察，将中央印刷厂改名为“中国人民印刷厂”。1950年3月，经中国人民银行批准，成立“中国人民印刷管理局”，下辖“北京人民印钞厂”等企业。

从此，人民币从北京印钞厂源源不断地流向社会，流向世界；人民币与人民的生活息息相关，紧紧相连；人民币在人民的心中如同菩萨一般，神圣不可冒犯。而印制人民币的北京印钞人，为了提高人民币的质量，维护人民币的形象，不断增强人民币在世界流通领域的信誉，数十年来风风雨雨，含辛茹苦，为印制人民币付出了沉重的代价，甚至有的专家和老工人竟累死在机器的旁边。

1995 年 4 月 2 日，我专程走访了北京印钞厂，并参观了人民币质量检查的全过程。

人民币从印刷开始到完成，须经四次严格的检验，其中还要进行多次随机抽检；任何一位质量把关工人，若因漏检而出现质量问题，只要发现一张，则罚款一千元！当然，在印刷过程中，难免也会因各种因素而出现质量问题，如油墨有可能这一批与另一批颜色深浅稍有不同，或裁剪时尺寸有可能并不十分精确等。但印刷中出现的一般缺陷，都控制在万分之一甚至百万分之一之内。凡印刷不合格者，立即全部予以销毁。所以说，人民币是真的假不了，假的真不了。

然而，这些印钞票的人却万万没有想到，他们用心血乃至生命苦心印制出来的人民币，而今却被人以假冒真，招摇过市，坑害他人！

一位工人师傅告诉我说，当第一张一百元的假人民币第一次传到工厂时，一位老工人紧紧攥在手里，看了又摸，摸了又看，最后竟忍不住流下了辛酸的眼泪。他说，看到自己亲手印制的人民币被假币冒充，就像自己心爱的女儿遭到了强暴！

那么，神圣不可冒犯人民币，怎么会遭到“强暴”，以假乱真呢？

假钞假钞， 你从哪里来？

假钞的最早流通，究竟起于何时，我无法考证。但有一点，我想是可以肯定的，即真钞一旦问世，假钞也就诞生了。

远的姑且不说，在美国独立战争时期，英国就曾大批伪造过美钞，将美元一夜间变成了一堆堆分文不值的废纸，从而导致了美国经济在一个时期的全面崩溃。

第二次世界大战期间，希特勒为挽救自己垂死的命运，曾下令组织大批技术人才，伪造过十几个国家的钞票，企图以此扰乱他国金融市场，挑起他国内乱，达到不战而胜之目的。

二战结束后，世界跨入和平之门。但世界各国有关假钞的案件，仍然时有发生。不过，这时假钞的出现，已非仅是出于政治阴谋，而更多表现为经济目的。例如，1987 年意大利警方抓获一起伪造假钞的犯罪团伙，审讯结果表明，该团伙长期向比利时和联邦德国的恐怖组织提供假钞，其数额高达八百万美元!

从中国的情况来看，自新中国成立以来，一直有假钞从海外走私进入大陆。据有关部门权威人士介绍，在 20 世纪 80 年代，港台黑社会组织与大陆犯罪团伙相互勾结，狼狈为奸，在武器走私和贩运毒品等犯罪活动中，曾大量使用过假人民币和假港币。而与大陆一水相隔的台湾，正是伪造人民币的一个重要基地。80 年代以前，台湾情报机关伪造了大量人民币，以供秘密潜入大陆的特务分子挥霍使用；进入 80 年代后，台湾的黑社会团伙利用台湾当局与大陆政府的矛盾，在伪造人民币方面更是肆无忌惮，有恃无恐。据有关资料表明，仅 1990 年，中国查获的一千七百四十万元假币中，台湾黑社会集团向大陆偷运的假币数额，就高达一千一百万元，占查获假币总量的 63%。

此外，香港也是国际假币的一个制作中心。1980 年以前，香港伪币制造集团瞄准的主要对象是美元。但自 1980 年以后，随着大陆改革开放步子的逐渐迈进，商品经济大潮的不断高涨，人民币的含金量越来越高，流量越来越大，其信誉在国际上也就越来越高。于是，香港伪币制造集团将伪造对象从原来的美元转向人民币。据查，香港黑社会集团为牟取暴利，伪造手段不断花样翻新，曾先后使用十一种机制的假币印刷版本。其仿造假币数量之大，可想而知。并且从 1982 年起，假钞走私入境逐年增多。

那么，中国大陆最早出现的土生土长的假人民币，又来自何方，诞生何处呢?

据传闻，中国大陆最高出现的假人民币，诞生在一间破烂的茅草房里。那是20世纪80年代初一个隆冬的夜晚，在河南邓县（今邓川市）郊外一间破烂的茅草房里，一个男子忍着饥饿的肚子，蜷缩在一盏小小的煤油灯下，绞尽脑汁，挖空心思，用一双刨了二十多年地瓜的大手，对一张伍元的人民币开始了模仿绘制。整整一个晚上过去了，这个男子几乎穷尽了他一生的智慧与力气，才将这张面额伍元的人民币绘制完毕。而后，趁着朦胧天色，男子迈着踉跄的步子走出茅屋，来到一家刚刚开业的商店门前，将自己亲手绘制的伍元人民币战战兢兢地递到一位老板娘的手上。片刻，男子从老板娘手上换回一块面包、一包饼干、一盒香烟、一瓶白酒。随后，饥肠辘辘的男子狼吞虎咽般将换来的东西一扫而空，这才倒在地上昏昏睡去。

这张粗糙的伍元假币，后来又从这位店老板娘的手上，从东村流向西村，从乡村流向城市——从河南流向湖北，从湖北流向陕西，从陕西流向甘肃，几乎“旅游”了半个中国。然而谁也没想到，它的创造者，竟是河南一个目不识丁的地地道道的农民！

而几乎与此同时，在北京某个高雅的艺术殿堂里，一位从事工艺美术的艺人在一个月色皎洁的夜晚，一时兴致使然，完全出于好玩，也手绘了一张拾元的人民币。当他将这张手绘的拾元的人民币举在灯下细细观赏时，连自己都被惊呆了：这张手绘的人民币与原制的人民币居然别无二致！他又请妻子和女儿鉴赏，得到的又是掌声与喝彩。于是，为了测验一下自己以假乱真的“绘画水平”，他踏着月色，惴惴不安地走进了街头一家国营大商店。结果，一位漂亮的北京姑娘伸出两个漂亮的指头，轻轻一夹，便将它大大方方地扔进了钱柜。

……

后来，一张张洋的、土的、进口的、国产的假钞，悄然潜入市面，并从城市流向乡村，从乡村流向城市。于是在我们生活中，假钞越来越多，以致苦不堪言，泛滥成灾。

而之所以如此，是因为还有一部分人存在。这部分人就是四处倒卖假钞的黑市贩子。这些贩子有的先用少量的真钱购得大批的假钞，然后再倒卖出去；有的用大量的假钞先去骗得大批财物，然后再用财物去换回真钱；还有一批贼胆包天、无视法律的金钱的疯狂追逐者，则大批贮存、贩运、出售假钞，既搞批发，又搞代销和零售，甚至还私设地下工厂，大批生产假钞，从而在假钞制作和销售过程中，形成一个跨行业、跨地区、跨省份、跨民族、跨国界的产、供、销网络。

例如，广东一青年农民曾私自购买了一批伪造人民币的工具和药液，不仅自己伪造假钞，而且还伙同他人，跑到广西等地去传授如何伪造假钞的技术。其“讲课”的风度，比大学教授还要大学教授。

又如，1992 年年初，河南开封公安局破获的“中原第一假币案”，犯罪团伙伪造假币采取的是先用复印机复印，而后再上色的制作办法，直接参与此事的犯罪分子多达二十六人。他们从材料的购进，到雇用“赤脚画师”，再到复印、着色、贩运，直至批发倒卖，形成了一个庞大的地下网络。毒害之广，遍及河南、山东、江苏、安徽、湖北等九省十七个地市二十七个县城。其中，一名罪犯从 1991 年 8 月到 1992 年 1 月，在自己开设的复印店里共印制假人民币 127.5 万元；另一名罪犯从 1991 年 7 月至 1992 年 1 月，在自己开设的复印店里共印制人民币 255 万元。而 1992 年 2 月，海丰县公安局破获的 308 万元特大假币案，其作案手段同样是普普通通的复印技术。在这群团伙中，有专人提供制作经费，有专人负责布设推销网络。有的假币几经倒手，次数高达六七次以上。流传之广，难以想象。

此外，近几年来中国人在各种收藏热中，还兴起了一股收藏“奇币”热。据 1993 年《金融时报》报道，沈阳市糖尿病中心院长冯世良有一张面值为一百元的人民币，这张人民币曾被认为是假币，因为它的正上方多出一条折入的纸边，“银行”两字和部分底纹印于折面上。后经鉴定，这张特殊的一百元的人民币是真币。他立即投保收藏，保险额竟高达一百万元。而沈阳市一张两元面值的异色人民币一经问世，也很快引起国内收藏界和金融界的极大关注，甚至有人要出十万元的价买来收藏。

显然，人们在盲目的猎奇心理驱使下，又陷入一个只要奇就有价值的怪圈。而一些“聪明”的生意人，恰好利用人们的这一心态，以“奇”为生财之道，将真的人民币经过化学处理，让其产生“异色”，再声称是“异色奇币”，引得收藏狂们争相抢购，以至于一张伍角的人民币也能卖到十二元的价钱。

于是，本来就假钞泛滥的流通领域，更是乱中添乱，真假难辨了。

中国，到底有多少假钞？

假钞像魔鬼，一旦闯入流通领域，带给人们的不仅是混乱，更是惊恐。

那么，有谁说得清楚，在我们生活中，到底潜藏、流通着多少假钞？

让我们先简单翻检一下近十年的历史档案：

1982 年 6 月，深圳海关首次查获十元面额的走私入境假钞六十万元；

1984 年，公安机关在深圳破获 1949 年后第一起伪造、贩运假人民币大案，数额为六十八万元；

1988 年 8 月，公安机关再次在深圳查获面额为一百元的假人民币十万元；

1989 年 1 月，北京破获一起伪钞案，查获“CP 香港版”假人民币二十万元，接着，深圳地区又截获“深圳版”一百元面额假人民币四十万元；

1989 年 7 月，香港警方在本港葵华星街华达工业中心二十楼 C 座 18 号处发现一个地下印币厂，搜出一百元面额的假人民币两百余万元，据专家们的保守估计，该处已先后伪造人民币四百余万元；

1992 年 1 月至 3 月，河南开封破获一假钞大案，查获假人民币三百八十万元；

1992 年 2 月，广东海丰县破获一假钞大案，查获假人民币三百零八万元；

1992 年 3 月，河北石家庄市、河南开封、山东郓城县、江苏灌县公安局连续破获几起制造、贩卖假人民币案，挖出五个印制假币窝点，查获假人民币一百二十余万元，假国库券十二余万元；

1993 年 4 月；广州市破获一假钞案，查获假人民币八万元；

……

我们再来看几组现实生活中的镜头：

镜头一：洛阳，1991 年。一中年人因其父在台湾，常有美元寄来，他深感美元来之不易，便全部存入银行。一日，有人找上门来，愿以高价人民币兑换之。他将所存两千七百美元从银行全部取回，与来人作了兑换。谁知来人很快又提出不愿兑换，他只好把自己的两千七百美元又收了回来。可当他再到银行去存款时，银行却告诉他：你这两千七百美元全是假的!

镜头二：浙江，1992 年。以盛产柑橘而闻名全省的万田乡柑橘大丰收，一时堆积如山，无法出销，村民们为此心急如焚，十分犯愁。就在这时，一伙贩子闻讯而至，他们用一捆捆的钞票，把一车车的柑橘全部换了出去。第二天，当村民们抱着钞票去银行存款时，银行告诉他们，全是假币。一年辛劳，全部付之东流。

镜头三：四川，1992 年。某大厂发放当月奖金，轮到财务处领钱时，一财务人员发现两张伍拾元的人民币是假钞。消息一经传出，职工们纷纷清点自己手中的钞票，结果又查出两张一百元面额的假钞。

镜头四：吉林，1994 年。一位自称是辽宁桓仁县的农民，主动找到集安市大路乡一个盛产红参的农民家，用一万九千九百元的高价买走五百公斤红参。买主走后，卖红参的一家人围坐下来，慢慢数点四捆五十元一张的人民币。结果发现，所有人民币同为一个号码，后经查证，一万九千九百元人民币全是假钞。

镜头五：北京，1994 年。河南开封公安英模报告团到京作报告。

报告会期间，报告团一位公安人员穿着便衣去王府井一家彩扩部冲洗照片。当他交上一张五十元的人民币时，商店老板说是假钞。这位公安人员不服，便和老板争吵起来，老板便叫来当地派出所干警。结果，这位成天打假的公安英雄，竟被北京派出所干警当作假币嫌疑犯而反复盘问追查。幸亏后来他掏出了证件，才结束了对他的追查。

……

据有关部门不完全统计，1989 年全国立案查获假人民币案三百三十五起，收缴一百元面额的假人民币一百余万元，比 1988 年增长了一点七倍；全国查获假钞案三千二百十余起，收缴假人民币面值达一千七百四十余万元，其中一季度仅在福建福州市与莆田市就缴获假人民币高达二百余万元。1991 年一季度，广东和福建两省缴获假人民币达一百五十万元，比上年同期增长两倍以上。1991 年全国共收缴假人民币八百七十万元。1992 年至 1993 年上半年，广东省共查获假钞案五十五起，抓获案犯一百零七人，缴获假人民币四百零三万元；中国银行洛阳市分行共缴获各种假外币和假人民币八点一万元。1993 年一季度，广州市工商银行没收假币接近 1992 年全年的总数，广州农行缴获假人民币二十一万元，超过了 1992 年全年查缴的总数……

据此数据，有人推测，目前中国的流通领域，除已收缴的各种假币外，至少还有五百万元以上假人民币存在。

的确，当今中国，假币已形成一股强大的黑潮，正悄然潜入老百姓的口袋以及诸如银行之类的重要部门。我在中国交通银行崇文门分理处采访时，银行的一位工作人员告诉我，近一年的时间里，光是经她的手查出的五十元或一百元的假人民币，就有二三十张。这位小姐还告诉我，中国银行陕西分行的一位“鉴别假钞大王”，在六年时间内，就查出假人民币四百五十万元。当我去人民公安报社了解假币情况时，一位记者很是不解，反问：你现在了解这个还有什么意思？原来，他们接触的假钞案太多，对此早已见惯不惊，索然无味了。而当我去北京印钞厂采访时，这个既生产了无数真钞又鉴定过许多假币的神圣之地，居然也有假钞找上门来：有一次，厂里一职工上街买东西，他刚掏出一百元人民币递过去，马上就被对方给扣下了，因为他手持的百元人民币是一张假钞。也就是说，假钞不仅钻进了普通百姓的腰包，也钻进了印钞票的人的口袋！

所以，目前社会上到底有多少假钞，谁也说不清。

有了假钞，找谁投诉？

随着假钞的频繁出现，进入 20 世纪 90 年代后，中国老百姓每当拿着人民币站在银行柜台前准备存钱时，最提心吊胆的，就是自己手里捏着的票子千万别是假钞。

中国有明确规定：一旦确认是假钞，银行和公安机关有权立即予以没收。此项规定虽是为了防止假钞继续流通，但问题是，持有假钞的人，并非都是假钞的故意流通者，他们中绝大部分人都是在货币流通中受害的老百姓。所以，他们手中的假钞一旦被扣，制造假钞的犯罪分子仍然逍遥法外，倒霉的却是这些善良的老百姓。

我在海淀区华奥商厦收款台前采访时，中科院低温试验中心的一位职工向我讲述了他的一段经历：1994 年 2 月底，他在海淀区中燕储蓄所取钱后，一分未动，直接转存入另一较大的银行。不料在该银行存款时，银行工作人员发现其中有一张百元的假钞，当场就给没收了。他立即返身回到中燕储蓄所，拿出刚才取钱的所有凭证，讲明假钞一事，要求赔偿。但储蓄所的工作人员却说："银行有规定，钱出了银行的门，发现假钞，概不负责。"他问为什么？对方回答说："谁知道你出去后，是不是重现换了一张假的？除非你再找一个非亲非友的证人，证明你出了门未动过钞票。"他听后愤愤然，却有理无处讲，有冤无处申——谁取钱时身边还要专门找个陌生证人盯着啊？他只好自认倒霉，把当时存、取钱的凭证以及假钞没收后的收据保留下来，期待有一天能有一个公正的了断。

中国妇女报社的一位记者同样碰到过类似这样倒霉的事情。1995年1月20日，该记者从中国人民建设银行北京市东四支行储蓄所取出六千元人民币，未曾开封，于21日转存于工商银行和平北路东口储蓄所。核验之中，银行职员发现其中有一面值五十元的钞票为假钞，遂予没收，并开了没收凭证。

就常理而言，银行出来的钱，不会有假。但记者的钱从此银行到彼银行，既未进入流通领域，也绝对不曾开过封，那么这张假币又从何而来呢？记者当即向取钱的银行提出疑问，银行一负责人答复说："从我处领走假钞绝不可能，因为钱进银行时，都要经过验钞机的检验。"

为了弄个水落石出，记者又有意将两千五百元钱存入另一银行。他仔细观察发现，这两千五百元人民币收入银行时，并未经过验钞机。于是，记者向有关部门反映，希图寻求解决假币问题的妥善办法。但最终还是没有结果。无奈，记者只好撰文向社会发出呼吁：假币问题事关群众切身利益，谁来给个说法？

1995年2月底的一天，在中国人民大学邮政储蓄所，假钞问题则让一个女孩泪如雨下，伤痛不已。女孩是来自新疆某县城的女大学生，这天是个周日，她去人民大学邮政储蓄所存钱。她刚小心翼翼地从缝好的内兜取出三百元钱交到储蓄员手上时，很快就被告知其中有一张一百元的是假钞，然后被储蓄所当场没收。女孩顿时泪如雨下，哀求储蓄员把那一百元钱退还给她。因为这三百元钱是她舍弃回家过春节的机会，在北京辛辛苦苦做了一个多月的家教攒下的，是她半学期的生活费。可无论她怎么哭诉，储蓄所始终一副铁石心肠，到头还是没有还给她。后来她只好一手捏着没收凭据，一手抹着泪水离开了储蓄所。

毫无疑问，假钞的出现，比其他假冒伪劣商品的危害性质更为严重，因为它使本来为人民的人民币在人民当中，丧失了应有的绝对的信誉；同时它对人民的切身利益和美好感情，也是一个极大的伤害。

那么，假钞一旦钻进无辜的老百姓的口袋，出现上述情况时，又该去找谁投诉呢？

目前，中国除明确规定在流通中一旦发现假钞概予没收外，尚无别的具体妥善解决办法。这就带来一个问题，即一旦有人发现自己手中莫名其妙握有假钞后，深感又冤又亏，于是为挽回自己的损失，就不会送交银行，而是趁早市或夜晚之机，去自由市场的小摊上将其花掉。哪怕捞回两把青菜，或者几个咸鸭蛋，心里也会觉得平衡一些。因为小摊上大都没有验钞机，而一般摊主又缺乏肉眼识别假钞的经验，所以假钞再次流出，并不是一件困难的事情。

结果常常是，一张假钞刚从一个人的口袋出来，紧接着又钻进了另一个人的腰包。如此往复，恶性循环，危机转嫁，使得一张假钞如同一尾无法捕捉的小鱼，在生活的浑水里久久游来荡去。

而作为货币操作机构的全国各个大小银行，始终不会承担假钞的赔偿责任。这是因为，一方面，银行无法判定假钞持有者到底是假钞的操控者还是假钞的受害人；另一方面，在现有市场经济条件下，银行没有承担赔偿假钞的责任和义务，再说全国假钞数额之大，它也承担不起。

于是，假钞的出现，让好不容易有点钱的中国人又多了一份烦恼。

没钱难受，有钱也难受

前些年，大凡爱逛商场的女人或男人都曾有过这样的经历：当你走进商场，选中了一件衣服或者某样电器，然后高高兴兴地跑到收款台前，递上一张崭新的或五十元或一百元的钞票时，收银员总是习惯地把钞票举过头顶，先是眯缝着眼睛看，接着是用手搓，用手揉，用手弹，然后再用或涂过油或没涂过油的指甲抠上几下。收银员在完成这一系列动作过程中，还会不时用余光警惕地对你瞄上几眼，如同一位审判官在审视着一个嫌疑犯。这时站在柜台前的你，自然很不舒服，也很难堪，甚至兴致全无，还有一种受辱之感。但有啥办法，你只有老老实实地听候“宣判”：若是假钞，立即没收；要是真币，再等收银员找钱。

类似这样的尴尬事情还有很多。比如，当你用五十或一百元的人民币在有的商店买东西时，必须先到指定的地点兑换以后，商店才会收款；当你在某些小商店递上一百元大钞时，对方声称找不开，必须由你先找地方兑换成小票后，对方才会把东西卖给你。至于一些街头巷尾的小商小贩，更是一律拒收大钞。他们常常以“找不开”为由，把你拒之门外。于是为了一笔小小的交易，你不得不四处求人兑换，结果还未必成功。

本来，像五十元、一百元这种大面额的人民币的问世，是一件好事，但正是这种大面额钞票的出现，反而刺激了犯罪分子做假的欲望，加重了中国善良百姓的负担。许多老百姓有了大钞之后，不是喜而是忧，他们宁可费点时间和精力去数点小币，也不愿冒险收留大钞。

据说，沿海某城市有个工厂，有一次发工资去银行提款时，首先向银行声明，不要五十元和一百元的大票。为什么呢？因为他们厂上月发工资时，发现了五张五十元和一百元的假钞！

还有一则笑话，说某公安机关破获一假钞案后，特请来一位专家进行鉴定。公安人员先递上一张五十元的人民币，专家端详片刻后说：“真的。”公安人员又送上一张一百元的人民币，专家看了半天，仍蛮有把握地说：“还是真的。”公安人员这才告诉专家，两张人民币，全是假的。专家为之惭愧，颇是尴尬，却不得不佩服做假技术之高明。

于是，从20世纪80年代末期开始，一般银行的营业处，或者商店的收款台，都悄然摆放了一种能放射出紫色光芒的小仪器；进入90年代后，这种台式的小仪器体积开始变小，成为可供个人随身携带、随时启用的小玩意儿。这种小玩意儿，便是专门来识别真假钞票的验钞机！

验钞机识别假钞的方式多种多样。有的用紫光照，看人民币是否有无色荧光图案；有的检查币面，看人民币的号码是否有磁性；有的根据纸的性质，看人民币是否在检测时发出唱歌的声音；还有的是进口货，采用验钞机与微机相结合的方式，可将被验的纸币与真币进行对照，一旦稍有不符，计算机立即发出警报。

验钞机的问世，无疑是人类生活的一大进步；同时对假钞这个魔鬼，更是当头一棒。但问题是，如果验钞机本身就是假的，或者质量有问题，岂不成了天大的笑话！

针对这一问题，我采访了北京动物园、西直门、礼士路、复兴门、王府井等十五家有验钞机的商店，其中有四家商店向我反映说，他们的验钞机出现过质量问题：有的验钞机见了假币不报警，甚至放上一张白纸也无反应，可当你把真币放上去时，它反而唱起了“报警歌”；有的验钞机没用多久，紫光灯就不亮了；还有的验钞机在作磁性检查时，不能准确显示到底有无磁性；等等。

按理说，验钞机是铁的法官，具有绝对的可靠性和权威性，唯有它才能对真假钞票作出公正的裁决。但偏偏有的生产厂家或使用单位，对此极不严肃。有的商店为了节省开支，使用的验钞机仅值一百多元钱。这种验钞机的功能只能通过紫光灯，照照有无水印或有无无色荧光，根本不可能做到准确验证。而还有的个体商店，用的则是中国人民银行明令禁止使用的、仅值几十元钱的识别假钞笔。这种国产的所谓的识别假钞笔，是依靠化学原理，以画出的线条的颜色为依据来判别真伪，不但会污损钞票的票面，而且化学药品的性质极不稳定，根本无法准确识别真假钞票。

我曾去过北京一家专门经营验钞机的商店，发现那儿出售的验钞机多达十几种产品，大小不一，价格各异。其中有几种，既无商标，又无生产厂家，可光天化日之下，仍被堂而皇之地摆在大庭广众面前。我在商店里观察了大约十五分钟，就有四位顾客前来看货，有两人买走了三台。接着我又走进另一家同样经营验钞机的商店，发现一种不知是什么厂生产的验钞机，产品说明书上本来印有厂名和厂址，却被人用笔涂改掉了。但就是这种验钞机，商店照卖不误，顾客照买不断。

如此一来，当中国的老百姓被置身于各式各样的验钞机面前时，各种荒诞的故事也就随之发生了——

北京。一位顾客拿着一百元人民币到一家服装商店购买衣服时，被验出是假钞。她巧妙地收回“假钞”后，很生气，却不服气，又跑到另一家商店购物。本来她很担心这一百元会再次被验出是假钞，谁知这张刚刚还被验钞机判了“死刑”的一百元人民币居然“死而复生”，顺利通过了这家商店验钞机的检验。

广州。一位港商在某商店购买好几万块钱的货物时，服务员指出其中一张一百元人民币是假钞。这位港商不服，请求验钞机“出庭作证”。凑巧的是，商店唯一的一台验钞机这天因电源不通，无法工作。于是收款员拿着钞票，望着这位港商，不知作何选择；而风度翩翩的港商站在验钞机面前，也尴尬万分，哭笑不得。结果，一笔好端端的生意只好不欢而吹。

成都。一位妇女在春节前带着儿子高高兴兴地走进商场，要为儿子买一个变形金刚。可当她递上一张崭新的五十元的人民币时，收款员用手指轻轻一弹，便弹出两个字来：“假的!”两人为此争吵起来，可谁也说服不了谁，最后只好让验钞机“出庭裁决”。滑稽的是，验钞机的紫光灯照出这张人民币有无色荧光，说明是真的；但同时验钞机又显示这张人民币没有磁性，说明是假的。同是一张人民币，验钞机却验出了真假两个结果，那么到底是该相信验钞机呢，还是该相信钞票本身呢？为此双方吵得不可开交。最后，这位母亲非常气愤，当场一把撕碎了那张说不清是真还是假的五十元的人民币，并一边撕一边骂：“妈的，没钱难受，有钱也难受!”骂完，拖着哭哭啼啼的儿子摔门而去……

验钞机本是克制假钞的武器，是防伪、验伪的重要工具，但防伪、验伪的工具居然也出现假冒产品，一个本来就真假难辨的钞票世界反而被搅得更加复杂了。而善良的老百姓在这真假难辨的世界里，除了万般无奈，便是叫苦不迭。于是有人感叹说，难道人类智慧高度发展的结果，就是每当一项新技术的出现，一定就会再衍生出另一个与之作对的“新技术”，迫使科学走向反动的另一面？

看来，打假防伪，已成现代人生活的必需。

注意：别让假钞溜进你的腰包

事实上，打击假钞的犯罪活动，早已成为一场跨越国界的斗争。

国际刑警组织自成立之日起，反伪钞就是他们的一项重要任务。在 1923 年第一届国际警察会议通过的决议中，就有一项是关于反伪钞的。1929 年 4 月 20 日，国际刑警组织和 26 个缔约国在日内瓦共同签署了《国际反伪造货币协议》。根据这一协议，第一届国际反伪货币会议于 1931 年在日内瓦召开。此后六十年里，又召开了六届。而世界各国为维护本国经济秩序和货币的信誉，也一直都在采取积极手段，严厉打击假钞制造分子。

从中国的司法实践来看，现有刑法第 120 条有明确规定：“伪造国家货币或者贩运伪造国家货币的，处三年以上七年以下有期徒刑，可以并处罚金或没收财产。犯前款罪的首要分子或者情节特别严重的，处七年以上有期徒刑或者无期徒刑，可以并处没收财产。”

1984 年，深圳六十八万元假币案的主犯被判死刑。据说，这是中国至今唯一判了死刑的假钞罪犯。另一次判刑较重的，是 1990 年 4 月，北京市中级人民法院判决贩运三十万元假币的主犯马玉民无期徒刑，另一名主犯高柏桐有期徒刑二十年。

但就总体情况而言，中国对伪造假币犯罪分子的打击并不是十分严厉，对涉及假钞问题的某些法律，也有待进一步完善。因为当初刑法制定者们并没有想到假币的犯罪后来会发展到如此猖獗的地步，故在具体的司法实践中，一开始难免出现处理偏轻的情况。比如，对伪造贩运五万至十万元人民币的犯罪分子的量刑，还没有偷窃三万至五万元人民币的小偷的量刑重。于是有的犯罪分子对金钱的追逐，便远远超过了对法律的恐惧，明知犯罪，也要以身试法。

目前，世界各国政府一致认为，在钞票技术的研究开发方面，必须保持先进性、高效性和延续性，并为此展开了大量卓有成效的工作。由美国、英国、加拿大和澳大利亚组织的四国集团先进防伪技术委员会、太平洋印钞会议成员国和欧洲印钞会议成员国，在钞票防伪技术的研究和开发方面，均走在了前列。特别是在新版钞票上应用最先进的防伪技术，已形成一股潮流。比如，为更有效地防范钞票的伪造，在美国新发行的美元上，票面的肖像旁设计了一条肉眼看上去极普通的线，这条线实际上是由一串缩微的“美利坚合众国”的英文字母组成，使伪造者无法伪造。

最近，美国政府还准备把“压印全息”这项世界上最先进的印制技术，也应用到印钞中去；加拿大最近新发行的一种面值为五十元的纸币，其左上角也新增了一块独特而极难伪造的薄膜，若将纸币倾斜，这块薄膜的颜色便由金黄色变成绿色；澳大利亚国家银行在澳大利亚国庆二百周年之际，发行了世界上第一张特种塑料为承印物的面值十澳元的塑料钞票，开创了钞票印刷的新纪元；英国新近发行的系列钞票，采用了最先进的开窗式透射安全线，使想利用一切现代复制技术伪造钞票的犯罪分子束手无策；荷兰国家银行发行的新版钞票为了便于公众识别，特别选择了荷兰人最喜爱的兔子藏在灌木丛中这一设计图案——在日光下看不见兔子，在红光下则能看见；此外还有的国家采用的是分段式安全线，在票面上加入彩色纤维，有的还采用了更先进的光可变油墨，使钞票在不同状态下显示出不同的色泽。

总之，每个国家发行的钞票都凝聚了本国当代最先进的科学技术。因此，防伪，实际上已成为当今世界一场真与假的科技竞争。

在这场竞争中，中国自然不会袖手旁观。1993 年 8 月，在公安部和民政部的直接领导下，全国性的中国防伪行业协会筹委会在京成立。1995 年 3 月的一天，我来到筹委会办公处，据主管人民币防伪工作的一位负责人介绍，近几年来中国防伪技术的研究、开发和生产发展较快，已经研制成功了不少新的防伪技术。但是，由于巨大的投资和防伪技术水平的限制，中国在造币过程中无法采用更先进的防伪技术，因此防伪产品质量与国外相比，目前尚有很大的差距。主要问题是防伪技术的研究，低水平重复的较多，而高新技术的开发不够；不少产品已超过了社会需求，且带有一定的盲目性；许多验钞产品还属初级阶段，性能不稳，质量较差。尽管人民币已采用凹版印刷、水印防伪，特别是90版的人民币又加入了无色荧光和安全线两项新技术，但钞票防伪的整体技术水平，仍落后于许多发达国家。此外，在群众防伪意识这方面，也远不如国外。比如在西方一些全民防伪的国家里，不仅成人的防伪意识极强，而且在小学生的课本里，也加进了如何认识真币、怎样鉴别假钞的授课内容。而在中国，尽管我们拥有十二亿人口，防伪教育却一直都很薄弱，全民防伪意识更是相当淡漠。

为了检验一下中国人的防伪意识，我在文化素质较高的首都北京，对三十名中年人进行了调查，发现有一半以上的人说不全人民币的主要防伪特征；而能识别几种真假外币的人，则更是寥寥无几。至于其他边远地区的人们对真假人民币的辨别常识和辨别水平，就可想而知了。

我进而从有关权威人士那里了解到，目前国内造伪币的方法，主要有刻版印刷、影印、拓印、手绘和涂改等。另外，彩色复印机也是犯罪工具之一。由于彩色复印机的复印效果较好，不仅让很多老百姓难辨其真伪，甚至连美国联邦经济情报局稽查处处长乔·卡农也无奈地感叹说："彩色复印机使制造假钞从一种需要很高技艺的操作，变成了办公室职员一念之差，便可干出来的犯罪行为。"

但是，由于常见的印刷品均为胶印（平印）或铅印（凸印），唯独印钞技术是凹印，即钞票上的主要图文都是凸出来的，手感更为明显——这一点，任何一种彩色复印机都无法模仿，再加上印钞纸都是特制的，它与用木纤维或草纤维纸浆制造的普通纸有着本质的区别，即便有的旧钞票已经又脏又皱，甚至皱成一团，也绝不会折断，所以从这个角度说，制造假钞也不是一件轻而易举的事。

但愿明天的世界都姓真

北京天安门前，是五星红旗每天迎着太阳升起的地方，也是显示新中国尊严的地方。然而就在这里，却留下了一个关于假钞的故事——

1993 年春，四川大巴山区的一位年仅 7 岁的小女孩，因患眼病吃了假药，导致半年后双目失明。父亲为此深感内疚，决心要为女儿治好眼睛，便为一家砖厂挑了一年的砖头，又卖掉了家里全部值钱的家当，才攒足一千元钱，于 1994 年春领着女儿来到北京。可父亲领着女儿跑了半个多月，跑遍了北京大大小小十几家医院，都因钱太少，无法支付女儿治眼的费用，极其愧疚而又万般无奈的父亲只好决定离开北京。离开北京的头天晚上，父亲问女儿有什么要求，女儿憋了半天，只憋出一句话："爸爸，我想在天安门前照一张相。"第二天，父亲领着女儿来到天安门前，他先在天安门广场的一角，用从山里带来的两件皮货与一位穿西服的中年人换回一张五十元的人民币后，才领着女儿来到一家照相处。然而当他拿着这张刚刚换来的五十元的人民币去照相处开票时，开票的小伙子却说他的这张五十元的人民币是假的，而且还将他一顿臭骂。父亲如雷轰顶，不知所云，因为活了几十岁，他还是第一次听说人民币还有假的！最后，这位来自大巴山的老实巴交的农民望着巨大的毛主席画像哭了，而他双目失明的女儿也哭了，并死死抓扯着假币大声哭喊着问道："爸，咋个北京的钱也有假的呀？爸，咋个人民币也有假的呀？"

不久前，我采访几个在押的假钞罪犯时，曾问过这样一个问题："你们为什么要千方百计制造、贩卖假钞？"

一个男犯回答说："如果简单用一个字来讲，就是穷。我祖祖辈辈都很穷，全家养不活我，我也养不活全家，所以我十七岁就跑出家门。但我没文化，没手艺，挣不上钱，就老饿肚子。后来实在活不下去了，就倒弄起了假币。因为一堆废纸，就可以换回大把的人民币，这个世界再也没有比这更划算的买卖了，所以就拼着命干，反正谁也搞不清是真是假。”

另一个女犯回答说：“为了钱，我十七岁就去外地做工。开始，我谁都相信，什么都信以为真；后来，我一次又一次地被别人欺骗，有一次被人骗了还差点自杀。后来我就想，反正这个世界都是你骗我，我骗你，既然有人用假话骗了我，我为什么不可以用假钱去骗别人呢?”

的确，私欲制造虚假，贫穷产生罪恶。社会上假的东西太多，是因为真的东西太少；社会上假风盛行，是因为这个社会存在适合生长假的土壤和气候。

今日中国，改革大潮奔涌不息，经济活动渗透每个角落。本来，金钱日益增多，于国于民，都是件好事，但金钱造福于人类的同时，却酿造了罪恶。违法分子们制造假币，不仅干扰了国家的金融市场，同时也危害了人民的正常生活。何况，人民币是中国的本位货币，理应具有绝对的尊严和可靠的信誉。

因此，为了人民币的尊严，为了人民币的信誉，为了假钞不再坑害善良的百姓，我迫切希望人民币立法早日出台，但愿明天的世界都姓真。

1995 年 3 月 15 日

袁隆平：田间种稻人

一

有一个叫曹宏球的湖南农民，用自己多年辛苦劳动所得的五万元人民币，请人雕刻了一尊与真人一样大小的白玉雕像，然后供奉在家，像当年朝拜毛主席他老人家一样天天朝拜。

这个被雕刻成白玉雕像的真人，便是袁隆平！

有人说，湖南人不得了啊，近百年出了两个大人物，一个是毛泽东，一个是袁隆平。

其实袁隆平不是湖南人。

袁隆平1930年生于北京，二十三岁去了湖南，一去便是五十四年，而且余下的这把老骨头肯定也就留在湖南了。所以，即使别人不把他当湖南人，他也会把自己当湖南人。

1982年，国际水稻所所长斯瓦米纳森先生送了袁隆平一个称号——“杂交水稻之父”！

然而在袁隆平看来，一个人的头衔并不重要，重要的是你干了什么。他说，其实我就是一个在田里种了一辈子稻子的农民！

的确，袁隆平留给人的印象就是农民。1997年，我在国家科技部第一次采访他时，他留给我最深的印象，是农民；十年后，即2007年4月，我在美国驻华大使馆第二次采访他时，他留给我最深的印象，还是农民。只是这次不同于上次的是，他没有那么黑了，也没上次那么糙了。上次我一眼看上去，额头、脸面、脖子，还有胳膊、手掌，又黑又糙，简直就像荒芜的山坡，龟裂的土地，尽是岁月的风霜刻下的皱纹。“农民”这一朴实而光荣的印记，似乎已经深深融进了他的血液与骨髓。

而如今的袁隆平，尽管早已名扬天下，成了名副其实的“杂交水稻之父”，甚至有人还预测说，袁隆平很可能获得诺贝尔奖！但他的本质特征，始终还是一个农民。

或许正是因为这一点，便命中注定了他的立场是农民，性格是农民，情感也是农民。难怪他当年报考的专业是农业；难怪他只要端起饭碗，就会想到中国的百姓。

二

袁隆平之所以一辈子考虑的都是吃饭问题，源于他自己对饥饿的沉痛体验。

1953 年，袁隆平从重庆西南农学院毕业后来到湖南安江，在农校当了一名教书匠。湖南安江，地处深山，偏僻贫穷，尽管有农田千亩，可这儿的农民兄弟祖祖辈辈在田间辛勤劳作，依然摆脱不了饥饿——每年春荒时节，一天只能喝上一顿稀粥！尤其是 20 世纪 60 年代初，当大饥饿像瘟疫般降临中国时，袁隆平所在的学校被迫停课，学生们开始挖野菜、寻草根，他自己也饿得连看书的力气都没有了，每日只能靠几块水果糖维持生命。

一日，袁隆平见校门口围了许多人，挤进去一看，地上躺着两具臭烘烘的尸体，一打听，原来是没粮吃，活活饿死的！袁隆平的心里受到很大刺激，生平第一次真正意识到粮食对人的生命是何等的重要！于是，如何解决中国的粮食问题，怎么解决中国老百姓的吃饭问题，成了他的一块心病，也成了他毕生追求的梦想。

此后，袁隆平开始了杂交水稻的探索与研究。

然而，梦想与现实之间，毕竟隔着一段路程。在这段路程中，有曲折、有艰险、有风雨、有雷鸣，必须有人去蹚，有人去付出。而这种付出，不光包括辛劳、汗水，还有鲜血，甚至生命！

袁隆平住在农校一间小木屋里，举目无亲，孑然一身，每天都要去山脚下挑水，每周都要到山那边砍柴。而他每天只有二两米，每月只有三两油，伴随他的除了饥饿，便是孤独。但为了积累实践经验，在学习之余，他常常打着赤脚，和农民们一起浸种、插秧、踩田，一干就是一天。

当时，西方摩尔根的遗传学理论已悄悄进入中国，袁隆平在偷偷阅读大师的著作时，发现“资产阶级”的遗传学理论居然可以指导水稻增产。后来经过反复的理论研究和多次的田间试验，他还得出一个结论：只有杂交水稻才会增产！

遗憾的是，他的这一结论不仅国外一些遗传学者和水稻专家予以否认，而且国内不少育种专家也不认同。于是，为了拿出科学根据，找到水稻雄性不育株，袁隆平利用假日，或顶着烈日，或冒着严寒，节衣缩食，不辞辛劳，用一双沾满了泥巴的双脚几乎走遍了整个南中国。

1964 年 7 月 5 日，经过连续十六天在农场稻田的苦苦寻找，袁隆平终于发现了一株雄性不育株，随后他又发表了论文——《水稻的雄性不孕性》。

此文的发表，标志着中国杂交水稻研究迈出了第一步，甚至有人还比喻说，袁隆平吹响了世界第二次“绿色革命”进军的号角！

不幸的是，“文化大革命”的号角不久也吹响了，上百张批判袁隆平的大字报刷满了学校的墙内墙外，“黑崽子”“现行反革命”“资产阶级臭老九”等帽子一顶接一顶地扣在了袁隆平的头上。有人指责他的理论是对遗传学的无知，有人骂他是“科技骗子”，有人捣毁了他的实验田，甚至有人还棍棒相加，砸烂了他培育杂交水稻秧苗的六十多个坛坛罐罐！

而与此同时，工作组长也亲自找他谈话，说他搞杂交水稻是走

"白专"道路。

他幽默地回敬说，我走的不是白专道路，而是"白米"道路。

工作组长说，毛主席教导我们：革命不是请客吃饭。

他便反问道，既然革命不是请客吃饭，那我们是不是就不种水稻了？

尤其是他钻研水稻授粉的优劣时，还遭到部分专家和学者的反对，后来连助手都有些动摇。但他却说："这好比一个人听收音机，他收不到信息，就愣说人家电台没播音，这是没有道理的。科学这个东西是不讲情面的，它不会因为谁是专家就青睐谁，成功的阶梯永远铺在勇于探索者的脚下。"

于是顶着"文化大革命"的巨大压力，从1964年到1970年，整整六年时间里，袁隆平不顾个人得失，只管埋头耕耘，靠着锲而不舍的精神和简陋的工具，用一千多个品种做了三千多次杂交试验、上万次测验！后来有人评价说，袁隆平试验杂交水稻的这六年，是人类进行水稻革命最有意义的六年，其难度之大，压力之重，条件之差，时间之长，超过了居里夫妇对放射性镭的探索！

1970年10月的一天，袁隆平和他的助手在海南一个农场的沼泽地里，终于找到了一株雄性不育的野生稻，从而宣告了杂交水稻"三系"配套的成功！

1975年冬，国务院作出了迅速扩大试种和大量推广杂交水稻的决定。湖南等全国十三个省、市、自治区的十八个单位的五十多名农业专家纷纷赶到海南，与袁隆平一起研究，共同试验。当时，袁隆平每天的出差补贴只有0.27元。每次出差，途中疲劳而寂寞，为了排解旅途的寂寞，他省吃俭用，咬牙买了一副扑克牌，本想找个部门报销一下，却怎么也找不着，最后只有自己掏了腰包。

而且，去三亚搞育种时，袁隆平总是自己带着铁桶、草席、蚊帐。每次一到，先提一桶冷水，冲掉身上的臭汗，再卸一块门板，铺一张草席，挂一顶蚊帐，便和当地农民睡在一起。为防止田鼠偷吃稻种，有时他还要睡在稻田里。所以，半夜三更爬起来驱赶田鼠和蚊子，对他来说是家常便饭。

就这样，孤独的袁隆平孤独地坚持了整十年。十年间，袁隆平体重下降三十斤，七个春节都在三亚度过。两个儿子出生时，他都不在产房而在稻田，甚至父亲病故，他也未能尽孝送终。

1988年，袁隆平研发的杂交水稻全国累计种植面积达十二点五六亿亩，累计增产水稻一千多亿公斤，为国家增加总产值二百八十亿元；到2001年，全国累计增产三千五百亿公斤！

于是，湖南的老百姓把袁隆平发明的杂交水稻称为“翻身稻”“幸福稻”！一位老农还说：“我们现在能填饱肚子，全靠‘两平’：邓小平和袁隆平！”

然而袁隆平心里非常清楚，随着世界人口的不断增多，粮食问题将继续困扰着人类。据专家预测，在今后二十年到三十年中，世界人口仍将以每年八千五百万的速度往上递增。到2030年，全世界的人口将增至九十亿，2050年将增至一百亿！

而中国的人口，亦是一个巨大的天文数字！1988年联合国人口基金会曾赠送中国一个人口钟，该钟显示：中国每分钟增加人口二十五人，每小时净增加人口一千四百五十九人，每年净增加人口一千五百万人！到2040年，中国的人口至少增至一五点六亿！而地球上可耕地资源的开发和开采，早已超过限度。随着水土不断流失，环境资源愈加恶劣，粮食的生产将大打折扣！于是国际水稻研究所早就发出警告，亚洲国家到2025年将面临严重缺水，人均可用水量将减少40%－60%，中国已被联合国列为世界十三个缺水国家之一；同时中国的土地沙漠化每年正以两千一百平方公里的速度向前推进，不少土地“带病”生产，若不及时治理，有朝一日将寸草不生！

此外，中国还是一个耗粮大国，一是中国人每天要吃粮十五亿斤，二是食品加工业每天要耗粮数亿斤！据1994年的统计，中国登记在册的酒厂就有四万家，年产白酒六百五十一万吨。就是说，中国人一年光喝酒就要喝掉粮食一千四百三十二点二吨，相当于北京市市民三年多的口粮！难怪1996年李鹏在一次听取汇报时说："现在的粮食不是多了，而是很不够！现在我们白酒的产量相当高，一年要用掉五百多亿斤粮食！"

何况，与人类竞相耗粮的还有老鼠！据世界粮农组织统计，全世界每年有十分之一的粮食被老鼠吃掉！进入20世纪90年代后，中国农田鼠害面积已高达四亿亩！以至于鼠类专家不得不疾呼："人类要想在新的世纪里更好地生活，就必须消灭老鼠！"

美国著名的经济学家、世界观察研究所所长布朗先生针对中国未来的粮食问题发表了一系列的看法。他说，中国是个庞大的国家，如果每个中国人多喝两瓶啤酒，挪威的全部粮食都会被吃掉；如果中国人像日本人那样消费海产品，全世界的海产品都将被中国人全部吃光；正从农业社会迅速转向工业化社会并拥有十二亿人口的中国，将给拥有五十七亿人口的星球带来巨大的生态冲击，迫使人们重新思考"安全"的定义。因为食物匮乏和经济不稳定带给我们的威胁，将比武力侵略更为可怕。甚至布朗先生还向世界提出了一个惊世骇俗的问题：下个世纪，谁来养活中国？

面对种种问题与质疑，对袁隆平来说，最好的外交辞令便是行动。他要用行动向世界证明：中国人能够自己养活自己！

1996年，据国家统计局统计，中国粮食总产量达到四千八百五十亿公斤，比1995年增产百分之三点四，增产超过两百亿公斤！十年间中国的杂交水稻累计推广了一点六亿公顷，增产稻谷二点四亿吨，相当于每年增加了一个中等省份的粮食产量。

二十多年来，袁隆平已在海南选育出了数十个杂交水稻品种，杂交水稻的种植面积已占全国水稻总面积的百分之五十以上。2000年培育出了亩产七百公斤的超级稻品种，2005年又培育出了亩产八百公斤的超级稻品种。据袁隆平估算，中国目前的杂交水稻播种面积大约为两亿亩，如果都能改种超级稻，每亩可增产一百五十公斤，新增产量可多养活七千五百万人。而且，杂交水稻还在世界二十多个国家得到推广应用。

于是，日本人说："中国的杂交水稻给日本带来了风暴!"美国人说："杂交水稻是中国继'四大发明'之后对人类作出的第五大贡献!"美国普渡大学教授汤·巴来伯格说："袁隆平在农业科学上的成就，击败了饥饿的威胁。他领导着人们走向丰衣足食的世界；同时，他给那些保守者上了一堂很有价值的课，这就是怎样在农业科学事业上去创造功绩。他把西方抛在了后面，成为世界上第一个成功地利用水稻杂种优势的伟大科学家!"而中国的著名计算机专家李国杰则说："袁隆平对中国的贡献，并不亚于'两弹一星'!"

此外，从 1981 年起，袁隆平还先后获得中国第一个特等发明奖、联合国知识产权组织"杰出发明家奖"、联合国教科文组织科学奖、英国伦敦让克奖、美国菲因斯特拯救饥饿奖、香港何梁何利基金奖、联合国粮农组织"粮食安全与保障奖"、日本"日经亚洲大奖"等国内外大奖以及 2001 年中国最高科学技术奖!

不过，袁隆平的眼睛并没有停留在奖杯上，他心里始终惦记着的，还是老百姓的肚子。就在领取中国最高科学技术奖的当天，已经七十一岁的袁隆平便飞到海南三亚，一下飞机就走进试验田，检查土壤，测算稻穗，丈量植株，像一个老农忙着查看自己的庄稼。作为一个科学家，他看重的是科技成果，而不是社会头衔。他淡泊名利，淡泊地位，远离世俗，远离官场，与粮食无关的事能推就推，能不沾就不沾。他曾先后辞去全国人大代表、湖南省农科院名誉院长等头衔。他说："人怕出名猪怕壮。出名这个事对一些人来讲是好事，可以名利双收，但我这个人就怕出名，因为出名之后，我自由度越来越小，从事水稻研究的时间就越来越少了。"

是的，袁隆平不希望社会为他编织更多的神话，他只想为中国老百姓的饭碗多添点粮食。有人问他："一生中希望有多少资产?"他说："有一个小小的家，足矣。家再大，只能睡一张床，资产再多，每天也只能吃三顿饭。对钱这个东西我看得很淡，够用就行。”

他长年累月，粗茶淡饭，深居简出，生活上从不讲究。他最贵的一套衣服价格为六百多元，是为到北京领奖才买的。后来又买了一套三千多元的西服，也不愿穿。即使这次去美国，我也亲眼看见，他只穿了一件约值二百元的便装和一双百来块钱的皮鞋。

有一次，在别人的怂恿下，袁隆平也买过一件一千八百元的T恤衫，但他只穿了一天，便扔给儿子了。还有一次，有人送他一双四千多元的意大利皮鞋，他只穿了两天，也送给儿子了。他说，名贵的东西穿在身上就发痒，很不舒服。人生在世，穿好、吃好真的不重要，重要的是事业，是放宽心情。

袁隆平性格洒脱，无拘无束，风趣幽默，兴趣广泛，是个典型的性情中人，真正的“老顽童”。他告诉我，他喜欢爬山、下田、游泳，到大自然中去舒展筋骨（他曾经得过游泳冠军）；他喜欢同年轻人一起打麻将，赢了高兴得像个小孩，输了被人摁着钻桌子，在麻将桌上寻找人生另一种逍遥与快乐；他喜欢独自在月光下拉小提琴，在琴声中排解疲劳与焦虑，倾诉忧伤与苦闷。他的秘书辛业芸说，袁隆平老师其实很开明，很会享受生活。当年我们都没有自行车时，他就骑自行车下田了；后来我们骑自行车了，他又骑摩托车下田了；等我们骑上摩托时，他又开着小汽车下田了。他在生活上好像也在引领社会的时尚。

袁隆平确实已经老了。可他依然神采奕奕，壮心不已。2007年我采访他时，他对我说：“我是七十七岁的年纪，五十岁的身体，三十岁的心态!”说罢仰天大笑，笑出一身豪爽!

袁隆平的生活很有规律，每天早上7点准时起床，去田间散步；8点到办公室，投入工作；中午睡上一个小时，雷打不动；下午打一个小时的排球，居然跳起扣球，担当主攻手；晚上按摩一个小时，一边享受舒服，一边默默思考；晚上12点准时上床，看半小时书，闭眼睡觉。

新世纪开始后，袁隆平领导研究的中国“超级杂交稻”项目，正朝着亩产九百公斤的第三期目标推进。他希望通过实现“种三产四”——种三亩地产四亩地的粮——帮助中国农民早日致富；他计划在五年内，让中国六千万亩农田产出八千万亩农田的产量。在他看来，这个世界上一切都可以超脱都可以舍弃，唯有杂交水稻是他心中永远的上帝！他说：“我这一辈子还有两个愿望，一个是把杂交水稻推向世界，造福全人类；一个是把‘超级杂交稻’搞成功，不光解决中国的粮食安全问题，还要解决世界粮食的安全问题。我这人就是这样，常常是攀上了一个高峰，又想攀上更高的高峰，没办法，我的天性就是这样！”

的确，袁隆平像一个真正的登山者，刚从前面一个山头走下来，又向着另一个更高的山头爬去，仿佛永远没有尽头，永远没有满足。我以为，中国科技评奖委员会为他写下的颁奖词，是对他最好的褒奖——

> 袁隆平是一位真正的耕耘者。当他还是一个乡村教师的时候，已经具有颠覆世界权威的胆识；当他名满天下的时候，却仍然只是专注于田畴。淡泊名利，一介农夫，播撒智慧，收获富足。他毕生的梦想，就是让所有人远离饥饿。

2008 年 4 月

导弹专家的无名人生

当今中国，专家多如牛毛，且名声不小。尤其是有的专家，借助电视或者网络，一夜爆红大江南北，既财源滚滚，又名扬天下。

有一部分专家则不然。

这部分专家因工作性质绝对保密，一辈子注定只能隐名埋姓，默默无闻。也就是说，无论他们为国家付出了多大牺牲，作出多大贡献，都与鲜花掌声无缘，与金钱名利无缘，与父老双亲无缘，与妻子儿女无缘，而只与国家安全、人民安宁休戚相关。

在这群无名专家中，有一位导弹专家尤其特殊，他是中国科学院院士、国际宇航科学院院士、“两弹一星”元勋、中国航天科工集团高级技术顾问。然而，几十年来他始终隐名埋姓，与世无争，直至默默走完他九十五岁的人生，外界也鲜有人知。

这位导弹专家叫黄纬禄。

我第一次采访黄纬禄先生，是十三年前的1999年。当时以美国为首的北约轰炸了中国驻南斯拉夫大使馆，国内群情激动，义愤填膺；国际众说纷纭，舆论哗然。于是中国的导弹问题，就像后来的钓鱼岛事件一样，立即成为中国人民饭后茶余争相议论的焦点。黄纬禄是中国著名的战略导弹专家，自然成为当时不少人渴望采访的对象。但不愿接受采访，是黄纬禄的习惯；不愿谈及自己，是黄纬禄的性格；何况有严格的保密制度，黄纬禄也不可能接受采访。好在多年来我与科学家们关系特殊，黄纬禄老先生才答应接受我的采访。

那是深秋的一个上午，我准时走进黄纬禄的办公室。黄纬禄一身中山装，端庄得体，笑眯眯的眼里透着平静，温文尔雅的脸上尽显慈祥。乍一看去，分明就是一个普通平常、和蔼可亲的干瘦老头，而丝毫看不出是一位历经人世风霜、万钧雷霆的导弹专家。

那天我们聊了很多。谈到他的童年与少年，黄纬禄一脸的孩子气；谈到中国的导弹，谈到以美国为首的北约轰炸中国驻南斯拉夫大使馆，黄纬禄立即屏住呼吸，一脸凝重，话语中既有几许愤怒，又有几分忧虑。他说："别人轰炸我们的大使馆，其实就是对中国的一种威胁；而对付这种威胁的最好办法，就是赶紧行动起来，尽快研制出我们中国最好的导弹！"

显然，像黄纬禄这样的专家，中国不是太多而是太少；不是有名，而是根本无名。这样的专家人民有权了解他，历史应当记住他。于是2012年，即黄纬禄去世后的第二年、钓鱼岛事件发生后的第二天，我再次走进黄纬禄生前工作过的那个神秘大院。

一、 竹蜻蜓与 V－2 导弹

黄纬禄的一生，可以说就是与导弹相依为命的一生。

如果我们把黄纬禄的人生称之为"导弹人生"，那么他的"导弹人生"的第一步，与他儿时玩耍的竹蜻蜓有关。

黄纬禄 1916 年 12 月 18 日出生于安徽芜湖一个普通的教师之家。芜湖是一座历史古城，位于安徽省东南部，地处长江下游南岸，南倚皖南山系，北望江淮平原；浩浩荡荡的长江自城西向东缓缓流淌，青弋江则自东向北穿城而过，最后汇入长江。这座拥有两千多年历史的古城，既是江南有名的鱼米之乡，也是历代文人墨客吟诗作画的胜地。黄纬禄诞生在这样一块土地上，是他个人的幸运，也是他家族的骄傲。

黄纬禄的母亲姓汪，人称黄汪氏，一生省吃俭用，勤俭持家，任劳任怨，宽以待人，典型的老实善良的中国传统女性。黄纬禄的父亲名叫黄藻，清朝秀才，博学多识，为人正派，对子女的人格培养和学习教育要求极严——既要学习古人，效仿先贤；又须勤学苦读，报效祖国。因此，父亲在儿时的黄纬禄的眼里，不是一位慈祥可爱的爸爸，而是一位严厉苛刻的老师。

黄纬禄有三个哥哥、两个姐姐，他是黄家最小的一个。三个哥哥都是大学毕业，不仅长相英俊，而且才学兼备。所以每次家里来了客人，父亲总是要把三个哥哥夸奖一番，却极少提到年幼无知的他。每当这时，相貌平平的黄纬禄便默默地躲在一边，几乎被人忽略。后来黄纬禄少言寡语、外柔内刚的性格和不好张扬的做事风格，或许与此有关。

六岁那年，黄纬禄被父亲送进私塾读书，读的是《三字经》《百家姓》《千字文》《论语》《孟子》之类的课本。刚开始，黄纬禄挺高兴；没过多久，他就没了兴趣甚至有些厌烦。于是他常常借故称病偷偷逃学，与小伙伴们一玩起来，便是好几个小时。

贪玩，是天下所有孩子的天性，黄纬禄也不例外。但黄纬禄与一般孩子不同的是，他在玩耍中常常喜欢动脑筋。黄纬禄最喜欢玩的，是他自己亲手制作的竹蜻蜓。每次玩竹蜻蜓时，别的同学都情不自禁拍手称快，唯有他望着空中飞翔的竹蜻蜓傻傻地发呆。

有一次，望着飞来飞去的竹蜻蜓，黄纬禄的脑子里忽然涌出了无数的问号：竹蜻蜓为什么能在空中飞？竹蜻蜓靠的是什么力量在空中飞？竹蜻蜓为什么会有飞的力量？竹蜻蜓的力量到底有多大？

接着，他的脑子里又冒出一个大胆的设想：既然竹蜻蜓具有这样的动力，能不能做一个“飞弹”，用这些竹蜻蜓做动力？比如在前面并排装上几个竹蜻蜓，让它向前飞；再在顶上装几个竹蜻蜓，让它向上飞；“飞弹”的高低，由竹蜻蜓来控制；而竹蜻蜓的动力，则利用橡皮筋的弹力；然后再在竹蜻蜓的底下装一个“炸弹”，在绳子的一端系上一支香，香点燃后再去点燃炸药。这样做出来的“飞弹”，不就可以扔到敌人的阵地上去了吗？

这个关于“飞弹”的梦想，儿时的黄纬禄自然无法实现。但后来在异国的上空，他却亲眼看见了一枚实实在在的导弹！那是在英国，时间是1943年。这一年，英国工业协会到中国招收实习生，黄纬禄有幸被选中。他先到伦敦标准电话电缆公司实习，一年后转到马可尼无线电公司，第三年又考上英国伦敦大学帝国学院无线电系，攻读研究生。

也许是命中注定，黄纬禄在英国一家无线电工厂实习期间，有一次居然亲眼见到了他儿时梦想过的“飞弹”！当时，法西斯德国常常用V－1、V－2导弹偷袭伦敦。有一天德国的一枚V－2导弹落在了黄纬禄实习的工厂，和他一起工作的五个英国人当场被炸成碎片！由于黄纬禄是实习生，而实习生可以比正式员工晚半小时上班，所以黄纬禄有幸躲过一劫。

此后不久，英国军方搞到了一枚没有爆炸的V－2导弹，解剖后放在伦敦博物馆展览。黄纬禄听说后，迫不及待走进伦敦博物馆，而后围着这枚V－2导弹，转了一圈，又转了一圈。于是这一天的黄纬禄，成为最早见到导弹实体的中国专家之一，并且，德国的这枚V－2导弹就像一粒饱满的种子，从此悄悄种在了他的心上。

1947年9月，黄纬禄从英国伦敦大学帝国学院毕业，获硕士学位。本来，他可以留在物质待遇丰厚的英国，但他心里清楚，刚被日本践踏过的祖国，积弱积贫，内乱频起，民不聊生，急需科技知识分子回去做点事情；更何况，他当年出国是为了回国，“科学救国”既是他从小的志向，也是他生命的职责。所以，1947年10月，他选择了回国。在回国的途中，他每天站在客轮的甲板上，心里反反复复琢磨着一个问题：回国后，能为自己的祖国做点什么呢？

二、选择导弹，就是选择奉献

黄纬禄结缘于导弹，似乎是一种命中注定。

从20世纪四五十年代过来的中国人，恐怕谁都难忘50年代。那是一个激情似火的年代，也是一个四面楚歌的年代。那个年代的中国，最需要的武器是导弹、原子弹；但这两样东西美国有，苏联有，中国没有。于是，1956 年 10 月 8 日，国防部第五研究院成立；1957 年 11 月 16 日，国防部五院第二分院成立。搞出中国自己的导弹、原子弹，成为当时年轻的新中国的燃眉之急！

回到祖国的黄纬禄，原本可以选择做一个象牙塔里的副教授，但他最终还是选择了一条实业救国的路。他先后在上海无线电研究所、上海华东工业部电信工业局电工研究所、北京中国人民解放军通信兵部电子科学研究院任研究员，后因国家急需导弹人才，1957 年 12 月，他被正式调入国防部第五研究院第二分院（简称二院）。

二院位于北京永定路一个普通的大院，属部队编制，黄纬禄被授予上校军衔。院里除了总后财经学院和通信团留下的几间小平房，四周满目苍凉，一片荒郊野滩。但是，“生在永定路，死在八宝山”，是那一代航天人发自心底的誓言；甘愿隐名埋姓，牺牲奉献，甚至在设计图纸上也不留下自己的名字，是那一代航天人的宝贵品质；而“上不告父母、下不告妻儿”，忠于国家，绝对保密，是那一代航天人必须遵守的铁一般的纪律。因此，黄纬禄和当时其他许许多多的专家一样，一夜之间便从亲朋好友中消失了，从老父老母中消失了，从妻室儿女中消失了，而且消失得无影无踪无声无息。

黄纬禄负责导弹控制系统的研究工作。控制系统是导弹的“中枢神经”，在导弹飞行中起着重要的作用。当时中国这方面的人才奇缺，除钱学森之外，其他专家与导弹几乎不沾边。于是向苏联专家学习，是当时黄纬禄他们的主要任务，具体说，就是从苏联提供的 P－1、P－2 导弹的实体学起。为了苦练基本功，黄纬禄他们天天加班加点，夜夜挑灯鏖战，上楼下楼全是跑步。甚至已到年关了，有人还用扁担挑着外文资料，偷偷溜进办公室，趴在地板上钻研。

尤其 1958 年，是中国的“大跃进”年，全中国都在“大跃进”，科学界当然也不例外。按当时上级的要求，每个科研单位都要制定规划，定出具体指标，并保证什么时候完成；而且，单位与单位之间，个人与个人之间，彼此都暗暗憋着劲，全往高指标上定。黄纬禄时任控制系统主任，刚开始，他也不敢搞虚假，所以定的规划和指标还算实事求是。可他交上去后，领导看后却批评他说，你太保守了，你看别的单位定的指标都很高，你这个定得太低了，不行，得重新弄一个！

形势所迫，黄纬禄一咬牙，只好重新定了一个。这个指标定得有点高，高得领导看了都吓了一跳，其大致内容是：某年某月，中国人可以到月球上去！后来黄纬禄说，当时定下这个指标后，他自己都觉得可笑，又不敢笑。这样的指标没有科学根据，完全是痴心妄想，但当时不定这个指标，就过不了关。

黄纬禄“到月球上去”的指标还没来得及实现，眨眼就到了1960年。1960年是个灾难年，中国导弹的仿制工作刚进入关键时刻，苏联就突然釜底抽薪，单方撕毁协议，撤走了在华全部专家，并带走了资料，卡断了器材；加上大饥荒不可抗拒地降临在了九百六十万平方公里的土地上，因此中国的导弹仿制工作遭到致命一击，几乎陷入绝境。然而，顶着巨大压力，黄纬禄他们依然坚持搞导弹。当时，没有大型计算机，只有一部手摇计算机，他们就用人工计算，一遍不行，就算十遍；十遍不行，再算百遍。最后，废掉的草稿纸堆了满满一屋子。

不仅导弹的研制工作艰难，导弹的试验工作同样艰难，而且充满危险。尤其是在戈壁滩做试验，气候恶劣，条件极差。“天上无飞鸟，地上不长草，昼夜温差大，风吹石头跑。”每年寒冬长达七个多月，最冷可到零下三十四摄氏度，最热可达四十三摄氏度。黄纬禄他们每次做试验，都要行程数万里，往返十余次，常常一干就是半年甚至更长时间。试验队住在部队的小平房里，冬冷夏热，还吃不上蔬菜。渴了就喝点冷水，饿了就咽上几块饼干。夏天蚊子臭虫太多，晚上没法睡觉，就坐起来数星星看月亮。按当时的出差规定，外勤补助一天只有几元钱，有时找不到旅馆，他们就睡在人家的会议室里；没地方吃饭，就在街边上买个烧饼或者一根油条；想跟家人打个电话，就到几十里外的邮局去排队。

1960 年 11 月，中国第一枚仿制导弹“东风一号”发射成功，中国有了第一枚仿制导弹；1964 年 6 月，“东风二号”导弹发射成功，中国有了第一枚自己研制的导弹；1966 年 10 月，中国首次用导弹发射的原子弹在核试验预定地点爆炸成功，两弹结合试验，震惊世界！

与此同时，黄纬禄所在的国防部二院于 1964 年也成功地仿制了中国第一代防空导弹——“红旗一号”，实现了中国防空导弹零的突破，并成功地击落了一架美国 U-2 高空侦察机，成为世界上地空导弹击落高空侦察机的第一个成功案例。两年后，“红旗二号”研制成功，再次击落美国 U-2 高空侦察机。紧接着，“红旗三号”又研制成功。“红旗一号”“红旗二号”“红旗三号”第一代防空导弹定型并装备部队后，结束了外敌侵犯中国领空的历史，中国从此有了制空权。尤其是在中国导弹与火箭技术众多学科和技术领域尚处空白的状态下，黄纬禄主持突破了中国液体战略导弹控制系统的仿制关和自行设计关，实现了中国液体地地战略导弹从无到有的重大突破。

然而，尽管中国成功地研制了液体地地战略导弹，但 20 世纪 70 年代，美国、苏联两个超级大国的核威胁不断升级，而中国的这种液体战略导弹准备时间长，机动隐蔽性差，缺乏二次核打击的能力。因此，面临美苏两个超级大国的核威胁和核讹诈，中国急需有效的反制手段。换句话说，中国除了液体地地战略导弹之外，还必须尽快研制出从潜水艇发射的固体战略导弹！因为海面宽阔，潜水艇在海下航行，不易被天上发现，倘若中国拥有了潜地战略导弹，一旦收到陆上的信号，立即就可以用潜水艇发射导弹，对敌实施第二次核打击！

问题是，这种潜地战略导弹中国从来没搞过。如此重任，谁来承担呢？

三、“出了问题，我来负责！”

1970 年 4 月 22 日，黄纬禄临危受命，领衔研制中国固体导弹，出任中国第一枚固体潜地战略导弹“巨浪一号”的总设计师。于是他的事业和人生由此发生了重大转变：从液体导弹转向固体导弹，从地地导弹转向潜地导弹，从导弹控制系统转向导弹总体设计。

所谓潜地导弹，即指从潜艇上发射的导弹。潜艇可以在水下行走，很隐蔽，所以它可以接近敌方的海岸边之后，再实施打击。但是，潜地导弹是在水下核潜艇上发射，很多技术问题不同于陆地发射的导弹，譬如导弹如何克服水中阻力，弹体如何密封等，都是必须攻克解决的难题。作为总设计师的黄纬禄，压力当然就很大。

但黄纬禄的真正压力，并不是因为技术，而是来自政治。

20 世纪六七十年代的中国，“文化大革命”殃及全国，身处导弹秘密科研机构的黄纬禄也在劫难逃。黄纬禄是在英国“喝过洋墨水”的专家，所以“文化大革命”开始不久，就被扣上“资产阶级反动学术权威”的帽子，接着又“靠边站”；随后三个孩子被迫离开北京，一个去了东北，两个去了云南；而体弱多病的老伴则精神备受煎熬，身体每况愈下，更是让这个家庭雪上加霜。

黄纬禄的女儿黄道群后来回忆说，“文化大革命”的时候，我父亲被人家说成是“资产阶级反动学术权威”，所以我们三个子女，大概五个月之内吧，全都下乡走了。当时我们先被分到内蒙古生产建设兵团，人家都不要我们，说我们有海外关系，社会关系复杂，也就是说，我们根本没有资格到内蒙兵团去。后来他们觉得云南是个大后方，就把我们发配到云南了。所以我们那个时候，是非常伤心的。

而这一时期的黄纬禄，虽年过半百，日子灰暗，可他每天除了照顾担惊受怕的老伴，牵挂远在天边的三个孩子，还时时刻刻惦记着导弹。为了激励自己把导弹搞下去，他把匈牙利诗人裴多菲的诗句偷偷抄录在笔记本上：

纵使世界给我珍宝和荣誉，
我也不愿离开我的祖国。
纵使我的祖国在耻辱中，
我还是热爱、祝福我的祖国。

为了让导弹的研制工作少走一点弯路，尽可能避免或减少国家的损失，黄纬禄忍辱负重，甚至不顾自尊与脸面，想方设法也要靠近导弹。他每天强装笑脸，坚持到试验现场，给同事们打开水，送报纸，或者打扫卫生，清理现场。一旦有机会，他就帮着送些仪器，做点记录，或者提点工作上的建议，谈点技术上的设想。有时还会把某些问题带回家，晚上自己偷着进行计算，第二天再把计算结果告诉那些有发言权的人……

经过了四年的磨难，黄纬禄终于被任命为“巨浪一号”的总设计师。但他依然心有余悸，诚如他自己所言，一方面感到责任重大，一方面又感到诚惶诚恐。

其实，“巨浪一号”导弹一开始并不叫“巨浪”导弹，而叫“巨龙”导弹。一次，周恩来主持中央专委会，会议刚一开始，周恩来就说，毛主席对龙不感兴趣，曾把龙比作邪恶之物，比如他的诗作“今日长缨在手，何日缚住苍龙”就是一例，希望专家们重新考虑一个新的名字。会后，专家们便把“龙”改成了“浪”。“巨龙”导弹，就变成了“巨浪”导弹。

从这一个字的改动上，黄纬禄便掂出了这枚导弹的分量，也感受到了压力。这是因为，国外研制潜地导弹，一般都要经过地面、水面、水下共七个阶段的实验才能定型装备。但当时中国还是一个穷国，只能本着“少花钱，走快步”的原则办事；加上“巨浪一号”潜地导弹与液体导弹在关键技术上有很多不同，而且此前从未有人搞过，所以黄纬禄他们一开始就面临研制起点高、技术难度大、无资料、无图纸、无仿制样品等诸多困难。

但黄纬禄是个有韧劲儿的人，只要是认准了的事情，他就要干出名堂，否则誓不罢休。

“巨浪一号”导弹研制初期，研制单位涉及全国十九个省市、十个工业部门，横跨五个研究院、三个研制基地，承担任务的单位多达一百零九个！而黄纬禄的工作单位地处郊区，交通非常不便。为了尽快搞出“巨浪一号”导弹，他只有每天坚持骑自行车，往返五十多公里，披星戴月，风里雨里，上班下班，从不迟到早退。有一年冬天，北京下雪，路上结了冰，他在骑车上班途中拐弯时一不小心，摔了个大跟头，胳膊摔伤了，吃饭时连筷子都拿不住。但第二天一大早，他又去挤公交车上班。尽管路上来回要折腾三四个小时，但他每天依然坚持。

那段时间里，黄纬禄带着年轻的“巨浪一号”研制团队，几乎走遍了大江南北，黄河上下，大漠荒原，戈壁深处。而后，他大胆提出了“台、筒、艇”三步发射的研制程序，即：第一步在发射台上做试验，第二步在陆上发射筒中打导弹，第三步在舰艇上打遥测弹。

但是，潜艇在几十米深的水下发射导弹，如何确保潜艇的绝对安全是个大难题。因为在这个问题上，某国的潜艇就曾经发生过一次严重事故：导弹射出水面后没点着火，结果导弹落下来把潜艇砸扁了，导致艇毁人亡！所以，搞潜地导弹，一般都要先做“陆上水基试验”。

此前，中国计划在西部挖建一个大池子，然后把黄河的水引出来，再做水下试验。这个坑本来已经挖了一半，挖坑的工程费也花了大约二百万元，如果这个坑全部弄好，估计国家得投入上亿元！但黄纬禄他们经过认真研究，觉得这个挖坑的办法既费时、费力，还费钱，决定放弃这一试验。而后，黄纬禄大胆提出了另一个方案，即在南京长江大桥上做弹体落水试验！

黄纬禄后来回忆说，在南京长江大桥上做试验，做得非常苦。当时天气非常热，晚上睡觉不挂蚊帐，会被蚊子咬；挂了蚊帐呢，蚊帐里面又热得不行，一觉醒来，底下垫的席子上，汗水都能印出人影来。实验弹体的直径只有一点四米，人进去的时候不能直着腰进去，而必须弯着腰甚至爬着才进得去。里面温度很高，又不通风；再加上有胶水气味，所以里面的环境非常恶劣。进去的人，全都穿着裤衩光着膀子，每次一出来，从头到脚，满身大汗，裤衩都湿透了！

原二院副院长王文超后来回忆说，当时“巨浪一号”导弹壳体内的温度高达五十多摄氏度，在像火一样的太阳的烘烤下，弹体一会儿就热得烫手。而且弹体内不仅热浪袭人，还弥漫着有毒的化学气体。但快六十岁的黄纬禄和同事们每天都要坚持钻进蒸笼般的弹体内，有一次黄纬禄的手背还受了伤。

黄纬禄的女儿黄道群后来回忆说，试验结束后，父亲回到北京，身上几乎长满了痱子，他痒得实在受不了时，就干脆泡在凉水里……

就这样，黄纬禄带领的“巨浪一号”团队卧薪尝胆，默默无闻十二年，从开始的意见分歧，到后来的方案统一；从早期的电闪雷鸣，到后来的和风细雨；从最初的散兵游勇，到后来的兵强马壮，不仅取得了中国固体导弹技术和潜射技术的重大突破，还为国家节约经费上亿元，并最终迎来了潜艇水下发射试验这一天。

这一天，是1982年10月6日。黄纬禄带着他的团队在渤海进行中国第一枚固体导弹的潜艇水下发射试验。此次试验，动用舰船近百艘，参试人员上万名，不仅中央高度关注，而且举世瞩目！

不料，这一天，一级发动机点火后，喷火的“蛟龙”裹着水柱刚一跃出海面，导弹便失去控制，迅即偏离方向，超出安全控制范围，横空爆炸！

此前，中国已向世界各国发出公告：对某公海地区封海两个星期！这其实等于向世界宣布，中国要进行潜艇导弹发射试验！

可现在，试验失败了，导弹爆炸了！

身为总设计师的黄纬禄痛心疾首，无地自容。当晚，他和试验队全体队员滴水不进，一夜未眠。

更可怕的是，第二天，试验队又传出一个信息：有人要追查这次试验失败的责任！于是，本来气氛紧张的试验场一下更紧张了，科技人员心头的压力也更大了！

值此关键时刻，黄纬禄挺身而出，及时召开会议；他在会上说的第一句是："我是总设计师，这次试验失败，我负主要责任！实验失败主要是导弹的问题，大家要认真总结经验，坚定信心，打好第二发！"黄纬禄说完，会场的气氛一下缓解了许多。

接着，黄纬禄带领大家，很快找到了第一枚导弹失败的原因。

但第二枚导弹是否发射，何时发射，试验队内部认识不一，只有等待上级的命令。

对此，黄纬禄心急如焚。因为距中国此前向世界发布的禁海时间，只剩几天了，若就此被动等下去，肯定会错过此次发射时机；加上这是在海上发射，海上波涛滚滚风卷浪涌，气候变化多端，从科学的角度来说，"发射窗口"也不允许等！

于是，黄纬禄当即向上级反映情况，并提出要求：希望尽快发射第二枚导弹！

然而，就在临近发射的头天晚上，北京一位领导突然给黄纬禄打来紧急电话：鉴于潜艇导弹发射试验事关重大，是否推迟几天，把相关问题再考虑考虑？

这位领导的话，不是一定，也不是不一定，而是让黄纬禄自己"考虑考虑"。这让身为总设计师的黄纬禄非常为难。如果不坚持发射，发射时机肯定就此错过，最后受损的不是个人荣誉而是国家利益；倘若坚持发射，万一失败了，谁来承担责任？谁又承担得起这个责任？

是的，每次发射，黄纬禄的肉体与精神都会经受极大的痛苦，但从来没像这次，如临深渊，备受煎熬。最后，经过再三分析、思考，黄纬禄还是拿起电话，向上级领导报告说："需要考虑的问题我们已经考虑过了，应该准备的也全准备就绪。我认为发射条件已经具备，不宜推迟，建议按时发射。但如果上级决定推迟，我只能执行命令。"黄纬禄能说出这番话来，靠的不单是勇气，还有责任！

很快，北京指示：尊重第一线同志的意见，同意按计划发射。

1982 年 10 月 12 日，第二枚导弹正式发射。发射这天，全体试验队员列队码头，黄纬禄站在队伍前，只简单说了几句话：“现场如果出了什么问题，少汇报，大胆做主！该做什么做什么，按程序执行，出了问题，我来负责！”

结果，发射成功，举国同庆，皆大欢喜。

从此，中国成为世界上又一个可以自己研制潜地导弹并掌握水下发射技术的国家，从而拥有了应对核威胁与核讹诈的有效反制手段。

当晚，在试验基地举行的庆功会上，一向情感内敛的黄纬禄居然豪情激荡，诗兴大发，作诗一首：

龙腾虎啸刺九霄，群情振奋心暗焦。
航程段段传喜讯，忧虑之情渐渐消。
忽闻落区传捷报，万众欢腾齐跳跃。
弹头中靶精度高，胜者心潮如惊涛。

“惊涛”二字，足见黄纬禄的内心承受了多大的压力。

四、他是功勋，更是真实的人

1984 年，黄纬禄荣立航天部一等功；

1986 年，黄纬禄当选为国际宇航科学院院士；

1991 年，黄纬禄当选为中国科学院院士；

1999 年 9 月 18 日，中共中央、国务院、中央军委授予黄纬禄“两弹一星”功勋奖章！

这一年，一直隐名埋姓默默无闻的黄纬禄，已经八十三岁。他和同事们铸造的导弹武器，已成为保家卫国的神圣利剑，其功绩已载入国家档案。遗憾的是，他是战略导弹武器专家，出于保密的原因，依然不宜公开露面，还得继续隐名埋姓。所以，他即便已然成为“两弹一星”的功勋人员，“黄纬禄”三个字对绝大多数中国人来说，依然十分陌生。

好在隐名埋姓，与世无争，甘于孤独，甘于清贫，本本分分地做人，踏踏实实地做事，早已成为黄纬禄的一种习惯。他心里明白，像他这样的专家，即便搞出了世界上最尖端的技术或最值钱的专利，那也永远属于国家而不属于个人。在这群专家中，他自己算是一个很幸运的人了，还有一批和他一起工作的老同志，隐名埋姓苦干了一辈子，到头来既不是专家更不是院士，甚至连研究员也不是。而其他行业，有的人可以一招鲜吃遍天，一夜成名红遍全国，一次成功一劳永逸。但他们不行，一辈子只能隐名埋姓默默无闻，成功了不能笑，失败了不能哭，纵然一声巨响威震天下，在鲜花镜头面前也不能出现半截身影，甚至面对自己最亲的亲人，也不能吐露一个字，释放一丝情绪。而只能像希腊神话中滚石上山的西西弗斯，推着巨石，始终默默行进在上山的路上。

令人欣慰的是，黄纬禄的情操与精神，以及他在工作和生活中留下的点点滴滴，却一直被人们深刻而长久地所传颂，所记忆。

黄纬禄是导弹大专家，但他时常念叨的一句话却是：“一个人的品德，比技术更重要!”他是这么说的，也是这么做的。近一个世纪来，他总是以自己诚实的一言一行，默默启发和影响着身边的每一个人。在他身边工作过的人都说，和黄老在一起，收获最多的是平等、尊重与真诚。

黄纬禄对自己有一个叫“三个三”的要求，即：在基地工作，要和大家一起排队买饭，一起搞卫生，一起扫厕所；出差时，只要能走出去就行，有饭吃就行，有地方睡觉就行；用公车时，自己办私事不能派车，接送亲友不能用车，家人有事不能搭车。

黄纬禄从 1965 年起到离开这个世界，一直住在一间并不宽敞的老房子里。本来，其间他有三次搬进将军楼、部长楼和院士楼的机会，但他就是坚持不搬，而且一住就是半个世纪。他的大女儿黄道群说："当年单位还是部队建制的时候，水电费都不用自己家交。那个时候家里有电熨斗，但父亲从来不准我们用，只能用火烙铁烧，直到后来每家自行交水电费后，才允许我们用电熨斗。"

而黄纬禄对工作的态度，更是远近闻名、有口皆碑。

黄纬禄的同事吕慧英说，黄纬禄作为技术领导，每次开会的时候，他怕自己上厕所时会耽误听大家的发言，所以在会前一个小时，他就不再喝水了。"神舟五号"飞船总设计师戚发轫说，黄老在工作上提出了一个"四共同"的原则，就是"有问题共同商量，有困难共同克服，有余量共同掌握，有风险共同承担"，这个"四共同"原则一直被奉为我们航天型号系统协调工作中的"金科玉律"，对我们这代航天人影响很大。七十五岁的老专家王世洪也说，在黄纬禄的面前，不能说"可能是""大概是"之类的模糊字眼，表述一定要非常准确。如果用四个字来概括黄纬禄的工作态度，那就是：严、慎、细、实。

最典型的一个例子是，有一次导弹出了故障，作为总设计师，黄纬禄焦虑不安，精神非常紧张。于是他在主持召开总师扩大会的时候，头痛发烧，还因长期的胃溃疡而引起胃出血。出血过多，会发生失血性休克，抢救不及时，甚至还有生命危险。但黄纬禄考虑的是，自己是总师，如果离开会场，许多方案是定不下来的，方案定不下来，下一步工作就无法开展。于是，他让秘书弄点止血药回来，然后自己悄悄做了处理，并再三叮嘱秘书："不要外泄我的病情！"就这样，他靠着止血药，忍着病痛，直到第五天会议结束才被送进医院。医生检查结果：十二指肠球部溃疡，输尿管结石，心脏也不好。操劳过度，体重还掉了二十二斤！望着眼前这位六十六岁的病人，连见怪不怪的医生都惊诧不已：这个瘦弱多病的老头，究竟靠的是什么支撑着他顽强的生命啊？而且黄纬禄出院后，刚见到一位院领导，还半开玩笑说："罪臣向你报到来了！"这位领导看到黄纬禄弱不禁风的样子，感动得眼泪都快掉下来了，慌忙扶住黄纬禄，拱手说道："黄老，您哪是罪臣呀，您是我们的大功臣啊！"

其实，黄纬禄并非铁血冷酷，而是一个有血有肉、有情有味的人。

黄纬禄的妻子刘汉菊早年从复旦大学毕业后留校任教，后来为支持丈夫的工作，被迫转行，承担了全部家务。妻子患肺癌后，黄纬禄无暇照顾，深感愧疚。妻子去世的前一天，他听见妻子说了一句："脚疼，很难受！"便急忙搬来一个凳子，坐在妻子床前，然后用一双为国家托举过导弹的手，为妻子默默地搓脚，一口气竟搓了三个多小时！

"文化大革命"中，黄纬禄"靠边站"，大女儿因此受到牵连，刚上了初一，就被迫辍学。后来女儿决定发愤自学，参加成人高考。于是他每天下班再晚，也坚持给女儿补习文化课。有段时间他在京西宾馆开会，晚上无法回家，他就利用午休时间，骑着自行车回家，一边扒上几口饭，一边给女儿讲二十分钟，然后再骑车匆匆返回宾馆开会。

黄纬禄有一个大他二十多岁的表姐，因老家发洪水，家人不幸遇难，黄纬禄就把表姐接到家里赡养。他每次出差回来，都要给表姐买点地方特产。后来表姐九十多岁了，进餐很不方便，每次吃鱼时，他就先把鱼刺去掉，然后和虾仁、牛奶搅拌一起，捣碎了，再和着饭，用勺子一口一口地喂表姐。

黄纬禄不仅疼爱家人，也尊重他身边的每一位同事，而且总是给人送去体贴与温暖。"文化大革命"期间，黄纬禄的单位有一个女技术员，怀孕后没房住，只能住在集体宿舍，便跑来向他哭诉。可他当时已经"靠边站"了，爱莫能助。后来他见这位同事实在可怜，就想法把自家的房子腾出一间来，让小两口住在家里。小两口住了好几年，直到工作调动，才搬出他家。

著名导弹总体设计专家、中科院院士刘宝镛说，工作中，黄纬禄从来不和人绷着脸说话；休息时，他还会拿出扑克牌，变个小魔术，或者讲个幽默的故事，让大家开开心。黄纬禄的秘书也说，黄老任总设计师的时候，经常和同事一起出差。由于当时任务很重、很苦，他就用变魔术、讲笑话的方法给大家调节气氛。甚至已经九十高龄的他，有一次在接受中央电视台《大家》栏目记者采访后，还当场给记者们变了个小魔术，让记者们大跌眼镜：一位著名的导弹专家，居然还是一个老顽童！

当然，晚年的黄纬禄，身体已大不如从前，但不少航天系统的技术专家、科研院所的研究人员、企事业单位的青年学子、试验基地的军官士兵以及附近学校的老师学生，都喜欢前来向他讨教，于是他的家常常成了办公室和课堂。并且每逢客人来访，黄纬禄都会让女儿帮他穿戴整齐，然后提前坐在沙发上，恭候客人的到来。但凡请教他的人，无论熟悉的还是不认识的，他都满腔热情，诚恳相待，一视同仁；尤其是对青年人，他更是厚爱有加，倾力相助。

有一次，一个素不相识的青年写了一篇数论方面的文章向他请教。他不懂，便拿去找另一位老专家帮忙。那位老专家也不懂，他又去求教另一个专家。直到后来搞懂后，再告诉那位青年。2011 年，一个外地来京的大学生特别希望他能给题写一句赠言，当时他的手抖得厉害，已经没法写字了，女儿便婉言谢绝了。他知道后，觉得不妥，硬是在女儿帮助下艰难地为这位年轻人写了一句话："弘扬'两弹一星'精神，勇挑民族复兴重担！"直到这位年轻人走后，女儿才将早已精疲力竭的他扶回房里躺下。他写下的这句话，竟成绝笔！

其实，活着时的黄纬禄，从来没想过让人记住他。每次有记者要采访，他总是婉言谢绝。他说："成绩不属于我，属于整个团队。"他对各种奖励不但从来不伸手，反而总是退避三舍。他说："航天工程不是一个人或几个人可以完成的，需要大家共同努力。我虽然做了一些工作，取得一些成绩，但不是我个人的。在成绩面前，尽量考虑别人的贡献；失败了，尽量考虑自己的责任。"

2011 年 11 月 23 日 20 时 08 分，历经九十五个风雨春秋的黄纬禄闭上了眼睛，永远离开了我们，也永远离开了他默默坚守了一辈子的"战场"—— 一个没有炮火硝烟、没有名利金钱、没有鲜花掌声的"战场”。

这个“战场”只属于国家，不属于他个人。

黄纬禄为我们留下的唯一“遗产”，是两张黑白照片：一张是二十八岁在英国求学的他，西装革履，踌躇满志，像个斗士；另一张是晚年坐在家里的他，目光清澈，面容淡定，像个孩子。而就是这位像个孩子的九十五岁的老人，用壮怀激烈而又默默无名的一生，为国家的和平，人民的安宁，扛起了一份沉甸甸的责任！

是的，这位老人走了，走得心平气和，无声无息。

然，斯人远逝，风范长存，这位老人的精神却永远留给了历史，留给了后人。

那就让我们记住这位老人的名字吧，他叫黄纬禄，一位终生默默无名的导弹专家，一位九十五岁的孩子似的老人。这位老人生前没有给他的儿女留下一分钱存款，只给他的祖国留下了一句老实巴交的话：

“假如有来生，我还要搞导弹！”

2012 年 11 月

孙中山老祖宗考察记

一

去宁都，是 2013 年的夏天。

宁都是个县，在江西。再具体点说，在江西的东南部、赣州的北部。宁都始建于公元 236 年，建县于三国东吴嘉禾五年，元代升为州，清代升为直隶州，不仅历史有点长，且文化底蕴亦很深，故有“文乡诗国”之称。这，此前我就知道。

宁都是苏区的摇篮，也是红军的摇篮。据宁都官方统计，当年宁都全县共有五万六千人参加红军，即是说，每五个宁都人，就有一个人参加了红军，后来成了将军的有十四个，而牺牲的（有名有姓的）则多达一万六千多人。故此，宁都又有“红军之都”之称。这，此前我也知道。

此前我还知道，宁都是毛泽东的“滑铁卢”。1932 年 10 月上旬，苏区中央局在宁都的东山坝小源榜山祠召开了“宁都会议”，会议为时七天。会后，中央局根据临时中央的决定，撤销了毛泽东红一方面军总政委的职务，卸了毛泽东的军权。这是毛泽东一生中第一次被剥夺权力，也是一生中唯一一次被剥夺权力。宁都因此而著名，宁都亦因此而埋名。

但，此前我不知道的是，宁都在 20 世纪 80 年代就发现了一座古墓，而且据说这座古墓隐秘神奇，风水极旺。因为它是国父孙中山的祖坟！

我不信。

决定去一趟宁都。

二

“孙中山的祖坟，真的在宁都。”一到宁都，好几位文友都这么对我说。

我问：“孙中山的老祖宗叫什么名字？”

“孙誗。”一位文友一边说着，一边在我的手心写下“孙誗”二字，估计是担心我不认识孙誗的“誗”。

我摊开手掌，看了又看，还真不认识这个“誗”字；至于孙誗何许人也，更是一无所知。

这位文友告诉我说：“誗，读 chán，与禅同音。孙誗是唐朝人，原籍河南开封。”

我问：“既然孙誗的原籍在河南开封，怎么会来到宁都？”

当晚，一沓厚厚的史料，放在了我下榻的房间。

原来，孙誗从河南迁居宁都、定居宁都一事，在《孙氏联修族谱》《乐安堂中山世系谱》《中华乐安堂孙氏总谱》和《城南富春孙氏伯房十二修族谱序》《香山县左步头孙氏源流序》《紫金袁田孙氏支谱序》等不同史料中，均有相同的记载，其内容大致是：孙誗，唐朝人，原籍河南开封。唐僖宗中和三年即公元 883 年，为将军。黄巢起义后，率兵下江南，与黄巢起义军作战，转战、驻守赣南、闽西一带。次年，因平定黄巢起义有功，被封为东平侯。此后，孙誗定居宁都，繁衍生息，其子孙散居江西、福建、广东一带。唐朝末期，孙誗去世，葬于宁都。明、清时，孙誗之墓曾被多次维修。

我还发现，最早记载孙誗之谱的，是北宋中顺大夫孙勰。孙勰是江西大家，著有文集四十卷，这我知道；但孙勰记载了孙誗之谱，我却闻所未闻。在孙勰撰写的《富春孙氏族谱世系总序》中，既有欧阳修题字的唐东平侯孙誗的画像，又有大文学家苏轼题的谱名，而且此谱到了南宋，还经多次修撰，由文天祥作序。据说此谱的真本，现仍珍藏在宁都的档案馆里。

同时我也很快了解到，对“孙誗为何到宁都”这一史事提出质疑的，我并非第一人。早在抗战时期，客家研究一代宗师、中山大学的罗香林教授通过对《旧唐书·黄巢传》《孙氏列祖先殁纪念簿》《紫金忠坝孙氏族谱》《兴宁孙氏族谱》《晋江青阳孙氏族谱》《台湾乐安孙氏世系补考序》《香山左布头孙氏源流考》等四十一种文献的研究，最后撰写了《国父家世源流考》一书（商务印书馆，1942 年版），对孙誗至孙中山的世系源流历程作了详细考证，并得到孙中山的儿子孙科的肯定；孙科还为罗教授的《国父家世源流考》一书作了序。

随后我又很快采访到，宁都的几位著名学者如赖国芳、邱常松和龚远生等，在 20 世纪 80 年代也曾多次组织专家团走村串户、寻根问源，遍访赣、闽、粤等地，对孙氏族人后裔以及开姓祖祠堂、古墓、宗谱史料等，逐一进行过调研考证，最后认定，孙中山的先祖孙誗，的确曾定居宁都，并编著了《孙中山客家始祖在宁都》一书。

但问题是，凭什么说，孙誗一定就是孙中山的客家祖宗呢？

对此，史料同样不少，近代的，当代的，应有尽有。如，在《宁都富春孙氏伯房十二修族谱》和《雩邑孙氏族谱》两卷史料以及《旧唐书·黄巢传》《紫金忠坝孙氏族谱旧抄本》和《清溪孙氏前房重修谱》等史籍中，都有较为详细的记载，且传承有序，衔接完整。其大意是：孙誗以下传孙实，孙实传第三个儿子孙仕元，孙仕元再传孙有敬，孙有敬以后，分别是六郎、十六居士、九承士、三承士。三承士之后，开始居福建汀州河田。再有就是，孙中山的儿子孙科在《八十述略》序中，也明确表述说：孙中山的先祖即孙誗。而著名的孙氏文化研究专家孙桂林在他的《中山公源流考》一文中，论述更是直观翔实，完全统揽了孙誗至孙中山的源流全局：

江西宁都乐安孙氏唐朝开基始祖訥，配陈氏生子实。实生八子，三子仕元为伯房，生有惠公，有惠公生十一郎，十一郎生用宽，用宽生纵。纵生一郎，一郎生泳，泳生元立，元立生廷休，廷休生百八，百八生千四，千四生缔宗，缔宗生珀瑺，珀瑺生友松（为孙氏入粤开基世祖）；友松生敬忠，敬忠生怀文，怀文生凤宗，凤宗生明富，明富生仕伯，仕伯生绍宗，绍宗生乃和，乃和生宗荣，宗荣生鼎标，鼎标生连昌，连昌生迥千，迥千生殿朝，殿朝生恒辉，恒辉生敬贤，敬贤生达成，达成生德明即孙中山。孙中山为春秋八十世、訥公三十三世、友松公十八世。中山公之子孙科字连生，有二子四女：治平、治强、穗英、穗华、穗芳、穗芬，多居中国台湾和美国等地。

此外，走访中我还了解到，20 世纪 80 年代末，在广州召开的"孙中山国际学术研讨会"上，针对"孙訥到底是什么人?""孙中山是否系宁都孙訥的后裔?"等问题，在孙氏族内还引发过一场学术大争辩。最后，文化部老专家叶学明先生等再次确认：孙中山就是孙訥之后裔；孙中山的祖籍就在广东紫金县中坝镇，并写进了国家文物局主编的《中国文物地图集》；而孙中山之子孙科在《孙氏族谱》的序文中也明确表示：孙訥后裔孙友松于明永乐年间，从福建迁徙于广东紫金县之忠坝，为孙氏入粤始族；而父亲孙中山，则为孙訥的三十五世子孙!

为进一步求证这一历史悬疑，2013 年初，北京廷尉律华法律咨询中心与法制热播网工作组也深入赣闽粤等地进行调研，并访问了世界孙氏宗亲联谊总会会长孙吉龙，以及山东、浙江、福建、湖南、湖北、安徽等各省专家代表。最后各方专家一致认为，孙中山的祖先孙友松，即宁都孙訥的后裔，并从宁都迁居广东。工作组接着还飞赴深圳，与孙中山的孙女（即孙科之女）孙穗芳博士进行了面谈。孙穗芳说："我们祖上是从江西宁都迁出，父亲所著《八十述略》一书已详明。对孙友松是孙诩后裔、为入粤始祖这一观点，我亦表示认同。”并表示有空一定回宁都拜谒诩公墓，并愿将中山铜像捐赠宁都。2013 年 5 月 22 日，孙穗芳果真去江西宁都寻根问祖，拜谒了孙诩祠和孙诩墓；并呼吁用实际行动，践行一代伟人孙中山先生的“博爱”和“天下为公”的精神理念。

由此看来，孙诩系孙中山之始祖，基本可信；但传说中的孙中山的祖坟——孙诩古墓，现在是否真的还在宁都呢?

“孙诩古墓，就在宁都城边上，不过一箭之遥，若是想看，去便是了。”宁都的文友对我说。

我决定去现场看看。是拜谒，也算考察。

三

孙中山先生的祖坟，掩映在一片清幽肃穆的山谷中。

这天是个好天，可谓风和日丽，清风送爽。陪同我前往孙诩墓的，是宁都博物馆副研究员龚远生、江西作家卜谷等十来位文友。龚先生五十开外，身体硬朗，精神抖擞，一路谈起孙诩墓，声如洪钟，滔滔不绝，如数家珍。

车刚出宁都城南门，往南走了约两公里，便停住了。我下车一看，眼前一块牌子赫然在目：“宁都县公安局拘留所”。正惊诧之际，龚先生告诉我说，别担心，我们这是抄近路，从拘留所穿过去不远，便是孙诩墓。

穿过看守所，沿山间小道走了几分钟，便来到马架山马架坑的一个半山坡上。马架山由南而北，蜿蜒而去，其山形酷似一副马架，传说是当年孙诩将军万里沙场建功凯旋时的骏马歇憩之地，故马架坑由此而得名。我们刚踏入一片谷地，龚先生便抬手一指，道：“那就是孙诩墓!”

我抬头一看，但见山谷两旁，龙柏林立，花草丛生；环顾四周山水，明堂开阔，气势非凡；正前方，一块仿石牌坊横山而立，牌坊的横楣上，“孙诩墓”三个阴刻大字赫然在目；越过牌坊，脚下便是一个个顺山势而建的青石台阶。龚先生告诉我，墓道牌坊前，有九级台阶，表示墓主孙诩享有王侯级的礼遇；牌坊宽六米、高三米，暗示孙诩一生活了六十三岁；进牌坊再往上行，有四十九级台阶，象征孙诩四十九岁时被封为东平侯。这里的所有台阶，均为花岗岩。我们边走边聊，拾级而上；时有蚊虫飞来，亦无暇顾及。只片刻工夫，孙诩墓便矗立在我的面前。

孙诩墓为圆形，由红石垒砌而成，高一点二米，径二点八米，内葬装有孙诩骨金的陶缸。墓垛前，立青石碑一方，上刻“唐敕封东平侯孙诩墓”九个大字；墓垛东侧，立青石碑一方，上刻《重修唐故东平侯孙诩墓记》；墓垛西侧，亦立青石碑一方，上刻苏东坡写的《东平侯像赞》。三方青石碑，均为 2 米×1 米，其边框雕刻，颇见精细。墓地前方，有梅江九曲之水环绕过堂；墓地右侧，有山峰拔地而起势呈龙相。站在墓前，静而观之，整个墓地，与山河相通，与大地相吻，气势壮阔，肃穆清幽，感觉中，似乎还真有一派王侯气象！

后来我了解到，古时凡山中定穴，第一要看结穴有无龙气，第二要看明堂大小是否宽阔。我对风水知之甚少，了无研究，但听人说龙脉峦头是风水之本，来脉大小最为切要，只要在身心感受和视觉上给人以强烈的美感，便是一方好地。记得晋代易学家郭璞曾经说过，“生气”是风水理论的核心，是生万物的根基；有“生气”的地方就有希望，有希望的地方便为“吉地”。

我还看过一则史料，说孙诩之墓，为唐代风水大师曾文辿所择。天意酬人，自然会有风水相助。难怪孙诩墓虽历经千年，却庇荫依旧。唐末宋初的“孙氏五贤”——孙长孺、孙立节、孙勰、孙虑力、孙登龙，均为孙诩后代中的佼佼者。尤其孙立节，乃北宋名臣，不仅苏轼为其作《刚说》，朱熹还为其作《〈刚说〉跋》，两人对其品格均赞颂不已。而清末民国时期，孙氏又出了第三十五代伟人孙中山。虽说孙中山思想超前，客观上得益于留学期间欧风美雨的洗礼；但历代先人遗泽庇荫的能量，谁说不会像小溪聚成大海一样，源远流长生生不息呢？因此，有人说孙訥墓历经千年仍能庇荫后裔孙中山，也许多少与风水之说相关，也是传统文化的魅力所在吧？

于是，面对孙訥墓，我默默三鞠躬，以表我对孙中山老祖宗的恭敬之心。

然而我深知，眼前这座古墓，关涉一代伟人的身世，任何结论都须慎之又慎。于是我问龚先生：“这座墓，是孙訥的原始墓吗？”

龚先生说：“不是。孙訥墓始建于唐朝末，到明清时，又经过多次维修。现在我们看到的这座墓，其实是在 20 世纪 80 年代重新修复的。”

我问：“那你们凭什么认定这座墓，就是孙訥的墓呢？”

龚先生说：“事情是这样的，孙訥的墓地，虽然根据族谱上的记载，我们知道了大体方位，但毕竟年代久远，墓地早被破坏，后人很难判断出它的准确位置。1984 年，宁都城南搞开发，有一天，有个在山上挖地的农民，偶然挖出一座古墓，还有一块墓碑。宁都县委、县政府对此非常重视，当即封存了文物现场；同时请来宁都专家，把墓碑擦干净一看，墓碑上清楚地记载着孙訥的来龙去脉。接着，又邀请江西省文化厅、省档案馆、江西大学的考古学家、历史学家来到宁都，和宁都的专家们一起，在现场进行了认真的考证，然后把从坟茔中发掘的出土文物送到国家权威考古机构鉴定；与此同时，专家们再结合宁都现存的一千多年前的孙氏古祠、祠内石柱所刻文字以及孙氏古谱记载等，进行相互印证。最后一致认定，新发掘的这座古墓，就是当年孙訥的原墓。”

我问：“孙訥墓的具体位置，最后是怎么确定的？”

龚先生说：“孙訥去世后所葬的具体位置，其实在清道光《宁都直隶州志·封爵志》和《茔墓志》中早有记载：‘东平侯孙訥墓，在州南第三桥乌石营。’‘乌石营’就是我们今天刚刚看到的马架坑。此外，

1983年我们县在文物和地名普查中，发现了两部具有重大历史价值的家族谱牒，一部是民国三十八年（1949）修纂的《宁都富春孙氏伯房十二修族谱》，共五卷六本；一部是民国十八年（1929）修纂的《雩邑孙氏族谱》八修谱。这两部族谱记载了四个非常重要的内容：一是孙誗是唐凤翔尹孙瑝之孙、西游节度使孙拙之子；二是孙誗定居宁都的原因和背景；三是孙誗去世后所葬的地区方位；四是孙誗夫人陈氏墓地的方位。根据这些记载，1986 年 2 月，江西省文物工作队考古队、赣州博物馆、宁都县博物馆、宁都地名办组成联合考察组，在马架坑进行实地勘察和探沟试掘工作。考察组首先参照宁都多部孙氏族谱所记载的孙誗墓图坐落方位，再请地理先生用罗盘测位，然后在一堆砖石废墟上开掘了一条探沟，在探沟中发掘出同心半圆花纹砖一件、素面青砖六件、红石质墓面地袱一件、陶缸一件、骨金一副。由于骨金的安放有条不紊，经考证，应是二次安葬；而据《宁都富春孙氏伯房十二修族谱》记载，孙誗墓始建于唐，宋代重修时曾'二次安葬，此后，骨金一直未敢开露'。再加上发掘出的同心半圆花纹砖的纹饰与规格为江西唐代墓葬所常见，素面青砖的规格和墓葬中出土的陶缸亦为江西宋元时期的墓葬中所常见，说明该墓在宋元明清时曾经多次重修，与《宁都富春孙氏伯房十二修族谱》中的记载相吻合。所以，联合考察组最后认定，该墓应为孙誗之原墓；该墓的所处地，就是孙誗墓的所在地。"

我问："孙誗原墓毕竟已有上千年，千年前的孙誗墓到底是个什么样，今天的我们谁也说不清，那么你们当时是依据什么来恢复孙誗墓原型的呢？"

龚先生说："1986 年，孙中山先生诞辰一百二十周年之际，县政府就重修孙誗墓的问题进行了专门研究，后经逐级上报同意，决定重修孙誗墓，为此江西省政府还拨了四万元的专款。鉴于原墓荡然无存，各种谱牒中又缺乏墓形式样，就由专家们组成了一个唐代墓葬形制考察组，赴西安考察，最后按唐代墓葬制重修了孙誗墓。说来有点奇怪，在举行

‘孙中山先祖孙诩墓重修揭幕仪式’那天，也许是天公有情，宁都还下起了雨，大家撑着雨伞出席了揭幕仪式。你现在看到的这个墓，就是重修后的孙诩墓。”

我问：“还有其他的旁证可以证明这是孙诩墓吗？”

龚先生说：“有，孙诩墓的旁边，还有两座墓。”

“还有两座墓？什么墓？”我问。

龚先生说：“一座是孙诩原配夫人的墓，另一座是孙诩儿子的墓。”

不经意间的一问，又问出两座墓来，我不禁暗自高兴，当即随龚先生一起，沿着山路，又走了约两分钟，便来到两座墓前。龚先生指着墓碑告诉我说：“左边这座墓，就是孙诩的原配夫人陈氏的墓；右边这座墓，就是孙诩的儿子孙实的墓。”

我问：“孙诩夫人的这座墓，是孙诩去世多少年后修建的？”

龚先生说：“不对，孙诩夫人去世在前，孙诩去世在后。”

我略微一惊：“怎么回事？我还以为孙诩先去世呢。”

经龚先生一番讲解，我这才明白，原来孙诩与夫人陈氏得一子，名孙实，但儿子与儿媳结婚多年，却无儿女。于是，陈夫人去世后，孙诩特请当时的风水大师曾文辿，为其选地下葬。古人相信，阴宅风水的神奇作用就是催丁。巧合的是，陈氏葬后，孙家果真人丁兴旺，孙实连生七子。孙诩颇为高兴，于是交代儿子孙实，自己去世后，须再请曾文辿为其卜葬。父命不可违，后孙诩去世后，孙实便遵父遗言，再重礼聘请曾文辿，将父亲卜葬于母亲陈氏墓的左侧。

我拨开草丛，走到孙诩夫人陈氏墓碑前，看了看，碑文依稀难辨；再走到孙诩之子孙实墓前，只见墓碑被周围的野草古藤掩得严严实实，碑文密密麻麻，模糊不清。我躬身细细辨认一番后，方知碑文记载了如下四层意思：一、孙实为孙诩之子，累官为荆州刺史；二、孙实原配夫人叫邱氏，后来娶了刘氏，共生七子，其中有五个儿子传后，分编为公侯伯子男五大房；三、孙氏后裔贤德大才，有宋元时期著名的“孙氏五贤”，与苏轼、朱熹等名家均为挚友，且常有诗词唱和，还有民国国父孙中山以及建国少将孙家灯等；四、孙实墓原葬于松上里鹤卵塘，清嘉庆十九年重修，康熙四十三年迁至宁都。

我问："说这两座墓是孙诩夫人和孙诩儿子的墓，有根据吗?"

龚先生说："从这三座墓的地理位置来看，这两座墓与孙诩的墓相距不过百米，说明二者之间是有关联的，不然怎么会在一起呢？但最关键的还不是这个，而是在孙家的族谱上，这两座墓的方位和具体位置均有记载，有据可查。"

我问："除了这两座墓，宁都还有其他旁证，可以证明孙诩的墓是在宁都吗?"

龚先生说："有，宁都还有'孙诩祠'，就是孙诩的祠堂。"

"还有'孙诩祠'?"我急忙问道，"'孙诩祠'在什么地方？我们可以去看看吗?"

龚先生说："当然可以。"

四

孙诩祠坐落在宁都城南门外，距孙诩墓约两公里。我们驱车大约十分钟，便来到"孙诩祠"前。

孙诩祠原名"孙氏家庙"，后来全称叫"唐东平侯孙诩祠"。孙诩祠始建于北宋，明嘉靖年间重修，现存建筑为清代中晚期重建的模样，平面布局为三进砖木结构。由于第一进门楼已损毁，现存建筑平面布局两进，占地二百四十平方米，木梁架与封火山墙，现在仍基本保存完好。

遗憾的是，这天孙诩祠大门紧锁，庭前冷落，不见有人祭祀。但我还是贴着门缝往里仔细看了看，等确认是座名副其实的祠堂后，才转身问龚先生："孙诩的后裔们，现在还会来这儿祭祀吗?"

龚先生说："孙诩祠是宁都最大的一座祠堂，也是专门祭祀孙诩及孙中山历代先祖的唯一一座祠堂。所以每逢清明，不仅宁都的客家孙氏族裔会来此祭祀，而且每逢重大时日，赣、闽、粤、湘、浙、桂、苏等诸省及海外的族裔也都会来此祭祀。”

我问：“宁都这儿，现在还有孙氏的后裔吗?”

龚先生说：“当然有了。现在孙誗在宁都的后裔，主要集中居住在青塘镇的孙屋村和田头镇的孙屋村，这两个地方都叫孙屋村。”

我一听，非常高兴，忙问：“孙屋村离这儿有多远?”

龚先生说：“不算远，大概有几十分钟的车程。”

我说：“我很想去看看，顺便找孙氏的后裔聊聊，如果这儿真有很多孙氏后裔，那对于孙誗墓来说，恰恰是个有力的旁证。”

龚先生说：“想去好办，现在就去。”

于是我们一行，又匆匆赶往孙屋村。

五

孙屋村距宁都县城约三十公里。一进村子，给我的感觉是，天高云淡，空气清新，整个村子不仅通畅，还很宽阔。许是客家人真诚好客的缘故，与村里人一见面，认识的不认识的，一见如故。

我先参观了在原址上重修的“孙氏家庙”，并有幸拜会了孙誗的后裔——孙继鹏先生。孙继鹏年近八十，肤色黝黑，脸膛红润，声如洪钟，两眼有神，一看就是一条汉子！一见面，我就称他为孙老。只是孙老的当地口音太重，有些话我只能靠龚先生翻译。

我问孙老：“为什么你们这个村叫孙屋村？是不是这个村的所有人都姓孙?”

孙老说：“对，我们这个村的人都姓孙。”

我问：“孙屋村的所有村民，都是孙誗的子孙吗?”

孙老说：“是呀，我们祖祖辈辈、世世代代都住在这里，我们都是孙誗祖先的后裔，都是他的子孙!”

我问：“这么说来，孙中山先生的祖先，当年也是居住在孙屋村?”

孙老说："是啊，都是孙氏的后裔嘛！"

我问："那孙屋村现在有多少人？"

孙老说："一共有一千八百多个红丁。"

我问："红丁？什么叫红丁？"

孙老说："红丁嘛，就是男人。"

我问："您的意思是说，这一千八百多个红丁，都是你们孙誗祖先的后裔？"

孙老说："当然是啰！"

我问："那每年清明节的时候，你们是不是都要去拜祭孙誗墓呢？"

孙老说："我们不仅要去拜祭孙誗墓，还要到始祖太婆陈氏墓和孙实公墓拜祭。因为我们青塘镇孙屋村的孙氏，都是孙实公的第二房裔孙。"

我问："孙中山先生是哪房的，您知道吗？"

孙老说："这怎能不知道呢，孙先生是中华民国的大总统，是我们孙家人的骄傲，他是孙实公第三房（伯房）的裔孙，按辈分，我该叫他太公！"

"孙中山是您太公？"我问。

"是啊，这还有错！"孙老说。

我问："那您是孙誗的第几代子孙，您自己清楚吗？"

孙老说："这个当然清楚了。从我们孙氏的姓祖算起，我是第八十二代子孙；如果从誗公算起，我已经是第三十八代子孙啦！"

我问："您说你们都是孙誗的后裔，是怎么确定的呢？比如，您说孙中山是您的太公，您是孙誗的第三十八代子孙，根据是什么？"

孙老说："主要根据来自两个方面，一个是我们祖祖辈辈，口碑相传，把孙氏辈分一代一代地传承下来了。所以每年清明时节，我们这些孙誗公的裔孙，都会相邀定好日子，然后全村男丁一起到县城南边的孙誗祠、孙誗墓去祭祀先祖和扫墓。几十年来，我们从未间断，就是在'破四旧'的'文化大革命'中，也未间断；二是我们孙屋村，祖祖辈辈，一直都藏有《孙氏族谱》。”

“你们村藏有《孙氏族谱》?”我有点意外。

孙老说：“是呀，《孙氏族谱》就是我们的家谱，每家每户，哪辈哪代，谱上都有详细记载，一点不会有错。这是个非常重要也非常可靠的东西，我们这儿有点文化的人都知道。”孙老说着，转身打开身后的一个保密柜，然后从中捧出一册又一册的线装书，不到两分钟，桌上便堆放了好几十册！

我急忙一册一册地翻看起来，其中有《孙氏族谱》《中华乐安孙氏总谱》以及《孙文昭传记》等，加上保密柜里没有拿出来的，大概共有上百册！我发现，每册家谱都记载得非常认真、非常仔细、非常翔实。过去我也看过一些家谱，但从未见过这样的家谱，这是我看到的规模最大、内容最多、也是最规范的家谱！

孙老说：“过去我们的家谱比较分散，你今天看到的，是经过重新搜集、整理、修纂的《孙氏族谱》，非常全面，它为考证孙中山先生的家世提供了非常珍贵的佐证。当初孙誗墓的发现，就是因为我们这儿发现了一本家谱，才知道孙誗墓在宁都城南马架坑的。”

孙老一边说着，一边翻着《孙氏族谱》，为回答我提出的各种疑问，不厌其烦地查找着各种线索和依据。

我后来采访到，赣南谱牒年代久远，数量繁多，现珍藏于十八个县、市、区民间的家谱，保守的估计有六千至八千种；而家谱集大成者，当属宁都。1980 年，宁都曾开展过广泛深入的家谱普查工作。普查时，发动每家每户，千方百计寻找过去的家谱，同时让普查人员也走村串户，帮助深入寻找家谱。宁都有二十六个乡镇、四千多个自然村、四百五十个姓，其中客家人就占了百分之九十八，且家家户户均修有自己的家谱。通过三年的家谱普查，最后查寻到的家谱竟有一千零五十三种，共计六千余册，从而成为全省家谱最多的县。2001 年还在香港举办过“宁都客家谱牒展”。

我问孙老：“孙氏后裔，除了你们孙屋村，其他地方还有吗?”

孙老说："当然有了。宁都的孙益森、孙良兆、孙金伟和于都的孙邵武，都是我们孙氏的代表人物；在国内其他地方，也有很多，比如福建的孙水祥，广东的孙子威、孙熔、孙焕辉等，也是我们孙氏族人的代表。还有一个地方，光一个村，就有八千多个孙氏后裔！另外，在国外也还有不少孙氏后裔。"

我问："说孙誗是你们的祖先，除了家谱有据可查外，那些外地和国外的孙氏后裔，是不是也和你们一样，都认同孙誗是他们的祖先呢？每年清明节的时候，他们也会到宁都来祭拜吗？"

孙老说："你问的这个问题很重要。我们这些孙氏的后裔，无论是本地的，外地的，还是国外的，祖祖辈辈，子子孙孙，从古至今，始终都认同自己是孙誗的后裔。除家谱外，还有一个谁也否认不了的事实，就是每年清明来临的时候，不光是我们宁都的孙氏后裔会去孙誗祠和孙誗墓拜谒祭祀，寻根祭祖，而且成千上万的外地和国外的孙氏族人，也会从江西的萍乡和宜春、广东的紫金和中山、福建的长汀和河田以及世界各地，千里迢迢赶来宁都，去孙誗祠和孙誗墓拜谒祭祀，寻根祭祖。"

与孙老握手道别，已是下午时分。站在孙屋村前，仰望蓝天白云，环顾四周山水，我的内心忽然有一种说不出的欣慰与踏实。孙屋村和《孙氏族谱》的出现，似乎像一个活证，冥冥中不经意间为我的宁都之行画了一个小小的句号。在我看来，家谱这种民间的东西，往往比官史可靠；而活人的口述，也常常比纸上的文字可信。因此，孙中山先生的客家始祖在宁都，看来并非空穴来风；而孙誗之墓作为国父孙中山客家始祖的陵墓，其历史内涵与文化价值，我想也是值得更多的有识之士去探寻、深究的。

2013 年 10 月

下　篇

小　说

火箭今夜起飞

公元 1984 年 4 月 8 日晚，当离中国第一颗同步卫星的发射时间还剩最后三个小时时，一股强劲的高空风忽然拽着絮团般的云层，从孟加拉湾的南岸向着西南卫星发射场的上空直扑而来。

云层，像块偌大的黑色天幕，遮挡了发射窗口，笼罩着人们的心。

即将腾飞的火箭，顿时陷入艰难的阵痛之中。

第一章

遥控机房。

发射机以一股凶残的力量，频频驱动着巨大的银白色抛物形天线。潜伏在发射机弹仓内的“炸毁”指令，随时准备弹射出去，与腾飞的火箭拥抱亲吻。高达万伏的微波辐射，像一条阴险的毒蛇，悄悄吞噬着大地、空气、人体、生命。

机房内的参试人员，正搏斗在一个强大的电场里。

助理工程师石秀端坐在监控台前中央的位置上。她刚打开一个开关，肚子又疼了起来。她禁不住轻轻“啊”了一声，头猛地伏了下去。她重新抬起头时，桌面上留下的，是一排带血的牙印。

身边的助手再次附在耳边，声音近似央求：

“石秀，你还是先回去休息吧!”

她笑了笑，伸手捂住了桌上的牙印：

“别吭声，没事，过会儿就好了。我出去透透气就来。发射时间快到了，注意监视设备。”

她站起来，缓缓挪动步子，朝休息室走去。

休息室没有人。

这是一间普通的小屋，屋里有最珍贵的东西——新鲜空气。而且，透过窗口，群山、树丛、塔架、月影，饱览无余。这对长年像捂在罐头盒里的机房工作人员来说，是个再好不过的地儿。

石秀在一张木椅上坐了下来。她个头不高，但很匀称，一头秀发像刚被染过似的。草绿色的军装外面，罩上一件白色红边工作服，整洁朴实，落落大方。但无论怎样掩饰，她那微微隆起的肚子，还是泄露了一个秘密：她快要当妈妈了。

本来，她的预产期还有足足两个月，可不知怎么搞的，近两天来，小家伙已不像先前那么安分了，不是忽而伸一下胳膊，便是猛地蹬一下小腿，搞得她心惊肉颤，心神不定。

昨晚，她还做了个梦，梦见自己生了个胖萝卜似的小子，可爱极了。她抱起孩子刚想吻一下，孩子“哇”的一声哭了。惊醒后，她发现自己的嘴贴在爱人的肩上。她把这个梦告诉了爱人，爱人把耳朵贴在她肚子上听了听，而后煞有介事地说：

“呀！我听见孩子在叫‘爸爸’啦!”

“骗人!”她双手护着肚子。

“真的，孩子说：‘爸爸，快憋死我啦，让我出来吧，我想吃块巧克力!’”

她被逗笑了。

肚子又疼起来了。她忙将双手托住肚子，两眼微闭，感觉肚子里有一团软乎乎的东西，在轻轻地游动，好似一条急于跃出水面的鱼。

忽然，过道里响起脚步声。她忙下意识地抓起一本画报，贴在肚子上。

此刻，窗外群山静谧，天地灰蒙。远处，峰峦似的钢铁塔架紧搂着乳白色的“长征三号”火箭，像母亲的双臂拥抱着初生的婴儿；头顶卫星的火箭，既像一只扬脖远望的白鹤，又似一条衔珠待飞的巨龙。

然而，黑压压的云层，似涌动的海涛，正从西南方向滚滚扑来；遥远的天际，也隐隐传来声声闷雷。茫茫宇宙间，像有一个喝醉了酒的精灵，在放肆地耍弄着神奇的魔棍，把本来晴朗的星空搅得一片混沌。

这样的天气，能按时发射吗？万一孩子今晚提前报到，怎么办？

她一下后悔起来，后悔这几天只顾检查机房的设备，却忘了去医院作产前检查。

“真傻！”她在心里骂了自己一句。

她从小就觉得自己是个最傻的人。

六岁生日那天，她见妈妈把平时攒下来的鸡蛋拿到小镇上，不一会儿就换回两元钱，然后用这两元钱给她买了个生日礼物——书包。

“鸡蛋也能换钱？”她问妈妈。

妈妈点了点头。

于是她在心里萌生出一个念头：我也要拿东西去换钱！

春节到了，她去镇上玩，见小摊上摆着一本本的日历，每本五角钱！

“这些小纸片也能换钱？”她马上想起她家对门的一位老中医，每天早上都要扔掉一张这样的纸片。

她跑回家，拽着老中医的衣袖，指着桌上的日历本本说：

“老爷爷，我每天给你扫地，你给我一张小纸片好吗？”

老中医很慷慨：

“你愿要，就每天来拿吧！”

此后，她每天帮老中医扫地，每天得到一张老中医撕下的日历片。

年底，她把三百六十张日历片用红头绳串起来，高高兴兴地捧到小镇上，然后蹲在路边，等着来人换钱。

可她从早上等到晚上，换回的只有饥饿与寒冷，还有嘲笑和白眼。

石秀放下画报，抬腕看表。

她刚想返回机房，肚子突然又疼了起来。这次比先前疼得厉害，像有人在卷裹着她的肠子。她强忍着，挪动脚步。可脚怎么也不听使唤，断了似的。

她忽然觉得自己身边缺少了什么。缺少了什么呢?

她想到了他。

想到他，她好像有了一种安全感，同时也有了一种力量感，心情豁然开朗起来。

“回去!”她对自己说。

她再次强行挪动步子，但依然力不从心。

她难过死了，真想大哭一场。

但她没哭。

“与其让眼泪流出来，不如把它吞回去!”这是他说的。

他的情况好吗?

第二章

地下指挥所。

这是一个神秘的山洞。宏大，昏暗，幽长。前方，是错落有致的组合式彩色屏幕；后面，是星罗棋布的火箭航线图；左侧，是氖灯闪烁的发控面板；右边，是变幻莫测的星箭计算机；正中，是庄严神圣的指挥台。

沉闷的空间，笼罩着一片紧张的气氛；游动的白影，轻得没有一点声响；唯有倒时计数器闪动着绿色的电眼，在快速裁剪着分分秒秒的时间。

方东伏在指挥台上，飞快地写着一串蚂蚁似的数据。片刻，他操起话筒，亮开浑厚、有力的男高音：

“各号注意，各号注意，请做好射前状态检查准备，请做好射前状态检查准备！”

方东是今晚的发射指挥员，代号“01”。

方东个子不算高，也不算矮，到底多高？二号军装偏大，三号军装嫌小。军人，都有自己固定的服装号码，他是军人，却没有。

他是矿工的儿子。

不到五岁，方东就偷偷骑着叔叔伯伯的脖子下井了。

在井下，他看到了那个时代一个弯曲的横断面；而沉淀在脑海的，则是炼狱般的记忆。

妈妈从不准他下井。一旦发现他下井，就罚跪。可每次妈妈刚让他跪下，他就又哭又喊：

“我要撒尿！我要撒尿！”

结果，他一次也没跪成。

十二岁生日那天，父亲下到井下，再也没有上来。

从此，他背对矿山，再也没看过矿井一眼。

后来，他走出家乡，走进大学，来到血火碰撞的火箭发射场。

他的人格类型，倘若从心理学角度分析，属于那种自我导向的人：心中始终旋转着一个由自己控制的陀螺仪。

他信奉这样一句名言：“为了做出可能的事，不要忘记做不可能的事。”

他认为，20世纪已经日落西山，作为一个即将跨进21世纪大门的航天人，绝不能再把自己封闭在小生产方式里，而必须用朝阳式的思维方式去运筹帷幄，用崭新的全球意识去重新审视生活。

他最瞧不起的是自卑。他说：“一个有自卑感的人，就像一根发霉的火柴棍，不管你怎样擦来抹去，也永远闪现不出智慧的火花！”

他憎恨东方式的嫉妒：你能，我让你能不成！他崇尚西方式的嫉妒：你行，我比你更行！而对那些处处“听话”，事事“谦虚”，拍马屁拍到马蹄子上还能忍辱负重因而职务飞快上升的人，他总是嗤之以鼻：“那是用鞋帮做了帽檐，看起来升了，其实是远离了智慧，靠近了愚昧！”

于是，有人送他一个绰号：“火箭狂！”

他的确很狂。

1980年，中国在大西北向太平洋发射远程运载火箭，他担任情报联络参谋。通常，发射前半小时，由他跑步去机要局，向北京指挥部电告发射准备情况。那天出现意外，延误了五分钟，但他刚从指挥所匆匆跑出门，便一眼瞥见了门口停着一辆红旗牌轿车。他知道，这是最高指挥长的专车，任何人无权动用。可他脑子还是飞快一闪：若跑步去，最快要六分钟；若驱车去，至多两分钟。

他一下蹿到车上，“叭”地甩出特别通行证：

“指挥长指示，去机要局，开车！”

“红旗”箭一般地弹射出去。坐在车上的他，顿时涌起一种空前的伟大感。那一刻，他好像就是中国的领袖，就是世界的统帅！

结果表明，他抢回的那四分钟，对那次发射起了重要的作用。

后来，每当人们谈及此事，总有人说：“嚯，这小子真他妈的狂！”

这是狂说之一。

去年春，一批离休的老红军集体外出旅游，他们通过基地司令员的关系来到发射场。那天，当司令员陪同老红军们来到发射塔下时，事先安排好的讲解员却因急病离开了现场。在场的领导一连找了好几个人，都连声推说：“不行！不行！”

司令员急忙一个劲地给老头子们递烟，场面很是尴尬。

“我来！”他弹掉手中的烟屁股，一下站在老头子们跟前，样子随便，却很自信。

司令员皱了皱眉，还是点了头。

于是，他引导着这帮老头儿一边看，一边讲，有说有笑，无拘无束，既亲切随和，又不失礼节，彼此关系十分融洽；他从国内讲到国外，从昨天的长征之路讲到今天的航天之道。末了，还对发射场的前景，作了一番绘声绘色的描述。

老头儿们一个个听得着了迷，迷得错把烟缸当茶缸。临走时，留下两个字：将才！

这是狂说之二。

还有狂说之三。

去年底，一次模拟发射失败。在指挥部召开的现场分析会上，所有专家都认为故障的原因不在箭上，而在地测机上，唯有他从会场的角落站起，面对几十个白发苍苍的专家，大胆说出了一个与众完全相悖的结论，顿时语惊四座，胆挫群雄。

会后，经几十次反复试验证明：真理的王牌，在他的手上。

故障排除的当晚，有人看见，在总总师的屋里，他和总总师开怀畅谈，举杯对饮，酒瓶上是三个诱人的红色大字：五粮液！

“01，01，我是西昌，我是西昌！”

“我是01，我是01，西昌请讲，西昌请讲！”

“据气象室报告，孟加拉湾北纬20°的热云团，在南知草的引导下，正向我发射区扑来，请严密做好星箭的防护工作！”

“明白！”

方东向各号迅速下达了指令。

他刚关掉送话器，一位年轻女记者便插话问道：

“01，您好！”

“你好。”他瞥了女记者一眼，第一感觉是：像多搁了碱的馒头。

女记者伸出袖珍话筒：

“现在气候突变，你对今晚的发射怎么看？”

“一定成功！”

“何以如此自信?”

“自信是成功的钥匙，我随时把它别在裤腰带上。”

刚一说完，他下意识地偏了偏头，发现女记者正用一双职业的目光在审视着他。

他突然发现，这位女记者的脸蛋虽然并不漂亮，但鼻子却长得惊人的美丽，如同雕塑一般，简直可以同罗丹手下的艺术珍品乱真。

他马上想到了她，想到了她那雕塑般的鼻子。

在这种时候，怎么能想起她!

“混蛋!”他在心里狠狠骂了自己一句。

第三章

发射场救护所。

救护所很安静，只有高压消毒锅在“突突突”地冒着热气。袅袅上升的热气，被空气分解成一串串粗细不匀的“?”和“!”，无数个“?”和“!”又相互纠缠着，在有限的空间梦幻般地舞蹈。

兰航手里攥着一团棉球，分开，揉拢；再分开，再揉拢。雪白的棉丝，扯不断，理还乱。

她是基地司令员的女儿。

上星期，她从军医大学毕业回到基地医院时，正赶上医院组织发射场临时救护队。昨天，当载着救护队员的汽车刚一驶进神秘的大峡谷，她一眼便望见了阳光下高高矗立的发射塔，她的心顿时便像风吹柳叶般颤抖起来。

她至今也闹不明白，为什么自己每次看见发射塔，就像着了魔似的，总会有一种神经质似的向往；而每当这时，他，便会像发射塔一样，悄悄耸立心中。

大学三年里，理智曾多次要她忘掉他，可结果呢，他在她心中，就像一轮太阳，今晚刚刚消失，明晨又突然冒了出来。

此刻，她为今晚能看到中国第一颗同步卫星的发射而感到幸运。但在她心灵的隐秘处，似乎又有一种怅然然、空荡荡的感觉——像个贪玩的孩子，丢失了心爱的玩具。

她丢失了什么呢？

五年前，兰航随医疗小组第一次来发射场巡回医疗。那天，她领着几个小护士爬完发射塔后，又提议说：

“走，咱们到地下指挥所看看计算机！”

一个女护士忙说：

“不行不行！听说这大山沟里的人，对我们女护士恨得咬牙切齿。”

她拍了拍胸脯：

“放心吧，今天有我呢！”

她们来到山洞前，见一个大学生模样的家伙正坐在洞口前看书。他一边挠着臭脚丫子，一边用手指蘸着口水翻书。

她在心里乐了：碰上这么个人，姑娘的一个微笑，准是一张特别通行证！

“喂，同志！”她随便叫了一声。

他抬起头：

“对不起，喂同志上厕所了。”

“不不不，我是叫你。”

“叫我？”他瞧了瞧自己胳膊上印有“值班员”字样的袖套，“对不起，你认错人了，我不姓‘喂’。”

她赶忙送去一个迷人的笑：

“值班员同志，我们想进去看看计算机。”

“看病可以，看计算机不行。”

另一个护士忙帮腔：

“她爸是基地司令员，她叫兰……”

“不管男女，统统一样！”

“这……”

“这是机房，不是病房，懂吗？没有翅膀的天使。”

刚一说完，他又挠开了臭脚丫子，连看也没看她一眼。

“去你妈的蛋!”她在心里狠狠骂了一句，扭头就走。堂堂大司令员的女儿，像今天这样丢面子，有生以来还是第一次。更令她气恼的是，她那从不轻易送人的笑，也白送他了。

回来的路上，她从牙缝里挤出三个字：

“等着瞧!”

她要秋后算账!

两个月后的一个晚上，她正在医院值班，从发射场突然送来一个急病号。病号因患“西昌病”拉肚子，出现虚脱，急需输液。

输液工作很快准备停当。

然而，当她半跪床前，刚准备给病号进针时，却一下愣住了：是他!

好啊，这叫山不转路转，冤家路窄，自投罗网！她心头一阵窃喜，急忙拿起针管，挽起他的衣袖，对准他的血管，刹那间，手起针落，一股血流顿时涌进针管——这一针，扎得非常顺利，非常成功!

但很快，她“嗖”地一下，又将针头拔了出来。

他的胳膊抽搐了一下，细密的汗珠顿时沁出额头。

她抬起头，看着他，他也正看着她。奇怪的是，他的眼里不但没有一丝怨恨，反而还充满了鼓励。

她一狠心，又扎进了第二针。当她刚准备再次拨出针头时，却一眼瞥见，他嘴角渗出一滴血水。

她急忙撕下一块胶布，轻轻粘住了针头。当她再次抬起头时，她看见，他那张被痛苦扭曲的脸，依然显得平静、大度、宽容，甚至还有几分感激。

她慌忙一转身，疾步离去。

第二天，她第一眼见到他时，又后悔了，后悔昨晚没在他身上多扎几针。

忽然，她发现他洁白的被单上多了一团墨渍，便走过去，故作严肃：

“这墨水可是你弄的?”

“是的”。

“把被单拆下来”。

“不用了，昨天刚换过。”

“不是换，是洗!”

“洗?”

“对，马上把这墨水洗掉!”

“我正拉肚子，难道……”

“不管男女，统统一样!”

“这……”

“这是病房，不是机房。懂吗? 没有燃料的火箭。”

他像又被针扎了一下，从床上一下弹了起来。

她摘下大口罩，嘴角挂着冷冷的笑。

他看着她，她也看着他。目光在交战，谁也不说话。

突然，他爽声大笑起来，像一串突然扯响的鞭炮，震得屋子嗡嗡作响。

她被这一莫名其妙的笑给笑蒙了，一腔怒气，又无从发起。

“笑! 什么意思?”

“感谢的意思。”

“感谢什么?”

“感谢你在一夜间帮我认识了一个世界!”

“什么世界?”

“女人的世界!”

说完，他匆匆拆下被单，而后，抱着床单，拖着步子，朝水槽缓缓走去。

她得意地笑了。透过玻璃窗，她看见，火辣辣的阳光下，他撅着屁股正“吭哧吭哧”地在搓着被单；一边搓，一边还吹着口哨，样子既轻松又坦然，好像不是在受罚，而是在享受某种恩赐。

她忽然感到，受罚的好像不是他，而是自己。

就在这一刻，她的“仇恨”在不知不觉中消失了，取而代之的，是一种说不清、道不明的感情。这种感情折磨着她，像某种病菌，迅速扩散开去。她竭力抵抗着，却力不从心，软弱无力。

她想起一位朋友的话：“女人的爱往往是从恨开始的，恨的尽头便是爱。”

这，难道就是传说中的爱？

曾经，一个来自上海的大学生，见她长得漂亮，三番五次托人向她求爱：若同意，他可以带她离开山沟，直奔十里洋场大上海。

她对捎话的人说：

“你转告他，我的隔壁有一个人想去上海，脸蛋比我漂亮十倍!”

那位大学生很快打来电话：

“那人是谁?”

她马上作了介绍：

“昨晚才死了丈夫的小寡妇!”

然而，她自从和他相处后，便像喝了迷魂汤似的，整日坐卧不安，神不守舍。

其实，她心里明白，他在男子汉中算不上英俊漂亮，若是打分的话，也就在及格线上。但是，他言谈举止中表现出来的自信与豁达，他说话时那种与生俱来的居高临下的心理优势，他那双自信能看穿上下五千年、纵横八万里的眼睛，总是深深地吸引着她并常常给她一种积极向上的力量。和他在一起，她不知不觉便会产生一种脸色发红、舌头发僵、脑子发呆、腹中发空的感觉。

而尤其是他的风趣幽默，更令她倾倒。他的每句言谈，每个举止，甚至身上的每一个汗毛孔，仿佛都渗透了幽默。她认为，他的美，全靠幽默塑成。

每次上班，她希望见到他，又怕见到他。一想起那血淋淋的针头和沉甸甸的被单，她就羞愧得直想跳楼。

她是医院第一个敢穿高跟鞋的人，自从对他有了那种说不清、道不明的感情后，她便悄悄穿起了中跟鞋。而且，每次和他站在一起时，她总是下意识地将左脚伸出半步，上身略呈歪斜状。于是有人说了："维纳斯的美是残缺美，兰航的美是歪斜美。"

她说不清为什么要这样，又总是这样。

一次，她把自己的苦衷悄悄告诉了姐姐。姐姐掐了一把她的腰说：

"傻妹妹，这就是初恋呀!"

那一夜，她失眠了。

突然，身旁的电话响了。

兰航如梦初醒，慌忙抓起话筒，话筒里立刻传出一个声音：

"喂，救护所吗？有急病号……"

第四章

兰航匆匆赶到机房休息室。

兰航见到石秀的第一感觉是：此人好面熟。

她使劲回忆着，像在哪儿见过。街头？公园？饭堂？厕所？书上？梦中？像是哪儿都见过，又像哪儿也没见过。

她的第二个感觉是：此人好美。

可美在哪儿，美自何处，她一下又难以说清，反正觉着美。就像一垄成熟的庄稼，一泓沉静的山泉，一幅恬淡的油画，一部含蓄的小说。

直觉。女人的直觉。

女人的直觉往往是一种偏见，但有时也包含着科学。

她的直觉呢？

她放下药箱，很快对石秀做了诊断：早产。

她取出听诊器，解开石秀的衣服，一个情景使她震惊：石秀的腹部死死缠着一条纱巾！

她被感动了，一把抓住石秀的手：

“你，你为什么要这样折磨自己？”

石秀笑了。一笑，更美。

接着，石秀把头轻轻偏向窗外。窗外，空旷的发射场上，此刻金灯高悬，如同白昼，头顶卫星的火箭，银光耀眼，历历在目。

兰航把听诊器贴近石秀的胸，很快，她便听到了一颗怦怦跳动的心。

那是生命的鼓点啊！

兰航为难起来。凭经验和直觉，她知道，孩子在几小时内就有诞生的可能，但产妇体质极弱，心脏伴有衰竭，必须尽快想法处理。

处理方案有两种，一是送基地医院，二是送发射场救护所。若送基地医院，对自己而言，无牵无挂，毫无责任，无疑是上策。

可于产妇呢？

发射场离医院三百多里，还是山路、夜路，最快，小车也得颠上四个小时。产妇在途中出现问题怎么办？孩子生在车上怎么办？产后大人、孩子发生意外又怎么办？

留在救护所，产妇和孩子的安全系数自然要大得多。而且，凭着自己当过助产士的经验和大学四年的妇科专业学习，对付一个产妇还是有把握的。问题是，这是自己大学毕业后遇到的第一个病人，不怕一万，就怕万一，万一碰上一万中的万一怎么办？

名誉，医生的名誉。医生的名誉就是自己的生命呀！

她忽然想起死去的姐姐。

姐姐临盆时，胎位不正，难产。那天，她守在产房门口，听着姐姐那撕人心肺的惨叫，心如针扎一般。终于，孩子生下来了。可姐姐却因产后大出血，抢救无效，永远离她而去。

在那一时刻，她像疯了一样，冲进产房，一把撕破了助产士的大褂，又抓起一瓶墨水，狠狠砸在雪白的墙上。第二天，她向院长递上一份报告：请调妇产科！

很快，她成了一名助产士。

在那“白色恐怖”的产房里，她看到了人世间的欢乐与凄苦；在那生与死的临界点上，她也懂得了一名助产士的责任与价值。每当她双手捧出一个新的生命，心底就涌出滚滚柔情。仿佛自己就是母亲，又比母亲更多一份豪情。

可不知从啥时起，她又萌生了一个念头：告别产房，去上大学。因为产房鲜血淋淋的事实让她大彻大悟：在这个世界上，最伟大最幸福的是女人，最痛苦最可怜的也是女人！于是为了活着的和死去的女人，她要去深造，并为之献身！

她想了个绝妙的脱身的办法：借用老爸的权力棒，撬开大学的侧门。

爸爸居然照办了。

“医生，”石秀轻轻叫了一声，“求你一件事。”

听见石秀的声音，兰航忙从回想中折了回来：

“什……什么事？”

“不送我去医院好吗？马上就要发射了，我、我想等执行了任务再去。”

“那怎么行？孩子很快就有出世的可能。”

“不会的，离预产期还有一个多月呢！”

“提前是常有的事，请相信我。”兰航按了按石秀的手心，“女人生产，人命关天，这你还不懂。”

“没事，”石秀苦笑了一下，“在我们老家，生个孩子，就像老母鸡下个蛋一样。我妈生了七个孩子，全是自己给自己接的生。我就是我妈用围裙从山上抱回家的。”

“你体质很弱，和别人不一样，你不能再折磨自己了。”兰航说。

“医生！”石秀一把抓住兰航的手，声音有点微微发颤，“我大学毕业就来到这荒山沟里，已经熬过了两千多个夜晚，马上就要发射了，就让我再熬上一夜吧！”说完一股泪泉涌出眼眶。

兰航的心像被什么东西重重击了一下，脸倏地红了。

她很快作出决定：石秀送救护所，同时请求医院及时援助。

第五章

“各号注意，各号注意，两小时准备！两小时准备！”

方东今天的精神特别好，像服了兴奋剂，脑子既活跃，又清醒。

昨天，刚吃过午饭他就蒙头大睡了。睡前，还在门上挂出个纸牌：正在洗澡！

多年来，凡有重大试验任务，方东总是要先痛痛快快地“洗澡”。他把这叫作“提前进入程序”。大学时，每次考试的头天晚上，别人都在忙着“开夜车”，他却偷偷躲进被窝里“洗澡”。但考试结果，他的得分常常最高。

“01，307 报告！”

“我是 01，请讲！”

“箭上系统测试检查正常！”

“明白。请调整好平台稳压器压力！”

方东下毕口令，长长地吸了口气。可当他打开遥控系统的监视器时，却一下愣住了：监控台中央的位置上，坐着的不是石秀，而是石秀的助手。

怎么能擅自脱离岗位？太不像话了！

方东在心里责备起妻子来。但转念一想，又觉着不对劲，难道是病了？

怎么会呢？今天临分手时，石秀还悄悄对他说："不要牵挂我，放心干你的。要是火箭指挥不上去，今晚就别……别回家！"说完，石秀竟一把掏走了他兜里的钥匙。那微笑，那精神，哪像有病的人？

难道是因为孩子？

一想到孩子，方东心肝不由一颤，倏地涌起一股对妻子负疚的感情。

方东的爱情，在不少人眼里，应该像诗一般的浪漫，画一样的多彩，小说似的迷人。可谁也没料到，他和石秀的结合，却像泥土一样的自然，湖水一样的平淡。

方东最早认识石秀，是因为一张一分钱的菜票。

那是几年前的端午节。中午，几百人的集体大食堂格外拥挤。开饭时间早就过了，可香喷喷的粽子就是迟迟不见出笼。大家只好排着队，耐心等待。

一张一分钱的菜票不知从谁的手里滑落下来，掉在了满是泥尘的水泥地上。很快，无数只脚从这张一分钱的菜票上踩来踩去，谁也无视它的存在；唯有方东和另两名大学生偷偷盯着这张菜票，在做一个无聊的统计：看到底有多少只脚从这一张一分的菜票上踏过。

就在这时，一群刚刚分来的大学生端着饭盒说着笑着拥进饭堂。人群中，一个长得文静秀气的姑娘，忽然发现了这张躺在地上的菜票。于是在众目睽睽之下，她走过去，一弯腰，捡起了那张一分的菜票。

刹那间，几百双目光"唰"地一下，全都射向这位捡菜票的女大学生。

这位大学生，便是刚到基地的石秀。

只见她掏出手巾，轻轻擦去菜票上的灰尘，而后稳稳当当地放在窗台上，这才转身离去，像什么事也没发生。整个过程，干净利落，大方自然，旁若无人。

"你怎么去捡一分钱的菜票？"一位女友红着脸问她，"你这人也太奇怪了!”

“什么，奇怪?”她淡淡地笑了笑说，“一分钱和十元钱都是人民币，但一分钱的人民币掉在地上没人去捡，也没人敢捡；但十元钱的人民币掉在地上，肯定就有人去捡，说不定还抢着去捡！要说奇怪，我看这才叫奇怪!”

这话被站在旁边的方东听到了。

方东把这话连同这说话的人，一并留在了心里。

后来，他们相识了。

再后来，他们相爱了。

有一天，他突然对她说：

“我们结婚吧!”

“哦，不不!”她挣脱他的双臂，一阵惶乱，“你还不了解，我是个很……很傻的人。”

“傻是聪明的催产婆。”他轻揉着她的秀发，“知道自己傻的人，才是真正聪明的人!”

就为这句话，她把自己两片充满温情的芳唇，第一次抖抖索索地送进了一个男人的嘴里。

第六章

石秀的嘴在轻轻地扇动着。

她躺在救护所的床上，全身无力，脑子一片空白。

刚刚过去的那一阵宫缩，真要命！现在，她趁宫缩的间隙，轻轻伸了伸赤裸裸的腿。

今晚是基地第一次发射卫星，她也是第一次参加发射卫星。她此刻的心情，就像一个孤注一掷的学生，辛辛苦苦复习了若干年，好不容易盼到了高考这一天，可刚一迈进考场，就被没收了准考证；又像一个雄心勃勃奔赴前线的战士，刚一跃进战壕，冲锋的号令尚未吹响，便突然犯了急病，只好趴在地上，痛苦地啃着泥。

她的嘴，在痛苦地啃着被单。

她想他。

有人说，女人一生中最想男人，是在两个时期，一个是蜜月期，另一个是分娩期。

此事此刻，她最想的就是他，而且是从未有过的想。她只有一个心愿：方东此刻能坐在她的身边，轻轻地捏捏她的小手，轻轻地摸摸她的头发，轻轻地摸摸她的肚子，轻轻地吻吻她的嘴唇，然后再轻轻地问上一声："秀，疼吗？"

然而，当她一想到自己今晚参加不了发射任务时，又开始恨起他来，恨得心尖发抖，恨得牙根发颤："都怪他！都怪他！"

要不是他，要不是那个晚上，怎么会有孩子？

一想起那个晚上，她又恨起自己来，恨自己不该那般迷恋，那般痴情，那般轻狂！

前年春，为确保第一颗同步卫星发射成功，她和方东刚结婚三天，就和他一起被选送到北京某研究院学习，同行的还有六男六女。

他们七男七女，分别住在两排军用帐篷里。女生帐篷在西，门上贴着一张从画报上剪下的女人头；男生帐篷位东，门上贴着一张画有一颗又粗又大的香烟的报纸。两排帐篷相距不足二十米，中间隔着一条小小的水沟。可这条小小的水沟，却像是横在他俩之间的直布罗陀海峡。

他俩是七男七女中唯一的一对夫妻。她学遥探专业，地点在城北；他学指挥系统，地点在城南。两人除早上一起在饭堂吃饭外，中午和晚上都无法会面。每天各自早出晚归，来去匆匆，那颗几百公斤的卫星，仿佛时刻都悬在心上。

每早起床后，她站在"海峡"的西岸漱口，他蹲在"海峡"的东岸刷牙。她痴痴地看着他，他也默默地望着她。短短一分钟，是他俩用眼睛“发射”感情的最佳“窗口”，也是唯一的“窗口”。

一个星期六的晚上，他再也憋不住了，去女生帐篷找她，想说说心里话。可他刚一进去，一个女同胞就眨眨眼说：

“走，姐妹们，到外面看星星去!”

六个女同胞全走了，只剩下她和他。第二个星期六晚上，她去男生帐篷找他，刚一进去，一个男同胞就喊道：

“走，弟兄们，到外边比赛吐烟圈去!”

偌大的帐篷里，又只剩下了她和他。

后来，为了不影响女同胞和男同胞的休息，他俩再不忍心跨进对方的帐篷。

北京的夏天是火热的。她渴，他更渴。他俩天天在一起，又天天不在一起。像别人房前熟透的葡萄，每天都能望上一眼，却一颗也吃不到嘴里。

但渐渐地，他俩摸索出另一个交流感情的地方：饭堂。

他们住地的饭堂，是个上千人的大饭堂。每次吃饭，都要排队。每次排队，她在前，他在后，两人总要传递一会儿感情的“密码”：

“主机好吗?”他碰碰她的腰。

“运转正常。”她拍拍胸。

他贴近她的身边：

“想……‘那个’了吗?”

她摆弄着他的衣扣：

“知道还问。你呢?”

“同步运行。”

“周期多少?”

“每秒五十万次!”

她扑哧一声笑了，红着脸忙把菜盘伸进窗口。

有一天早上，他俩正在排队时传递“密码”，传递得热热乎乎，后面突然飞来一个小伙子的声音：

“喂！前面两个打不打饭呀？这是饭堂，不是公园！”

“真是的！谈恋爱也不找个地方！”另一个女生也在伴奏。

她忙抬头一看，前边的队伍早已空出一大截。她的脸“唰”地红到耳根。

从此，她再也不敢向他传递“密码”了。每次吃饭排队，她总是躲得远远的，像一头受过伤害的小鹿。

有一天，他突然对她说：

“以后，咱们去北海公园玩吧？”

“学习这么紧，怎么好去公园玩？”

“没关系，每周只去一次，一次只玩一小时。列宁说，不会休息就不会工作嘛！”

她答应了。

于是，每周星期六晚饭后，他俩便各自从自己的学习单位乘上一毛钱的公共汽车赶到北海公园的门口，再用一毛钱买下公园里的一块地方，痛痛快快地聊上一个小时，然后再乘上一毛钱的公共汽车返回各自的机房加班。

他俩把这戏称为“三毛钱一小时的约会”！

中秋佳节的那天晚上，她和他紧紧依偎在北海公园荷塘边的一条石凳上，望着头顶洒满月辉的星空，心底溢满柔情。她捧住他明显消瘦的脸颊，心疼地亲吻着，久久地陶醉在浸透月光的幸福里。

突然，一道强烈的手电光“唰”地照在两人的身上。她像当众被人扒光了衣服，触电似的躲在了方东的背后。

一个胖冬瓜似的老太婆和一个蔫茄子似的小老头，幽灵似的站在面前，每人胳膊上戴着一个像当年红卫兵戴的红套套。

“喂！哪个单位的？”“蔫茄子”首先发问，“现在北京正搞精神文明，你们知道吗？！”

“哟！”“胖冬瓜”像发现了新大陆，“还是两个解放军呢！呀呀呀！解放军怎么也……也弄这事？！”

“我们是夫妻！”方东厉色道。

“夫妻？”“胖冬瓜”说，“有结婚证吗？”

“对，有结婚证吗？拿出来瞧瞧，瞧瞧！”“蔫茄子”附和道。

天哪，恋人进公园，从来只带照相机，怎么还要带结婚证？羞辱，简直是莫大的羞辱！她再也无法忍受了，大吼一声：

“你们管不着，滚！”

然后双手捂着脸，哭着跑出了公园。

“别跑，罚款！罚款！”身后响起“胖冬瓜”的声音。

历时一年多的学习终于结束了。结束的当晚，她和方东告别了帐篷，来到远望楼宾馆，用半个月的工资，租下了一个漂亮的单间。

像一对久旱的鱼儿跃进了荷塘，似一对饥渴的小鸟扑进了林园。小小单间像个熊熊的火炉，炙烤着他俩的心，融化着他俩的情。

那一夜，她和他，像钻进了一个甜甜的蜜罐。在新婚之夜没有得到的，她终于得到了。

从北京回到山沟后，一天晚上，她拉过他的手，轻轻贴在自己的腹部，甜甜地吐出两个字来：

“有了！”

“真的？”他差点从床上掉下去，“我怎么不知道？”

“你呀！”她刮了刮他的鼻子，“就知道火箭，就知道卫星！”

“啥时有的？”他轻轻把她揽进怀里。

她羞赧地埋下了头：

“就是……就是在宾馆的那天晚上。”

第七章

产前一切准备工作就绪。

小小救护所，好静。

兰航在等待，等待着婴儿顺利出世，等待着火箭快快腾飞；同时，也等待与他早早相逢。

从昨天到今天，她一直在等。整整三年来，她一直在等。等得好苦好苦。

昨天，她一来发射场，就想去找他，可各种准备工作太忙太忙，连喘口气的机会都没有。今天，本来她打算同另几个医生一起去第一线，她琢磨着说不定与他会有戏剧性的相逢。可队长决定，让她和另一个小护士留下值班。原因是她刚毕业，情况不熟。

他此刻在哪儿呢？她幻想着。指挥大厅？计算机房？还是在那阴暗潮湿的山洞里？他还记得吗？还记得当年那个任性撒娇、死爱面子的“没有翅膀的天使”吗？

蓦地，她一下为难起来：若见了面，第一句话该说什么好呢？在今晚的庆功宴上，能见到他吗？能，肯定能。对，应该主动与他碰杯，然后邀他跳上一曲，再送他一束鲜花！哦，不不不，他说过，喜欢花的男人怕女人。他并不喜欢花。对了，明天是星期天，邀他爬山，他最喜欢！

一想到星期天，她的心一下又紧张起来。大学三年里，她最怕过星期天，一到星期天，那挣不断的旧情，丝丝缕缕，缕缕丝丝，便会像蜘蛛网似的向她缠来。

她忘不了三年前与他分手的那个星期天。

那是兰航离开基地上大学的头一天，她第一次邀请他去彝海玩。

那天，他刚到约定地点，兰航驾驶的“小上海”便闪电般地停在了他身边。当兰航从车上跳下时，他愣住了。

兰航换了一件薄薄的连衣裙，处处透露出女性青春的质感；一双白色中跟鞋，恰如其分地增添了她胸部、腰部、臀部的魅力；雕塑般的鼻子微微翘起，显示出只有军队高干子女才有的傲气；闪着亚热带阳光的脸盘上，一双秋水般深情的眼睛，辐射出强大的诱惑力。

“上车吧！”兰航做了个邀请的手势。

他用眼光匆匆“吻”了一遍她的全身，然后钻进车里，怀抱双肘，目不斜视。仿佛不是坐在小车里，而是骑在牛背上。

“怎么，”她轻快地把着方向盘，秀发飘起，散发出迷人的馨香，“没见过我开车?”

“早在60年代初，苏联一个叫捷列什科娃的女人就驾上飞船飞向了太空。80年代的今天，开辆小车颠簸在崎岖的山道上，何足为奇?”他轻描淡写。

“不，我是说我突然弄来一辆小车，你不感到奇怪吗?”

“有啥奇怪的？你是堂堂大司令员的女儿，弄辆小车，就像我弄只三极管!”

“什么?!”她偏过头来，死死盯住他，“我在你眼里成了什么?”

他微微一笑：

“星期天。”

“什么，星期天？你……”她猛地一踩刹车，“给我下去?”

他下去了，轻轻带住了门。

她一下爬在方向盘上，再也控制不住自己，伤心地哭了……

她好恨呀！恨自己太痴情，太软弱，恨自己一颗高傲自负的心在他面前总是变得像个软乎乎的西红柿；而他，在她跟前总像一匹傲慢的烈马，不，简直就是一头雄狮！有时他像一把电烙铁，把她的心烤得火烫火烫；有时他又像一把电风扇，把她的心吹得冰凉冰凉。可自己为什么偏偏又喜欢他那股子傲劲呢?

她与他究竟是什么关系，连她自己也说不清。

有时，她也恨自己的父亲，恨他为什么偏偏是个司令员，而不是个工人、农民，或者干脆是个补鞋匠。她早就隐隐感到，他之所以要这样对她，与她父亲有关。可父亲又碍他什么事呢?

此刻，她真想跳下车去，大胆对他说出那早就想说的三个字来：我爱你!

然而，一个姑娘的自尊又立即喝住了她：宁肯不要爱情，也决不丢掉面子！

她是个从小就极爱面子的人。

五岁那年，有一天爸爸当着一个阿姨的面说了她一句，第二天爸爸去拿烟招待客人时，发现一盒“凤凰”被揉得粉碎。爸爸断定是她干的，当着那位客人的面打了她的手。十分钟后，爸爸刚买回的电动刮胡刀就被她偷偷扔进了厕所。结果，爸爸当晚在厕所边上蹲了两个多小时。

长大后，她常对女伴说：“姑娘的面子，贵如贞洁！”

现在，这“面子”害得她好苦！

她刚要抬起头来，一张带有男人味的手巾忽然塞进她的手心：

“给。”

她一抬头，是他！

“你回来干什么？”她不看他，用手巾使劲擦着方向盘。

“不是你叫我来的吗？”他微笑着爬上了车。

“我不是星期天吗？”

“算了，我是星期八，行了吧？”

她扑哧一声被逗笑了，趁他无防，猛地一轰油门，小车猛地弹射出去，将他一下摔倒在后座上。

她咯咯咯地大笑起来……

彝海，很快到了。初夏的彝海，海水很绿，绿如翡翠；海水很静，静似虚无。当年刘伯承和小叶丹“歃血结盟”的石碑，静静地立在海边。远处山坡上，枫叶似旗，羊角盛开，道道瀑布从绿树丛影中飞泻而下，咚咚作响，如绢如练。微风吹动的彝海，宛若一盏盛满了竹叶青酒的玉杯，溢出阵阵醇香，像在为他俩接风洗尘。

他牵着她的手，迎着太阳，登上山顶。身后，是依稀可见的发射塔；前方，是波涛滚滚的大渡河；河面上，一艘帆船逆流而上，船上有乘客，岸边是纤夫。“吭唷吭唷”的号子声，沉重悠长，震撼大江。

“你说祖国像什么？”他突然问她。

她一愣：

“像……像花园。”

“像花园？哈哈！”

“怎么？我们从幼儿园起，不都这么说的吗？”

“不对。”

“那你说像什么？”

他用手一指：

“像这条船！”

“像船？”

“对！如果人人都争当乘客，船必然沉没河底；如果人人都争做纤夫，船定会破浪向前。”

她伸出大拇指，用眼睛喊了起来。

他问：

“你愿当纤夫还是乘客？”

她答：

“当然是纤夫。”

“可惜啊！”

“可惜什么？”

“可惜你已从后舱偷偷爬上了船头，而且根本没票！”

“什么意思？”。

“天知地知，我知你更知！”

她愣了愣，但很快就明白了他指的什么。略一思忖，立即反攻为守：

“也许，不久你也会离开山沟？”

“暂时还没想过。”

她眼睛一亮：

“你，真的留恋山沟？”

他瞥了她一眼：

“囚犯还留恋监狱！”

她的脸“唰”地红了，从脖子红到耳根。

“告诉他吧，告诉他上大学并不是为了当乘客。”一个声音对她说。但另一个声音又立即喝住了她：“有什么可说的，开后门毕竟是丢人的事！弱者靠表白，强者靠行动。行动，只有毕业后的行动，才是最有力的说明！”

她坐了下来，而后仰身躺倒在花丛里。阳光扑射过来，亲吻着她美丽的脸庞，抚摸着她高耸的乳房。她双眼微眯，望着天空。阳光刷洗的天空，真蓝，真美……慢慢地，她合上了眼睛。

少顷，她觉得脸上有一种阴凉的舒适感。一睁眼，蓝蓝的天空不见了，眼前是一片花的世界：一束鲜红鲜红的杜鹃花，就绽开在离她眼睛约三十厘米的半空中；而牢牢握着花柄的是，是一只散发着男人汗味的手。

这一刻，她激动了。他就坐在她的身边，左手揉着她的裙角，右手为她举着花束，一双被情欲烧红的眼睛，紧紧地盯着她。那眼里有爱、有情，有光、有火，有她从未见过的爱。刹那间，她的心被点着了，血开始狂涌了，白嫩的双腿死劲地搓着小草，高高的双乳急促地起伏着，一阵眩晕顿时漫过全身。

她慢慢闭上了眼睛。

静。

山野，湖水，阳光，花影，构成一幅静静的图画。她在图画中焦渴地等待着，等待着。等待着那大山的突然倾倒，等待着那暴雨的快快降临！

然而，久久，久久，一切如故。

蓦地，他的声音悠然飘起，轻轻震荡在幽静的山谷：

我是火箭

你是卫星

星箭分离

只为追寻

追寻，分离

分离，追寻

追寻，是生的真谛

分离，是爱的别名

第八章

发射塔上，又一层封闭式平台打开了。

低达零下一百七十多摄氏度的低温燃料，通过动脉似的加注管道，正“突突突”地向着第三级火箭加注。

发射，还有最后一个小时。

方东刚下完一组口令，便突然接到气象部门的报告：西南方向出现一团积雨云，十分钟后，将在离发射塔九千米的上空形成一个强大的“高空激流区”。

方东的心，像一下加了个重重的砝码。他非常清楚，发射地区位于青藏高原东侧低纬度地区，海拔两千米，是典型的副热带气候区。周围山川高大，沟深林密，气候多变，加之雨季孟加拉湾和南海水汽的大量输入，不稳定能量易于积存，因而雷暴活动频繁，是我国罕见的强雷暴区之一。倘若发射时积雨云还不散去，火箭一旦穿越“高空激流区”，必将遭到雷暴的毁击！

一想到雷暴，他的心蓦地一颤：60 年代初，美国在连续两次发射中，皆因云中静电积累，导致两枚导弹自动炸毁；60 年代末，美国发射“阿波罗—12 号宇宙飞船”时，也因飞船起飞后在穿云过程中诱发了闪电，造成心源短路，以致飞行控制中心的遥测信息全部中断，从而导致发射惨痛失败……

今天，中国的发射呢？

忽然，门开了，闪进两鬓斑白的司令员。

司令员的身后，是个头一米八的气象科长，还有一帮穷追不舍的记者。当然，也少不了那位多搁了碱的“馒头”。

本来紧张的地下室，一下更紧张起来，甚至有的人腿都在发抖。

司令员的衣领敞开着。他先走到发控台前，问了问操纵员，又走到计算机控制台前看了看，最后才来到方东跟前，轻声问道：

“01，现在情况怎样？”

“各系统设备正常。只是……”方东顿了一下。

“只是什么？”

“只是大多数同志第一次参加发射任务，心情很紧张。”

“唔，”司令员皱了皱剑眉，“完成任务有把握吗？”

“没问题！”方东提高了声音。

“问题是，现在气象出现异常？”司令员两道目光，剑一般直射方东。

方东腾地站了起来：“出现异常，也必定成功！”

“好小子，好自信的口气！”司令员在方东肩上重重地击了一掌，紧绷的脸一下松弛下来，“难道，你就没想过失败？”

“之前，想过；现在，我只想两个字：成功！”说罢，方东挤了挤眼，狡黠地笑了起来，“司令员，您信不信？咱俩打个赌。”

“打赌？”司令员愣了一下，但很快便爽朗地笑了，“哈哈！刚才我们请来的彝族老爹也要跟我打赌。他说，再过几袋烟的工夫，要是头上的云再不飞走，他就一辈子也不喝酒了！现在，你也要跟我打赌，好啊，赌什么？你说！”司令员不停地拍着胸脯，快活得像个孩子。

方东慢慢竖起两个指头：

“五——粮——液！”

“就两瓶？”司令员两手叉腰，“张飞吃豆芽——小菜！”

“不行不行！”身边几个年轻大学生突然叫了起来，“还要外加一袋

‘大白兔’和两条大重九!”

“行行行！不过，到时谁也不许耍赖!”司令员说着，伸出一个小指，“来！拉钩!”

“拉钩?”方东愣了一下。

“对！在家里，我女儿老和我拉钩，我老输，这回呀——”

“你还输!”方东也伸出了小指头。

两个小指头紧紧钩在了一起。

“嚓嚓嚓”，记者们的相机立即响个不停。

其实，作为中国第一颗同步卫星发射指挥员的方东，心里比谁都有数，一枚价值几十亿的火箭——头上还顶着一颗星呢，岂能用区区两瓶五粮液下赌！但他深深懂得，在难堪的时刻、紧张的关头，一个笑声也许就是成功的救星。所以当司令员刚一试探他的心理，他将计就计，用一个充满生活情趣和美学思想的小小玩笑，便神不知鬼不觉地完成了一个复杂的心理效应所产生的能量迁移过程，让大伙在领略幽默艺术魅力的一瞬间，从原来超负荷的心理状态中自然地解脱出来，从而获得体力和智力的最佳竞技状态。难怪有人说：“方东的幽默风趣，奥妙无穷。”

的确，他的幽默风趣，是够人嚼的。

年初，西方某代表团来发射场参观，由方东担任“导游”。参观前，代表团一位记者问他：

“我们这次时间紧迫，你有没有一个最快的办法，帮我认识今天的中国?”

“有啊，”他说，“只需一秒钟!”

记者惊诧不已：

“一秒钟?”

“对，你要认识今天的中国，只看上一眼我们的卫星发射场就行!”

参观途中，记者见挺着肚子的石秀还在机房加班，想借此发难，说：

“贵国制度既然如此优越，为何孕妇也不休息？”

他微微一笑：

“她用不着休息。”

记者问：

“为什么？”

方东说：

“因为她有两个脑袋。”

上发射塔时，由于发射塔上的电梯较为落后，速度很慢，记者叹道：

“怎么一踏上这电梯，我就想打瞌睡？”

“先生，你错了！”他温和地说，“为了保证你们的安全，我特意让部下把电梯放在了最低挡。”

登上发射塔顶端，记者望着原始的大山沟，又突然出击：

“这山沟如此贫穷，为何要在这儿搞现代化？”

他仰望蓝天，爽声大笑：

“不搞现代化，这儿会更穷！”

更有趣的是，他和石秀结婚那天晚上，一群男女大学生对他进行“结婚智力测验”，测验不及格，不让入洞房。

在一片轰笑声中，他被推到中间，当众回答提问。

A 问：

“你最喜欢石秀哪一点？”

他答：

“女的。”

B 问：

“你和石秀有何共同点？”

他答：

“同在今晚结婚！”

C 问：

“你择偶的标准是什么?”

他答：

“一是人，二是女人，三是活女人。”

D 问：

“你能给爱情下个定义吗?”

他答：

“一朵有味不见瓣的花，一口有盖没有底的井，一团想解解不开的谜，一个不醒又睡不着的梦!”

E 问：

“你认为事业和爱情谁重要?”

他答：

“事业在张家是大哥，爱情在李家是大姐。两人碰在一起，事业是哥，爱情是妹。”

F 问：

“你认为婚姻美满的标准是什么?”

他答：

“婚姻像双鞋，舒不舒服，只有自己的脚趾头知道。”

H 问：

“有人说，婚姻像个围城，里边的人想出来，外边的人想进去。你怎么看?”

他答：

“要么就别进去，进去了最好就别出来。”

G 问：

“有人说，女人的爱是事业，男人的爱是游戏。你的爱呢?”

他答：

“我的爱是奔腾的大江，只有用事业和女人筑成的堤岸，才不会泛滥成灾!”

在热烈的掌声中，他被拥进了洞房。

“01！01！207 报告，207 报告！”

“我是 01，我是 01，请讲！请讲！”

“因高山气温太低，冰霜冻结了两条线路，去北京方向的民线中断！”

方东刚刚松弛的心一下又紧张起来。他咬了咬牙，果断下达了命令：

“先将民线改用军线，然后立即组织抢修！”

第九章

痛苦的宫缩又开始了。

石秀将头死死顶住砖墙，身子不停地扭动着，凄厉的哼叫声，打破了救护所的宁静。

“别性急，慢慢来。都这样，不疼生不下来。”

兰航在旁边不停地安慰着。

“兰医生，”小护士递过一张化验单，“结果出来了。”

兰航一看化验单，呆住了：血色素 4.3 克，血小板 2 万！

对一个有着发射场生活经验的医生来说，兰航当然知道，造成石秀严重贫血的原因，除微波辐射外，主要是缺乏营养。她刚想说什么，就听见小护士在嘀咕：

“哼！这个男人也太不像话了，给他怀上了孩子，也不好好给补养补养！”

“护士同志，”痛苦中的石秀坐了起来，“这不怪他！”

小护士说：

“不怪他怪谁？哼！现在的男人都他妈不是玩意儿！结婚前，让他洗裤头都干；结婚后，叫他洗乳头也不愿。”

石秀说：

“不，他不是那种人！”

“算了算了，”兰航忙扶石秀躺下，“不管咋说，你是该加强营养！”

“营养？……”石秀苦笑了一下，心里涌起的是一股酸苦的滋味。

她何尝不愿营养，可她靠什么营养啊？

部队住在大凉山深处一个与世隔绝的荒山沟里，方圆一百多里只有一个彝家小寨才有贸易集市。别说买鸡买鹅买蛋买肉，就是买一棵小葱，也得去几十里之外的小寨赶集。可赶一次集，比出一次国还难！

小寨每周赶集一次，每次赶集时，部队就派一辆大篷车，把大伙儿拉到小寨。雨天，雨水顺着大篷直往脖子里流；夏天，太阳一烤，车厢里像个大蒸笼；碰上落雪，车轱辘滑进沟里，还得“吭哧吭哧”地帮着推；有时车压着了老乡的小猪或小狗，泡在那里，半天也休想脱身；有时车突然坏在山道了，对不起，大伙只有提着篮子、背着篓子、扛着袋子、迈开腿子开始“长征”！

每次赶集，石秀都挺着肚子去爬车。有啥办法？卫星发射在即，方东每天从早到晚忙得连影子都见不着。但为了吃，为了活，为了肚子里的孩子，她只有自己去爬！

有一次，车刚一拐弯，人群便潮水般扑来扑去。混乱中，她的肚子被一个人的膝盖顶了一下，她当时就跪在了车上，痛得汗水把内衣都打湿了。结果，活受一次罪，还一棵菜也没买上。回去后，她趴在被窝里哭了整整一个晚上。可轮到下次赶集时，她咬着嘴唇，挺着肚子，又爬上了大篷车。

爬车难，赶集难，买东西更难。山沟里蔬菜品种极少，除了土豆，几乎还是土豆。尤其是淡季，除了土豆，别无选择。但是，你想买得买，不想买也得买，否则就只有等着饿肚子。加之买主多，卖主少，价格自然就贵得吓人。比如，一只拳头大的鸡，张口就是十块！一个鸡蛋二角五，要不要？你不要有人要，稍一迟疑，别人就抢走了，想要还要不成呢！

当然，影响她体质的，还有一个原因，就是饮水。部队长年住在一个原始的大山沟，天天顿顿喝的都是山谷水，所以不少人都患上了一种地方病，当地俗称“西昌病”。“西昌病”的最大特征，就是老觉着饿，又吃不进，吃上一点，肚子就发胀，甚至光喝水也胀，然后就拉肚子，马拉松式地拉，吃啥药也不顶用。官兵们把这种病称为“慢性自杀”——说严重不严重，说轻松不轻松，想死死不了，活着又难受。

石秀从北京回来不久，便染上了“西昌病”；加之妊娠反应强烈，因而身体遭到双倍的摧残。为了增进她的体质，方东对她实施“精神营养法”，即每星期六晚上，陪她在星光照耀下的山道上散步。散步时，一边陪她观赏神奇美妙的星空，一边给她绘声绘色地讲述各地的特产名吃，像什么云南的香蕉、新疆的葡萄、丹东的苹果、陕北的大枣，还有天津的包子、北京的烤鸭、湖北的孝感麻糖、上海的阳春小面等等。听得她目瞪口呆、直咽唾沫，望着星空，泪水涟涟。

“来，张嘴，吃点东西，有利分娩。”兰航把自己随身带着的麦乳精兑好后端到床前，开始一勺一勺地喂石秀。

此刻，石秀的宫缩减弱了。一杯麦乳精下肚后，她感到精神好多了。她看了看表，突然问道：

“医生，歇一会儿我能去机房看看吗?”

“那怎么行?”兰航轻轻梳理着石秀额前散乱的头发，严肃地说，“你现在已进入了第三个产程，胎位还略偏左靠后；若不及时转正胎位，有难产的可能。所以，从现在起，你必须安下心来，配合好我的工作。”

说罢，兰航撩开石秀的衣服，轻抚着她的腹部——她要利用石秀宫缩的间隙，采用外部推揉法，矫正胎位。

石秀痴痴地望着兰航，眼里溢满了感激的泪水。她知道，眼前的这位医生，今晚肯定也看不成卫星发射了。为此，她深感歉疚，忙问道：

“医生，你看过发射吗?”

兰航差点没笑出声来。作为火箭司令的女儿，连使用的第一块尿布都带着发射场的味，能没看过发射吗?

兰航第一次在戈壁滩看发射，才一岁零三个月。那天，她骑在爸爸的警卫员叔叔的脖子上，当火箭刚一腾起时，她“哇”地一下就被吓哭了，还撒了那个警卫员叔叔一脖子的尿。几年后，爸爸还拿这事取笑她：“胆小鬼，羞!”

可有一天，爸爸刚驱车来到发射场，忽听一片惊呼！他抬头一望，只见高高的发射塔顶端，挺立着一个身穿白色连衣裙的小女孩，疾风掀动着她的裙衫，宛若一朵立体的云!

“航航!”爸爸急忙奔上塔顶，一把将她搂在怀里，厉声吼道，“你……你怎么能上发射塔?!”

她把头一甩：

“火箭能上天，我为什么不能上发射塔?”

石秀的又一阵宫缩开始了。这次比先前来得更为厉害。她身子触电般地在床上滚动着，双手胡乱地抓扯着头发、大腿、乳房。她的领章扯掉了，扣子抓散了，鲜嫩的乳肌上，被刀子般的指甲划出道道血路。

“注射催产素!”兰航命令护士道。

一支针药下去后，阵痛仍在加剧，石秀脸色煞白，呼吸越来越紧。但她拼命地咬着嘴唇，一声不哼。嘴唇咬破了，血涌了出来，染红了脖子。

兰航慌忙抓起一团棉球，细心地给石秀擦着血迹。

实事求是地说，自进医院起，兰航还从未这样心疼过一个病人。可不知怎么搞的，见到石秀的第一眼，她对石秀就产生了一种怜悯之情，仿佛石秀就是自己去世的大姐。尤其此时此刻，看着石秀那副可怜的惨样，她的心像被人揪住了一般，仿佛在床上拼命挣扎的不是石秀，而是自己。后来，她再也忍不住了，挽起自己的袖口，把一只又白又嫩的胳膊伸到石秀的面前，哽咽着说：

“来，抓住我的胳膊，疼，就咬一口；再疼，就再咬!”

疯了似的石秀，一把抓住兰航的胳膊，像抓住了一根救命的稻草。她“啊啊”地叫着、咬着、啃着，很快就把兰航那白嫩如藕的胳膊锯出排排血色的牙印。

兰航默默地忍受着，忍受着。后来当她再也无法忍受时，才把头扭过去，一口死死咬住自己下巴下那块鲜红的领章……

“兰医生，不好了!”小护士突然叫了起来，“石秀严重虚脱，昏过去了!”

兰航慌忙转过头来：

“快，先吸氧，再输液!”

氧气管很快塞进石秀的鼻孔里。

忽然，昏沉中的石秀，发出一声声的呼叫：

“方……方东！方东!”

“你，你在叫谁?”兰航触电似的一惊。

“方……方东……方东!”石秀继续呼叫着。

“方东？他在哪?”

“他，他是今晚的01发射指挥员。”

兰航脸色突变，急忙伏下身去：

“他，他是你什么人?”

“他……他是我爱……爱……爱人……”

“啪”!

兰航的胳膊猛地一缩，桌上的杯子重重地摔在了地上……

第十章

终于，兰航的神志清醒过来。

紧接着，扑进她脑海的第一个意识是：像在大庭广众面前，遭到了一个蒙面大汉的诱奸！

临来发射场之前，她曾作过种种设想：或许能见到方东，或许见不到方东；或许方东还在等她，或许方东已有恋人；或许正赶上方东举行婚礼，或许方东的脖子上已骑上了一个小子。是的，她什么都想到了，唯独此情此景，她做梦也没想到。

她又转而一想，也许石秀急切呼叫的，并非是自己心中的那个“方东”？但她很快又作了否定。因为她十二分的自信，01 发射指挥员这个位置，非方东莫属；而整个发射基地，只有一个方东。

她斜睨了一眼身边的石秀，那是一张死人一般的脸。这张脸，刚才还是那般的美丽，那般的动人，那般的叫人同情，那般的令人敬佩；可此刻，却一下变得肮脏、丑恶，甚至叫人讨厌、憎恨！难道这就是自己刚才心目中那位旗帜般的大姐吗？难道这就是让自己感动得掉泪的那位放卫星的女人吗？哦……不，这是一个魔鬼，这是一个无赖，这是一条从粪坑里爬出的毒蛇！

嫉妒之火从她心底倏地蹿起，迅速蔓延开来，烧红全身。她真想一下扑上去，死死卡住这个半死不活的女人的脖子。

她想，真想。想得发酸、发苦、发凉！

现在，两条生命同时攥在她的手心。她可以让她笑，也可以让她哭；她可以让她生，也可以让她死！或者，她只需抬手拨上一个电话，就可叫来一辆大卡车，把她连同肚子里的孩子，一并从这屋里搬出去，就像搬走墙角那个垃圾桶。

对，打电话，搬她出去！

她霍地站起，拿起了电话。可当她一眼瞥见自己身上雪白的大褂时，不知怎的，又颓然地坐了回去。

然而，仅仅一秒钟，感情很快又打倒了理智。她不能忍受，实在无法忍受！

三年来，她一直在等、等、等，总是在信、信、信；在等得难等中还等，在信得不信中还信。她等待误会的冰释，理解的来临，她深信自己的忠诚终会挽回方东的爱情。本来，苦苦的等待，已沿着执着的脚印攀缘成了额前细细的藤蔓，可她好不容易等到了今天，命运却作了另外的安排：她不能品尝爱果，只可分享友情。

突然，她冒出这样一个念头：她和方东的爱像一棵小苗，这棵小苗最初是她鼓足勇气冒着风雨从贫瘠的山梁上移植回家的。多年来，她独自悄然为它浇着水、培着土、流着汗、滴着血。如今，小苗成了树，树开了花，花结了果。可一夜之间，果子却飞到了别人家的枝头上。而且，现在还要让她冒着风险、厚着脸皮，爬到树上，亲手摘下果子，再双手恭恭敬敬地交到别人的手上。

她能办到吗？

谁说的？世界上最痛苦的悲剧，莫过于亲手拔掉长在心头的爱的果树。

拔掉是悲剧，不拔掉呢？

既然心中的果树已经根深蒂固，枝繁叶茂，为什么要非拔掉不可呢？等它留在那儿，让别人去乘一片阴凉，采一筐果子，不行吗？

她又下意识地瞥了石秀一眼。石秀的身子又开始蠕动起来，像一条临死前垂死挣扎的蛇！

她心里倏地涌起一丝快意。

她忽然想起看过的一份资料，说一个法西斯头子一生中最爱观看的，就是人刚被枪杀时临死前的挣扎。这个法西斯头子说，那是人间最美丽的舞蹈，是人一生中最真实最痛苦最精彩的一幕。人的灵魂、情感和欲望，统统在那一瞬间表现得淋漓尽致。

她觉得此时此刻，自己就是那个法西斯头子，也在观看石秀“最美丽的舞蹈”。但很快，她便感到一阵恐慌：堂堂中国军人与无耻的法西斯头子，怎会变成了一丘之貉？

她一把扯住自己的头发，禁不住在心里狂喊起来：“人哪！你这会笑的动物，穿着衣服的动物，真与假，丑与美，善与恶，为何会同在一身？”

哦，嫉妒。

嫉妒也是一种兽性。

对。兽性、兽性、兽性！

一股热血直冲脑门，蓦地涨红了她的脸。

她起身疾步走向窗前。

窗外，凉风习习，暮色四合。梦幻般的发射场上，又一层工作平台缓缓打开了，即将腾飞的火箭如同一位在灯光下淋浴的少女，勇敢地裸露出了自己皎洁的玉体。

兰航忽然想到了他。

为什么在这个时候还会想到他？是爱？是恨？还是兼而有之？

她恨他。

她恨不得立即跑到山洞里，将他从发射指挥员的位置上拽出来，问他个十万个为什么。

但她更爱他。

她说不清这是为什么。但有一点她心里非常清楚，那就是，她对他的爱，是发自内心的，是真诚的。

然而，她为这真诚而感到可悲。痛恨自己为何这般难割旧情。她忽然有点羡慕起有的女孩来：在恋爱期踹掉一个男人，就像在例假期扔掉一卷纸片！

但她却做不到，无论如何也做不到。

那是她的初恋啊！

初恋是什么？是情与情的熔炼，是心与心的焊接。岁月的▮头，能轻易敲得开吗？

莫非，爱情真是人类的怪胎？

蓦地，她开始对自己多年的爱怀疑起来：自己对方东的爱，尽管是绝对真诚的，但这种单方的真诚的爱，就一定是正确的吗？就一定是高尚的吗？就一定是可取的吗？

爱，应该是一种善，一种美，一种自爱和博爱的道德平衡，一个酿造幸福的加工厂，一个埋葬自我的宽阔陵园，一个容纳万般天体的浩瀚星空！

可此刻，自己所爱的人的爱人，在痛苦，在哭泣，在死亡线上拼命挣扎；而她自己，却在冷眼旁观，却在幸灾乐祸！

这是他妈的哪个星球的爱呀？

第十一章

风停了，雷息了。

发射场的上空，神奇的“云窗”终于打开了！

西北方向，只有两片不大不小的云，还像两个贪玩的孩子，在懒洋洋地散着步。

云层的溃散，让方东钟摆一样悬着的心终于平静下来。他依次打开各系统的监视器，对设备状况作了最后一遍检查。然而，当他的目光再一次投向遥测设备时，刚刚平静的心又一下悬了起来：石秀还是不在岗位？

一定发生了意外情况。这意外情况，是什么呢？

难道是孩子提前叩响了人间的大门？

他的心蓦地一阵战栗。他感到奇怪，为什么今天一想到石秀，一想到孩子，心就颤得发慌，莫非人与人之间，也有感情的磁场？

但很快，他就果断地向自己下了指令：忘掉她，忘掉孩子！

他“叭”地关掉监视器，决然地昂起头来，两滴苦泪，夺眶而出……

方东为什么偏偏爱上了石秀，连他自己也说不清。也许，世间真有姻缘一说；也许，氧原子碰上了氢原子，便组成了水分子。爱情，就这么回事儿。

可这看起来偶然性的结合，却并未影响他俩的感情。婚后，他俩一个动中有静，一个静中有动；一个刚中有柔，一个柔中有刚，恰好形成爱的互补。

然而多少有些奇怪的是，在方东内心的隐秘深处，对兰航至今仍储存着一丝说不清道不明的感情。他虽然自信这感情是纯真的，但一种犯罪感又常常挤压着他的心。他曾多次试图抹掉它，可越抹反而越牢固。

他有时扪心自问：是因为自己不爱石秀吗？不是的。那么是因为自己还在爱着兰航吗？也不是的。那到底是什么呢？他说不清，却又能隐隐感到在爱和不爱之间，还有一个东西始终存在着，有点像脉冲信息，时隐时现，难以捉摸。

他曾收到过兰航从大学寄来的三封来信，那三封来信的口气，像同志非同志，似朋友非朋友。前两封来信他都收下了，只有第三封信，他在退批单上写下一句话：此人已外出学习。

不过，当他决定同兰航分手时，内心也是有过阵痛的。当初，兰航在地下室门口第一次与他相遇时，说实话，他一下就被兰航那惊人的美丽和非凡的气质给俘虏了。但他有自己的想法：遇见一个一见面你就喜欢的女孩，要想一下溜进她心灵的闺房，只有两个办法，一是讨她喜欢，二是惹她生气。他选择了后者。

当然，如果单凭兰航漂亮的脸蛋，是征服不了像他这样的男人的。他喜欢兰航热情奔放、无拘无束、平实而又超脱的性格；尤其是她对发射场的依恋，对火箭卫星的偏爱，对航天人的情感，常常使他感到欣喜、激动。

但是，他是个典型的事业型男人。在事业与女人面前，他从来把事业放在首位。他乐意博得女人的温情，更渴望获得事业的成功！他虽然知道，找到一个好的女人，就等于找到一个最佳支点，有了这个最佳支点，生命的杠杆就能撬起事业的大厦，甚至旋转整个世界；可他同样懂得，找到一个不好的女人，结果只能相反。于是他总是固执地认为，女人，不过是盛开在男人眼前的一束花朵，至多是飘挂在男人心上的一道彩虹；而唯有事业，才是永远高悬在男人头顶的太阳！

当然，他并不否认，男人的爱一半应该献给事业，一半还该留给女人。但他认为，只有两半合起来的爱，才是幸运的爱，也才是幸福的爱。

所以，当他得知兰航就是自己的顶头上司司令员的女儿时，很快便在自己心灵的电路上悄悄装了一个“感情脉冲延时器”。因为他深深懂得，古今中外，政治与婚姻，从来都是睡在一个枕头上的夫妻。若是他与兰航结合，不出意外则罢，一出意外，败得更惨！这种门不当、户不对的婚姻，还是躲远点好。

他曾把兰航和石秀在心里作过比较：兰航好比一顶款式漂亮的礼帽，戴在头上虽然既能牵引目光，又可遮挡太阳，但未必抵挡得住风雨。而且这顶帽子一定很沉，走起路来会直不起脖子伸不起腰；而石秀好比一双简朴实用的跑鞋，这双跑鞋不仅可以帮他在生活上平稳过渡，在事业的跑道上还能伴他奔向终点。尤其是，当他得知兰航利用父亲的权力棒为她撬开了大学的侧门后，他“感情的脉冲延时器”立马变成了绝缘体……

“01，01！203 报告！203 报告！”

“我是 01，请讲！请讲！”

“真空绝热共底箱出现异常！”

“什么?”方东从座位上一下弹了起来，“叭”地打开监视器，只见安置在高高的发射塔上的真空绝热共底箱，正往外蹿起缕缕恐怖的白烟！

方东的额头一下冒汗了。共底箱是专为隔开液氢和液氧而设置的，假若真的出现了遗漏，那二点二万升液氢和六千三百升液氧一旦与空气相碰，则会以八百倍的比例速度迅速扩散、膨胀，继而引起惨不忍睹的大爆炸！

他脑海蓦地闪出人类航天史上那悲壮的一幕幕：

——1963年2月14日，美国航宇局发射第一颗同步卫星"辛康1号"时，因氮气瓶爆炸，远地点发动机点火后二十秒，造成通讯联络中断；

——1968年8月10日，美国用宇宙神－人马座发射应用技术卫星4号时，因低温推进剂渗漏冻结了过氧化输入的管路，卫星进入低轨道两月后坠毁；

——1974年1月19日，英国发射开网－2A，因助推器中一控制器件发生故障，造成火箭翻滚，一周后卫星坠毁；

——1977年9月13日，欧洲航天局发射第一颗通信试验卫星，因推进剂混合而被水污染，火箭起飞后五十四秒爆炸；

……

迄今为止，全世界已有二十多颗同步卫星发射惨遭失败！

方东迅速拿起特级直通录音电话。两分钟后，司令员和总总师火速赶到地下指挥所。

现场当即召开紧急会议。会议面临两种选择：一是尽快发射；二是推迟或取消发射。有人主张第一个方案，有人主张第二个方案，有人则"谦虚""稳重"，保持沉默。

司令员和总总师交换了一下眼色，最后把目光一齐投向了方东。这目光尖锐、复杂，好烫好烫！

方东大胆迎住了这目光。

他知道，自20世纪60年代初人类发射了第一颗同步卫星以来，全世界已有一百六十颗同步卫星占领了赤道上空，可其中竟没一颗是中国的！苏联早在1957年就将国徽送上了月球，而新中国的国旗至今尚未插上太空。从1970年中央军委正式批准建设通信卫星工程至今，十四年过去了。十四年来，工程屡遭磨难，发射几经推迟，光是基地耗去的人民币就高达两亿三千万元！而且，早在1982年秋，在第二次联合国探索及和平利用外层空间的会议上，中国代表就庄严宣布：中国将在 1983—1984 年发射第一颗同步卫星！

这多次推迟的发射，今晚难道还要推迟吗？

方东心里清楚，发射系统的问题他最熟悉，最有发言权。此刻，他的意见对决策将起着举足轻重的作用。然而，这事关中华民族荣辱的决策，搞不好是要掉脑袋的啊！

静。只有身旁的录音带在“哧哧”作响。

终于，方东霍地站了起来，大声说道：

“我的意见，根据现有情况分析，推迟或取消发射，危险极大。只有尽快发射，将卫星打出去，才是避免火箭爆炸的最佳方案！当然，尽快发射，要担风险；但推迟发射，风险更大！而前者，风险中有成功；后者，除了失败，还是失败！”

“好！”司令员和总总师几乎同时站了起来，当场拍板，“尽快发射！”

第十二章

此刻的石秀，像误吞下过量的安眠药，昏昏沉沉，迷迷糊糊。

恍惚中，她感到自己像一颗卫星，刚一发射出去，又猛地坠了下来，幸好被一片云朵托住了。现在，信息中断了，轨道失去了，只有晃晃悠悠地在云空里飘荡，飘荡……

这是在哪儿？在云里？对，是躺在云朵里，一片片，一团团，似雪花，像棉被……哦，不，不是躺在云朵里，是躺在书堆里。

她记起来了，那是新婚第二天，她跪在墙角整理一堆旧书，方东趴在写字台上看书。可过不了几分钟，方东就偏过头来看她。

“你看书呀！”她嗔怪道。

“我是在看书呀！”方东仍看着她。

“瞎说，你在看我！”

方东笑了，走过来，温柔地将她抱起，转了一圈，再轻轻将她放倒在书堆上，吻了吻她说：

“你就是一本书，一本让我看不够读不厌的书!”

哦，我是一本书？可此刻，这本书已从书架上取了下来，被扔在了墙角，没人翻看，没人阅读。

她感到伤心透了!

忽然，她看到了立在窗前的兰航。她求救地叫了一声：“兰……兰医生!”

听到呼叫，兰航像被蜂蜇了一下，脑海蓦地醒来一个意识：医生!

她转过身来，石秀正惊恐地望着她。眼里没有虚情，没有愧色，只有泪水。但那泪水是透明的。

“兰医生!”石秀举起了扎着输液针的胳膊。

“别动!”她声音凶狠，却又含着温情。她自己都感到奇怪。

石秀可怜巴巴地望着她，久久不吐一个字。突然石秀用抖抖索索的手抓出一串钥匙，郑重地塞到她的手上：

“请把它交给我爱人方东，告诉他，床头的纸箱里有瓶酒，还有一条烟，那是我专门为他今晚准备的。”

“你，这是干什么?”

“兰医生，你不用再瞒我了!”石秀一下双手抓住她的手，泪水雨点般地洒落下来，“可我不想死，不想死啊!”

兰航大惊!她一点没想到，刚才自己一时失态，竟给这个女人造成了死亡的错觉。

她想解释几句，可一句话也说不出来，像有人在她喉咙上塞了团棉球。她突然有点可怜起石秀来。

这时，石秀竟神奇地坐了起来，一把抓过了床前的电话。

“你，干什么?”兰航一把按住了电话。

“请……请你帮我拨一下：54370”。

“这是哪儿的号码?”

“地下指挥所的备用电话。拨通了，就能听到现在的发射实况。”

“真的?!”兰航脸上一下闪出孩子般的惊喜，不知不觉便拨响了电话。

“喂，小何吗，我是石秀，现在情况怎样?”

“刚排除一个险情!”

“你把话筒搁在桌子上，我想听听实况。”

“好吧!”

石秀和兰航，同时把头迅速贴近了话筒。

话筒里，立刻传来一串洪亮的口令声：

“312，立即执行起飞检查口令!”

“313，立即牵发箭机零点信号!”

“315，注意检查液氢自动补加情况!”

“方东!”两个女人同时叫了起来。

石秀听到方东的声音时，完全忘记了自己是个正处于阵痛中的人，好像一下接收到了感情的脉冲信号，心灵的电门顿时得以开启，进而获得了一种近似躺在船上的平衡感。

兰航则像一架被人突然弹响的钢琴，感情的和声骤然在心灵的回音壁上鸣响。方东的声音仿佛将她牵引进了神秘的地下指挥所，她的内心顿时便有了一种升旗般的庄严。她一边听着方东每个口令，一边注视着石秀那张充满期盼的脸。渐渐地，她心中的那点余恨渐渐消失了，随之涌出一股羞愧的暖流，缓缓漫过全身……

第十三章

发射场的上空，飘散了最后一块云。神奇的夜空，蹦出了几颗宝石般的星星。牵动着亿万双目光的“发射窗口”终于打开了!

发射，还有最后十五分钟!

风啸似的报警器骤然鸣响。发射塔上最后一批加注人员开始撤离。

当最后一名加注战士匆匆跑进山洞时，沉重的铁门“哗”的一声关闭了！

空旷的发射场，顿时变得死一般的阒静。

滚烫的地下指挥所里，唯有电机的蜂鸣声在“嗡嗡”作响。

方东凝视着屏幕上的信息曲线，外表显得异常的平静，内心却波涛汹涌。也许，再过一刻钟，妻子已静静地躺倒在了模糊的血泊之中；也许，随着一声惨爆，自己将和星箭在火海中一起化为灰烬；也许，因自己的指挥失误，他的名字将永远被钉在历史的耻辱柱上……

他突然强烈地意识到，自己的生命和国家的航天事业竟是如此紧密地系在一起，于是心中顿时涌起一种从未有过的伟大感和使命感。

而此次此刻，救护所里，兰航正帮石秀做着辅助动作：

“别性急，忍着点，慢慢来，慢慢来。”

既要保住大人，也要保住孩子。她相信自己能办到，一定能办到。

“手拉，脚蹬，吸气，哈气……”她反复耐心地念叨着，“好，再来，手拉，脚蹬，吸气，哈气……”

石秀压住嗓门苦苦地哼叫着，嘴唇全咬破了，泪水和血水把床单浸湿了一大片。方东的声音不时从话筒里传来，令她心旌摇荡，激动难抑。她突然产生了一个强烈的欲望：一定要把孩子生下来！

“303，注意检查场坪人员是否完全撤离！”

“308，注意检查发控台射前状态！”

也许腹中婴儿也听见了话筒里爸爸的呼叫，开始剧烈蠕动起来。外部的推揉和催产素的作用，加之婴儿自身的运动，胎位在逐渐变正。

而此刻，依傍在铁臂之中的火箭，也在作着最后的挣扎。它要摆脱羁绊，奔向另一个自由广阔的空间。

发射，还有最后五分钟。

发射塔上最后一层工作平台缓缓打开了，星光照耀下的火箭，宛若一位飘然欲仙的男神，一丝不挂地裸露出他那雄健的身姿。

各种摄像机、录像机，纷纷打开了镜头。

漫山遍野观看发射的人们，也惊喜地瞪大了好奇而不安的眼睛。

方东按下一个开关，手指有些发抖。他立即警告自己：“镇静！”

然而，在这一时刻，他那激情澎湃的心，却难以平息。

飞行，是人类亘古以来的幻想。早在两千多年前的西汉时期，就有人全身粘上羽毛，试验过扑翼飞行。到了北宋开宝年间，中国就创造了世界上第一枚火箭。当历史的车轮滚到五百年前的明代时，一个叫万户的勇士还用自己的生命作尝试，为飞天迈出了勇敢的第一步。可遗憾的是，中国至今还缺席于同步轨道。

近两百年来，气球敲开了平流层的大门，飞艇开辟了北极航线，飞机征服了音障，“阿波罗”登上了月球，“海盗1号”考察了火星，“先驱者”和“旅行者”也对木星和土星进行了探测……现代科学的发展，让人们觉得“四大发明”早已索然无味；驾螺旋桨双翼飞机横渡英吉利海峡，记忆中也被蒙上了历史的灰尘；电子管已成为陈旧不堪的名词，计算器连小学生兜里都有的是；甚至火箭、卫星、飞船和空间站，也成了三岁孩子嘴里的“泡泡糖”！但以神箭的故乡著称于世的中国，为何迟迟不能起飞？

是天路迢迢，遥不可及？还是勤劳的中华民族不再勤劳，勇敢的炎黄子孙不再勇敢？

方东愤然地昂起头来。

电子倒时器默默地走着，走着。

发射，在迫近，迫近！

“一分钟准备！”

电子计算机启动了自动点火程序。

计时器变幻着银色的字码：12秒、11秒、10秒……

“牵动——”

“开拍——”

“点火——”

"起飞——"

方东一声令下，火箭腾空而起。像山呼，似海啸，像惊雷，似闪电！十分钟后，火箭拖起一道熊熊燃烧的光柱，开始拐弯，加速。渐渐地，庞大的火箭变成了一个白色的火球，像一颗璀璨的明珠，徐徐滑行在茫茫星空……

此刻的方东，双手紧抓话筒，两眼直直地盯着面前的屏幕，一动不动，宛若雕塑一般。直到火箭卫星成功分离后，他才任凭控制不住的泪水簌簌滚落而下。

蓦地，他想起了石秀。

随着火箭腾空而起，石秀腹中的婴儿也呱呱落地。用尽了最后一点力气的她，像是终于卸掉了一个沉重的包袱，顿感无比轻松。

此刻，大地还在强烈地震颤着，震得玻璃哗哗直响。石秀忙把目光投向窗外，一道炽热的火光划过天空，那是火箭脱胎后的"血痕"。

石秀的眼睛倏地一亮，苍白的脸上绽开了笑容。

突然，她一声惊呼：

"快，给我看看孩子！"

"恭喜你，是个男孩！"兰航把孩子递到她的手上。

石秀双手把孩子揽在怀里，失声痛哭。

怀中的孩子也"哇"的一声哭了起来。

兰航慌忙接过孩子，轻轻抱在怀里。孩子两条胡萝卜似的细腿，胡乱地蹬着她的胸脯，她心里顿时涌出一股母爱的暖流。孩子的样子，极像方东，尤其那小小的鼻子，似乎比方东的翘得还高。

兰航望着孩子，望着望着，泪水禁不住便流了出来，并漫过脸颊，滴在了孩子的脸上…

哦，多可爱的孩子呀，也许二十年后，你就是一名学者，一名专家，一名优秀的火箭发射指挥员，或者一名优秀的载人飞船总设计师！当然，也许那时人类已移居太空，开始了向宇宙的全面进攻，而你，很可能已经成为一名勇敢的空中探险家，一名伟大的“宇宙哥伦布!”

孩子，原谅阿姨吧！也许等到你谈恋爱时，银河系已成为人类活动的场所，出现了比人类先进得多的其他有智慧的生物，整个人类已跃进到一个崭新的星际文明社会。但愿你们那个时候的爱，不再像现在这般曲折、复杂、狭隘、艰难而又充满了虚伪、自私、痛苦和约束，而是像水晶石一样的单纯，1+1=2 那么简单，品茶一样的轻松，蜂采蜜一般的自由。

最后，兰航俯下头去，在孩子的脸上轻轻吻了吻。孩子白嫩的脸上，顿时泛起一个淡淡的唇印，像个半生半熟的圆。

这是爱的句点吗?

尾　声

方东匆匆赶到了救护所。

他一进门，就扑向产床，双膝跪在地上，捧起孩子，忘情地吻着，吻着。许久，他才放下孩子，拉过石秀的手，不停地轻抚着，脸上露出第一次当爸爸的傻笑。

石秀骄傲地望着他，浅浅一笑，笑中饱含幸福：

“方东，快，快去谢谢她!”

“谁?”

“给了你儿子生命的人。”

方东蓦然回首，只见门口处，匆匆闪去一个白影。

他疾步上前，举目望去，但见星光下，一个陌生又熟悉的背影伫立院子中央。

她!

方东一下愣住了。

星光下，夜色中，兰航正翘首凝望。发射场上，人海翻涌，热浪滔滔；火箭尾部喷出来火焰，漫过倒流槽，跃上对面山头，烤熟了整个发射场，映红了半个天空；经历强烈阵痛后的发射塔用多年积蓄的力量送走火箭卫星后，正独自默默地舔着自己滴血的伤口；而黑天鹅般的夜幕上，繁星点点，月镜高悬，悠悠银河，绵亘于南北之间，将星空劈为两半。一道炽白的光亮横贯夜空，那是火箭划过夜空留下的弧线。

哦，地球是人类的摇篮，但人不能永远生活在摇篮里。

蓦地，她脑海跳出方东吟诵过的小诗：

我是火箭
你是卫星
星箭分离
只为追寻
追寻，分离
分离，追寻
追寻，是生的真谛
分离，是爱的别名

是的，人类要追寻天外之天，星球要与星球联盟。人生应该有更广阔的空间，爱情应该有更高远的层次。科学的巨大进步，已将人类扶进了宇宙世纪的大门，现代人的道德、爱情，难道还要停留在洞穴人的水平？

兰航抿嘴笑了，悄悄弹去眼角一滴泪痕。

发射场上，熊熊的火焰还在燃烧；墨绿色的夜空，与火箭分离后的卫星，正向着一个更高、更远的空间飞腾，飞腾……

1985 年 5 月 4 日

等待风景

这么冷的天你问我为啥傻乎乎地坐在这儿？我不知道。

反正下午班长说，今晚要发射卫星你愿看不愿看？愿看就在这儿等不愿看就回屋睡觉。

我说我当然愿意看了，大老远从北京跑到这穷山沟来当兵，受了三年活罪还差点背个处分不就是为了看他妈这一眼吗？

班长说那你就老老实实地等吧，不过呀你得有股子真劲狠劲耐劲，发射火箭卫星是眨眼的事儿，说上去就上去了说下来就下来了；再说这儿离发射场远，看见了就有看不见就无，到底今晚能不能看见我也是小娃儿吃扁食心里没数。

我说等就等吧，革命战士不怕苦不怕累不怕流血牺牲难道还怕等？

这时，西天的太阳已经红得发紫红得发冷，肯定是到落山的时候了。可这家伙就是一副自命不凡自以为是自不量力的样子，优哉游哉磨磨蹭蹭死皮赖脸就是不肯落山。我想太阳你他妈完全没有耍赖的必要，早落晚落都是落你干吗就不快点落？说来也许你不相信，就在我默默诅咒太阳快快落山的时候，太阳突然像被一颗横空飞来的子弹打中般栽落下去。目睹太阳终于栽落下去的情景，这一刻我好高兴哟！因为我分明看见，那少女般温柔恬静的夜色，正迫不及待地一寸一寸地拥抱着光明。

于是，我感到失去太阳的山谷一下变得诱人起来。我把脖子稍稍扬起，将目光尽量撒宽拉长，像耕牛般把眼前的景物犁了一遍，很快便轻松愉快地收获到一种饱满的朦胧感。我敢冲着上帝说，这时大山的景致才是世上最美的景致，山谷的情调才是人间最有味道的情调。接着我挪动了一下屁股，调整了一下视角，又睁了睁有些疲惫但依然亢奋的眼睛，然后将目光跃过条条弯路层层白云重重山峦，想把那朝思暮想的发射塔看个清清楚楚明明白白。可目光太短距离太远，我好像看见一点又似乎一点也没看见，眼前唯有一片虚幻一片空白一片说不清道不明的糊糊涂涂。但我还是假定已经看到了——看到了那挺立于大地之上蓝天之下的发射塔，看到了发射塔上那银龙般昂首挺胸的大火箭，看到了大火箭上堂堂正正地坐着的红色卫星。于是我的心里便充满了耶稣信仰上帝般的忠贞与虔诚，从而坚定了我盼望等待的决心信心和耐心。

当然，我之所以要这样，从根本意义上讲，与班长三年来对我苦口婆心的洗脑教育直接有关。班长曾反反复复对我说过，在火箭发射的一瞬间，那个隆隆升起的火球比一千个太阳还红还亮；那瞬间印在夜空的画面，是人间最美好最动人最辉煌灿烂最惊心动魄的一幅风景！只要看上一眼，便足以令人激动一晚上陶醉一白天幸福一万年。

而每当班长向我讲起这幅“风景”时，如同讲述着一位梦中的女人，总是脖子充血两眼放光。我因此常常被陶醉得难以自抑，不是翻来覆去在床上烙烧饼，就是偷偷跑到山顶苦苦翘望胡思乱想。但当我问起班长那幅“风景”到底是个啥样时，班长却抬起袖子一边抹着鼻涕一边哼哼哈哈，末了才顺着口水流出一句话来：其实我也没见过。

我说班长你既然没见过，为何可以将它说得那么美丽那么动人，简直就他妈像真的一样？班长说我也是听我班长说的，我班长又是听我班长的班长说的，我班长的班长又是听我班长的班长的班长说的。我说班长呀班长，你这不是土八路糊弄洋鬼子瞎扯淡吗？班长说这怎么是瞎扯淡呢？我班长和我班长的班长以及我班长的班长的班长都说是这么回事，那肯定就是这么回事。反正我和我的班长以及我班长的班长的班长都是这么认认真真一天又一天地等过来的，信不信由你。

班长，今晚的发射时间是几点?

光说今晚有发射，没讲几点。

那你咋不问问?

上边怎么说就怎么听，有啥好问的?

你当班长怎么能这样?

我不这样你说哪样?我不这样又能哪样?

那现在咋办?

等。

班长平静地吐出最后一个字，不再说话，仿佛所有复杂的内容和深奥的玄机都包藏在这个简单的“等”字里。

是啊，不等咋办?这个世界啥事不等?看发射要等，观日出要等，探亲要等，约会要等，调职要等，升官要等，分房子要等，坐公交车要等，甚至拉屎撒尿住院开刀生孩子也他妈要等!

其实，班长早就对我说过，他当年刚爬上这座大山时，也是成天缠着老班长吵吵嚷嚷，不是问发射场啥时才能建成，就是问火箭何时才能造好，不是问卫星啥时才能研制成功，就是问他那幅人间最壮丽的“风景”何时才能挂在天上。老班长除了谆谆教导他要好好埋头苦干流血流汗外，剩下的还是只有一个字——等。

天渐渐黑下来了，山谷越来越静。我不知道班长是啥时来到我身边的，只是感觉到他肯定已经坐在我身边的那块石头上了。我身边的那块石头是个很大的大青石，这块很大的大青石有着悠久历史和光荣传统，它与我屁股下的这块小石墩相距不过一米，但面积要宽分量要重质量要好地位要高。班长告诉我说，这块大青石当年是他班长的位置，而他当年的位置是我现在坐着的这块小石墩。后来他的班长走了我来了，他的位置才挪到了大青石上，而我的屁股也才放在了小石墩上。

据传，我们这个通信哨所自诞生之日起，这两块石头便定居于此了。但谁也闹不清它到底来自何方起于何时，唯一可以指出的事实是，班长和班长的班长以及班长的班长的班长的屁股全都实实在在地在这两块石头上坐过，而且一坐便是二十个春夏秋冬。如今，当年棱角分明锋芒毕露的石头，早已变得光亮似镜圆滑如球；若是面对石墩深吸一口，还能闻到一股深远悠长的屁味。于是每当太阳下山的傍晚，我独自坐在这个小石墩上苦苦等待“风景”时，我便让我想象的鸟儿飞过往日曲曲弯弯的岁月，去寻觅班长和班长的班长们二十年来苦苦等待的秘密，可我至今也没弄明白他们到底是靠什么等到了今天。当我想象着他们当年坐在这石头上学《毛选》、背《语录》，面对星空促膝谈心的种种动人情景时，心里总会涌起阵阵缅怀先古和憧憬未来的滔滔情感。可俱往矣数风流人物还看今朝。如今的我每当坐在这块石头上，不是看小说玩扑克，便是想女孩思故乡，甚至有时还高高地站在石头上对着阳光灿烂彩云飘飘的天空一边吐痰一边撒尿，以致班长常常不堪回首仰天长叹：唉唉唉现在的兵呀真他爹的一代不如一代了！

忽然，我的耳畔响起一种如同泉水般哗哗流动的金属声。这声音我再熟悉不过了，不用看就知道是发自班长那个长满茧花的掌心。我稍一侧目，果然不错，一对亮铮铮光滑滑的铁蛋在班长的右掌心上正转得欢天喜地如痴如醉。班长业余时间最大的爱好就是玩铁蛋，晚饭后或星期天，班长便喜欢往大青石上一坐，双腿一盘，手掌一摊，两个生机勃勃的铁蛋便在他掌心悠悠地旋转起来。每当这时，他总是面向西南，双目微闭，心平气和，若有所思，像一位苦心修炼的道者，在虔诚地等待着什么。

我知道班长在等什么，等信，一个姑娘的信。三年前班长回家探亲，第一次认识了一位卖冰棍的姑娘。冰棍姑娘虽是卖冰棍的，却有城镇户口。班长归队后就天天等冰棍姑娘的来信。可等来等去，春天过去了夏天过去了秋天过去了冬天也过去了，最后还是连一个字也没等着。奇怪的是，有一天冰棍姑娘突然神经兮兮地来到了部队，而且还一步一喘地爬上了这座荒无人烟的大山，一见班长便醉了似的扯着班长的衣角嬉皮笑脸地要班长领她去看发射卫星。班长虽然有些不好意思但还是心花怒放，说，这放卫星又不是老家放风筝，哪能想放就放想看就看呢？冰棍姑娘挖了班长一眼，然后小嘴一噘，说，行了行了那你就先领着我去转转吧！班长便领着冰棍姑娘围着哨所重复转圈。冰棍姑娘用了不到十分钟便把小小哨所转了三圈，然后年轻的脸蛋眼睁睁地看着看着就变得古老起来。

半晌，冰棍姑娘开始发问了，班长同志，你不是说你是放卫星的吗？

班长说，是呀是呀我是放卫星的呀。

当兵的还骗人！冰棍姑娘噘了噘小嘴。

班长说，我怎么骗人了？

冰棍姑娘说，你刚才还说你在这山上的任务就是守护这十二根电线杆，可你怎么说你是放卫星的呢？

班长说，哦姑娘亲爱的姑娘，守电线杆和放卫星关系非同一般。你可别小看这十二根电线杆，发射卫星时要是线路出了毛病，不能保证通信畅通无阻，就好比一个人突然被割掉了耳朵。

冰棍姑娘说，既然电线杆这么重要，那你就在这儿守一辈子电线杆吧！说罢，冰棍姑娘脱下高跟鞋，往脖子上一挂，而后挥了挥小手说了声“拜拜”，便屁股一扭一扭地下山去了。

我曾劝告班长算了算了，就让那个冰棍姑娘像根冰棍一样化掉算了。可班长只摇头只叹气什么也不说，每天照旧坐在大青石上望着远方搓着铁蛋。我说班长你干点别的不行吗怎么老玩铁蛋？班长无名火起，冲着我便是一通大吼大叫，你他妈上山才几天懂个屁，这孤零零的山上日子要一天一天过下去，我不玩铁蛋难道玩你的卵蛋？我心想也是的，这个通信哨所虽然叫个“所”，但长年累月就我和班长两个人，除了白天夜晚看守十二根单身汉似的电线杆，再也无事可干，不玩铁蛋难道真的玩卵蛋？

其实天下寂寞是一家。记得我刚上山时什么都不怕，就怕过星期天，一到周末体内就会涌起一种周期性的骚动和不安，总感到山上的日子像老鼠洞一样无聊透顶空空如也。每当我实在熬不住时就问班长，班长这日子咋往下过呀？班长总是打着哈欠说，莫急莫急慢慢来，也许等到明年就好了。要是实在难受，就蒙着被子睡他一觉，这是我的老班长给我留下的经验。我说班长我不能蒙着被子睡觉，一蒙上被子就……就想。班长说，想也没用。于是我便开始学着睡觉，特别是到了星期天，我就蒙头睡他一天。有时运气好了，还能做上一个圆圆的白日梦，不是梦见惊心动魄的“风景”，就是梦见中学时代的女生……

班长，你知道桑拿浴吗？

啥药？

桑拿浴。

这药是治脚气的，还是治阳痿的？

咳！是“浴”不是“药”。就是洗澡的意思。

哦，我明白了，就是拿桑叶熬上一锅水，洗澡，对吧？

还说什么呢？我本来闷得难受想和班长聊上几句，谁知一下败了情绪。我抬腕看表已近 8 点，可那惊心动魄的“风景”依然不见踪影。

忽然，远处传来阵阵骚动声，我定睛一看，满山遍野的人群黑压压好大一片。我恍惚大悟：原来今天晚上苦苦等待的，并非傻瓜我一个。我心里一下获得了某种平衡，像自己掉了手表，别人也丢了钱包。

一阵寒风刮过山梁，我打了个冷战，忙缩了缩不该过早伸长的脖子。这时，班长掏出一个圆圆的小酒壶，轻轻荡了荡，然后脖子一仰，便美滋滋地独饮起来。我说班长，你小心点别喝醉了。班长说，要真醉了倒好，就怕醉不了，你也来两口吧，这玩意儿可是人生一大宝人人离不了啊！我说班长，我不喝，你还是搂着我跳跳舞吧，我已经冻得实在受不了啦！班长晃了晃酒壶说，我早就跳够了也不想再跳了，跳五跳六你就自娱自乐自己跳给自己看吧！

于是我搂着屁股下的小石墩便开始跳了起来。

嘣嚓嚓、嘣嚓嚓。石头很硬很沉，手感极差，没有姑娘的柔软只有男人的坚挺。但我尽可能让我的想象温柔些浪漫些性感些，以鼓励我每个沉重的步点都充满轻快充满欢乐。嘣嚓嚓、嘣嚓嚓……遗憾的是，不管我如何装模作样，无论我怎样情深似海，依然换不来潇洒的舞姿和欢快的感觉。

此刻的山谷依然没有情况，好像一切都在等待之中。世界早已睡去，听不见鸟叫，听不见虫鸣，听不见风啸，听不见人声，唯有大自然那沉重悠长的鼻声在山谷轻轻回响。我像一个斗败了的斗士，重新坐回石板上，焦急地望着那片黑沉沉的谷地，盼望着那人间最惊心动魄的“风景”快快升起。但山谷依旧沉默。于是我想对着大山哭泣向着夜空呼喊，恨不得这平静的世界赶快来点什么，比如电闪雷鸣，山洪暴发，比如大雨滂沱，房屋垮塌，甚至真想一下扑过去和班长打他妈一架！

天只顾埋头继续往下黑着。突然，我发现今晚仿佛才是一个真正的黑夜。黑得宁静，黑得深沉，黑得奇妙。但我又分明感到，这黑夜太沉重了，沉重得让人透不过气来；这黑夜太漫长了，比他妈旧社会还长！我好像已经等了几天几夜几月几年，不，仿佛从躺进母亲子宫那一刻起就开始了等待。记得我儿时最喜欢吃的是糖葫芦，可每次缠着妈妈买时，妈妈都说等明天吧明天吧；等到明天妈妈又说，等过年吧过年吧；等到过年妈妈又说，好孩子乖孩子，你要好好听话，妈妈实在没钱，等你长大了自己挣钱去买吧！我好不容易等到长大等到高中毕业，可等待我的又是待业！莫非人生的主题就是等待？难道生命的过程就是一个等待的过程？等待岁月的鞭打，等待希望的折磨，等待死亡的来临。二十三年来，我所有的日子仿佛都在等待，从等待开始，到等待结束。我不知道我在等待什么，更不知道我会不会等到一个什么。但我总是认认真真老老实实地在等、在等、在等。除了等，还是等。好像等，本身就是希望就是目的就是生命的最佳存在方式。一如人人都知道自己终有一天会死，但还是绞尽脑汁费心机地活着，而且还活得像永远都不会死一样。

后来的日子就更难熬了。

高原的夜，越来越冷。山风呼呼地刮了起来，天空也下起了小雪。片片雪花纷纷扬扬飘飘洒洒，落在我的头上脸上脖颈上。我时而感到像少女柔情的指甲在偷偷搔着我的脸颊，时而又觉着像冰凉的刀片在轻轻剥着我的皮肉。我伸出舌头，接住片片雪花，用舌尖细细地舔着、舔着。我一边舔，一边在心里呼唤着妈妈呼唤着恋人呼唤着那人间最惊心动魄的“风景”。然而，夜色依旧山谷依旧等待依旧。到后来，我竟莫名其妙地流出了眼泪。泪水有点苦，还有点涩，又苦又涩的泪水伴着雪水，很快便在我二十三岁的脸上刻下两行冰冷……

我忽然感到，这雪夜的等待很像一种上不沾天下不着地的游戏，太痛苦太漫长了！我想拍拍屁股一走了之，又不甘心；想继续等下去，又怕什么也等不到。如同一个初次上阵的赌徒，本来已经输了一盘，但又总指望下一盘还能捞回来，结果越陷越深苦不堪言难以自拔。

班长，你让我想点什么吧。

最好啥也别想。

我……我等得好难受呀。

那……就想想那“风景”吧！

于是，迷迷糊糊中，我抖开了我年轻有为的想象的翅膀，对人间那最惊心动魄的“风景”展开了如临其境般的幻想。渐渐地，我血液开始奔腾心儿开始狂跳，一种酒醉后的飘然缓缓荡遍全身。人间那最惊心动魄的“风景”仿佛就飘挂在夜空，一种终生难得的殊荣和幸福感似乎正从脚后跟悄悄爬上眉梢。

这时，屋里的电话骤然鸣响。我触电般一跃而起，以最快的速度抓起了话筒：

喂，喂喂喂！

你是牦牛山哨所吗？我是连长。

连长你好，现在发射情况怎样？

因气候原因，今晚的发射，取……取消了。

啊……取消了？那啥时再……再发射呢？

大……大概，明天吧。

啊，明天？还要等到明天还是大……大概！我扔下话筒冲出房门望着夜空，想哭哭不出声，想叫叫不出音，想大声骂上几句却又不知道该骂什么不该骂什么。天还在黑风还在刮雪还在飘。我像根电线杆似的立在苍天与大地之间，任凭夜的压迫风的抽打雪的清洗。我恍然感到，黑夜像个布满游戏的阴谋，让我陷入一个无底又无盖的黑洞之中。我想问班长这是为什么，扬起的舌头又停住了。

此刻，班长依然坐在大青石上，不吭不哈稳如磐石，右手还在玩着铁蛋，左手依然握着酒壶，照常独自有滋有味地饮着，好像什么事都不曾发生也不会发生，老练得如同一位千年道长。我愤怒地冲了过去，抢过班长手中的铁蛋扔在地上，再一把夺过班长手中的酒壶举在空中，而后咕咚咕咚咕咚，一口气便喝了个百年难得的大糊涂。

我很快便倒下了，倒在一片温暖的雪地上，就像躺在了初恋情人的怀抱里。天在旋转地在旋转人在旋转。血液在燃烧激情在奔腾眩晕在漫延。我鼓足吃奶的劲头，依然还在心里千声万声地呼唤着那人间最惊心动魄的“风景”，可眼前一片虚幻一片空白一片迷迷蒙蒙。我很想看见点什么也很想看清点什么，但我什么都看不见什么也看不清。渐渐地，我闭上了多余的眼睛，在似醉非醉似睡非睡似醒非醒之间，仿佛又开始了下一个什么的等待……

1986 年 6 月 9 日

花太阳

一

他醒了。轻轻侧了个身，却不肯睁眼，想让自己永远躺在梦里。

梦，又是那个梦，那个曾经反反复复死去活来荡悠在童子岁月的梦。似早上像傍晚，像天上似人间，一轮太阳从大山的背后缓缓升起，圆圆的，大大的，红红的，像一团开放在山巅的花朵。他不由自主地向太阳跑去，一边跑，一边蹦着、跳着、喊着："花太阳！花太阳！"花太阳越开越大，越开越红，时隐时现，朦朦胧胧。他加快步子，伸长双臂，想将花太阳一把捉在手里，可就是捉不住抓不着，脚下似有一万道门槛，整个身子像被困在一个螺旋似的圈里，刚绕出一个圈，又钻进了另一个圈，结果绕来绕去总有绕不完的圈。他感到累，很累，想停下来喘口气，或者干脆躺在地上睡他一觉，再也不要醒来不要醒来。然而，那迷人的花太阳就飘浮在眼前，诱惑着他，折磨着他，燃烧着他，照耀着他，他想停也停不住。于是他只好那么不停地跑呀跑，既不知从哪里来，又不知跑向何处……

一睁眼，花太阳没了，唯有自己直挺挺地躺在床上。

他先伸伸腿，再挪挪屁股，然后将后脑勺靠在墙上，两道似醒非醒的目光便开始在小小的茅屋里巡视起来。

这是习惯。每早一睁眼，他总是先在屋里寻找有生命的小伙伴，或是一只蚂蚁，或是一条小虫。总之，他一定要寻找到一个活脱脱的生物，仿佛只有这样，才能证明自己的确还活着。

一只蜜蜂，蹲在墙角一个破烂的蜂箱上，双膝像被胶水粘住了一般，像在哭，又像在笑。这是一只工蜂，他一看便知。蜜蜂望着他，点了点头，像是表示问候：小花匠，你早！

他的心像被蜇了一下，皱了皱眉，狠狠瞪了蜜蜂一眼。蜜蜂缩了缩胖乎乎的脖子，很不好意思地捂住了红红的脸蛋，那娇羞委屈的样子像是在说，不叫你小花匠，又叫什么呢？

小花匠把目光转向一边，不再搭理蜜蜂。此时，他唯一的伙伴，一条叫花花的狗已像往常一样坐在了墙角的花盆上，正痴痴地望着他，眼里满含期待。花花白爪、黄皮、花耳朵，高大凶猛，咄咄逼人。凡见过的人，都说花花长得酷似豺狼。但酷似豺狼的花花暗地里却温柔可爱，极富人性。只是不知从何时起，养成了一个毛病：穿两个兜的战士来摘花，它又蹦又跳，又叫又咬；穿四个兜的干部来摘花，它却视而不见，不吭不哈。于是有人说，这是狗种的进化。

他每天早上第一眼见到花花，眼里总要流露出那么一点对不住的意思。他觉得花花活得太累了，日日值勤，夜夜站岗，从不偷懒，从不贪睡，无论你什么时候睁眼，花花总是认认真真地醒着。所以，每次见到花花，他总要想起花花的老主人——一个腰上总是吊着一个小酒壶的彝族老爹。听老班长说，这间小茅屋原来是彝族老爹专门养蜂的蜂房，十几年前部队来这儿创建卫星发射场时，因发射场绝对保密，当地老乡必须迁居他乡，于是彝族老爹便率领着他的蜂队和花花移居深山老林了。然而奇怪的是，半年后一个阳光灿烂的清晨，花花突然又回到了这间小茅屋。据老班长后来回忆，当他第一眼看到花花时，花花正坐在门槛前的一个花盆上，一边晒着太阳，一边玩耍着一个不知从哪儿弄来的小小的地球仪。地球仪随着花花的拨弄，悠悠地转着；花花的样子十分激动，非常认真，大有不搞懂地球仪为什么转动决不罢休的学者风度。遗憾的是，彝族老爹一去便再也没有回来，而今即使有人提起，能够记住的，至多也就是那个吊在他腰上的小酒壶。但人们对花花却过目不忘，且越来越熟；而花花对人的认识，也越来越近，越来越深。每当夕阳西下，花花总是趴在茅屋前的石头上，痴痴地望着发射塔，既像是在回忆与老主人一起时那种田园牧歌似的寡淡日子，又像是在默默分享着伟大的人类给原始的菠萝沟带来的现代文明。

小花匠伸腿下床，花花一下便蹿了过来，捧起凳子上的衣裤，毕恭毕敬地递到他的手上，然后屁股一甩，功臣似的坐在床前，观礼般地看着他对准墙角的一个破花盆一阵猛射。

然后，小花匠提起花壶，走出茅屋。浓浓花香，扑鼻而来。他的鼻子耸了两耸，向着11层楼高的发射塔，射出一个响亮的喷嚏。刹那间，满院子的奇花异草像是听见了集合的哨音，唰唰唰，全都扬起脖子，朝他含笑致敬，频频叩首。他踏着落叶，走向团团花簇，像一位将军检阅自己的士兵，似一个国王接见自己的臣民。最后，他停在一片花朵前，两脚分开，与肩同宽，练功一般望着多年来一直注视着小茅屋的发射塔，久久不动。仿佛发射塔就是一部春天的童话，他每天都要认真读上几页。

此时，太阳醒来了。菠萝沟抖开雾的纱巾，一下子变得青春亮丽起来；缕缕炊烟从彝家的山寨冉冉升起，如同有个老头蹲在那儿，一口一口地吸着旱烟；发射场的上空，弥漫了春的气息，几片云霞玩笑似的飘来飘去，像是彝家阿妹捉迷藏时丢失的手帕；而红红的太阳则越升越高，越升越快，像是一家伙爬上了电梯，直往上蹿。

小花匠的眼前顿时幻化出另一个太阳。那是梦中的花太阳，圆圆的，大大的，红红的，像一团开放在山巅的花朵。他的记忆随之滑向童年，滑向家乡那山花烂漫的春天。也是这样一个早晨，他和爷爷一边浇花，一边看日出，一边还悠闲地摆着龙门阵：

“爷爷，天上咋个老是一个太阳?”

“不，孩子，很久很久以前，天上有好多好多的太阳。”

“那有我的太阳吗?”

“有。每个活在世上的人，都有一个属于自己的太阳。”

“那……有花太阳吗？”

“有有有，各式各样的太阳，全都有。”

“爷爷，昨晚我又梦见那个花太阳了！”

“傻孩子，有梦就好，时候不早了，浇花去吧！”

这时，山下指挥大院的高音喇叭响了。

小花匠如梦初醒，忙提起花壶，开始浇花。

二

指挥大院坐落在菠萝沟一块平坦的草坪上，一道高高的土红色围墙隔断了周围的山山水水。小茅屋同指挥大院相距不过数百米，稍一低头，大院便可尽收眼底。

小花匠刚浇了几棵花，眼睛便往下滑了过去。他最先看到的，是雄伟壮观的指挥大楼。楼顶上一个像大锅盖似的银色天线，正对着天空悠悠旋转，天线上反射出来的道道金光，像布满了磁性，让人产生一种想往下扑的感觉；环形跑道上，几十个男女大学生正在跑步，一会儿这个跑到了前面，一会儿那个又跑到了前面，你追我赶，互不相让，但跑得死去活来，最后谁也没跑出那个圈；花圃边上，一个女军人捧着一本书像捧着一块厚厚的砖头，正挺着胸脯向着太阳大口大口地朗读，很有点大白天说梦话的味道。

小花匠困难地将头扳了回来，强迫自己不看，坚决不看。但还没等上五分钟，他那很不争气死不要脸的眼睛，还是忍不住往下频频侧目。

啥时才能像他们一样呢？

小花匠又动情地看了一眼，然后便叹气不止。要是当初自己不离开那里，说不定现在……唉！人这玩意儿也真他妈不是东西，没进去时，死活往里挤；进去了，又拼命往外钻；现在钻出来了，又想往里挤。

也许我该赶快得一场大病。小花匠忽发奇想。或者高烧，烧得昏迷不醒，胡说八道；或者拉稀，拉得皮包骨头，满脸旧社会。他想起八岁那年出“天花”，他躺在床上不吃不喝，三天不省人事。妈妈跪在床前，吓得脸都成了一张白纸。甚至从来对他像寒冬般严酷的父亲，也忙着给他送药送水……那一刻，他感觉自己一下子成了爸爸，爸爸成了儿子。从那以后，他得出一条经验：只要他一生病，就会引起全家的注意，他就变得比平时重要，就可以随便哭随便闹随便骂随便叫，就可以把臭烘烘的尿撒在床上。当兵后也是如此，平时很少有人理他，几个月也很难同连长说上一句话。但他一旦病了，班长、排长、党小组长，还有连长、指导员什么的，都会到床前来看他。这个摸摸他的脑壳，问他烧不烧？那个拍拍他的肚子，问他想吃啥？好像转眼间他就变成了领导，都有点怕他惹不起他的味道。而且，他还可以睡懒觉不出操，不开会不学报，甚至连中央文件都可以不去听。更安逸的是，有一次拉肚子脱了水，还被抬上了团长的吉普车。实事求是地说，虽然那次他不是坐在车上而是躺在车上，但不管是坐还是躺，反正是在车上。

小花匠正胡思乱想，通讯员一蹦一跳地从山后蹿了上来，冲着他便直喊：

“小花匠，团长有事请你到他家，快去快去!”

团长咋会请我去他家，我咋可能到团长家呢？望着眼前还飘着奶味的通讯员，小花匠不相信他说的是真话，又希望他说的不是假话。

“我要骗人，就是这条狗!”通讯员指着花花，表情十分认真，一张急得想哭的脸，像一本刚翻开的小人书。

然而，望着阳光下高高矗立的发射塔，小花匠却久久挪不动步子。

三

楼梯真难爬，一层又一层。

小花匠稳住肥实的脚，在光洁的楼道上轻轻跺了两下，一股花香与粪臭的混合气味顿时飘散出来，弥漫整个楼道。

团长找我干什么呢?

小花匠来团长家，这是第一次。他从来没想过，也不敢想。活了二十多岁，认识的最大的官，就是团长；最崇拜的也是团长。他听老班长讲，团长是个苦命人，从小爱得病，四岁死了爹，五岁死了娘，六岁成了放牛娃。老家闹蝗灾那阵子，团长还光着屁股露着小鸡当过叫花子。可团长很了不起，硬是咬着牙忍着泪，一天一天地活了过来。老班长还告诉他说，团长在大西北戈壁滩的时候，就亲自参加过发射卫星的任务，那个红色的发射电钮，就是团长那根又粗又壮又大又长的大拇指按动的。而且发射成功后，在庆功的晚宴上，团长还与司令员合过影。现在的团长虽说已是一脸皱纹满头白发，但总算当上了团长!

团长家的门虚掩着。小花匠正了正帽檐，理了理衣服，系了系鞋带，然后又捏了捏裤包里那包刚用高价从烟摊上买来的“金丝猴”，这才往门前挪了两步。他刚准备敲门，却一眼瞥见杏黄色的门框上，趴着一个樱桃似的电钮。那是门铃，他在电影里见过。他伸出手，刚想按，手臂情不自禁地便在空中哆嗦了一下。这电钮是我按的吗?他想起山下指挥大楼里那些神气得像公牛似的大学生，人人戴着金丝边眼镜，个个穿着白大褂，坐在光闪闪的电镀椅上，轻快地按着各种樱桃似的电钮，就像家乡的小队会计随手拨弄着算盘珠。

他的手又缩了回来。

忽然，他见樱桃似的电钮上爬着一只棕色的蚂蚁。蚂蚁肥胖健壮，头颅高扬，双手紧紧抓住电钮的上沿，两腿弹簧似地蹬着下端，活像一个死死抓住岩壁的登山运动员!

难道蚂蚁也想按电钮?小花匠心里陡然涌起一股酸溜溜的滋味。他对准蚂蚁，呼地吹出一口热气，蚂蚁一个跟斗便栽倒在两米之外的楼口上。但很快，蚂蚁打了个滚，或者说翻了个身，沿着楼口居然又往上爬了起来。

小花匠被蚂蚁的壮举惊呆了！望着一寸一寸往前爬行的蚂蚁，他被感动得真想喊上两句口号。

他再次伸出手去，坚定地按响了团长家的电钮。

“报告！”

“进来。”

团长带痰的声音从门里飘出，瓮声瓮气，像刚从泡菜坛里捞出来似的。小花匠左手推门，右手准备敬礼，可进门后却不见团长的影。屋里没有开灯，光线略显灰暗，一只花猫蹲在灶台上，两眼车轮似的闪着绿光，看贼似的盯住他。他心里咯噔一下，仿佛全身的毛孔都在哧哧地冒着凉气。他稳了稳心，又试着往前走了几步，还是不见团长。

“坐吧，坐吧！”

团长的声音从背后忽然响起，像是有人在他腰上猛地掐了一把。小花匠急忙转过身去，一股说不上是臭还是香的气味顿时理直气壮地钻进他的鼻孔。

咳！原来团长在蹲厕所呢。

团长家真好，连空气仿佛都流动着一种高贵的幸福。小花匠坐在客厅的沙发上，最先看到的，是写字台上放着一个说圆不圆说扁不扁、花花绿绿红红黄黄的像西瓜似的小玩意儿。他走近一看，原来是个地球仪。他记得哪本书上好像说过，大人物家里都放着一个地球仪，闲着没事时，就伸手随便拨弄几下，全世界一下子便会像潮水般向你涌过来；还说有一个什么大人物，只要给他一根打狗棍，就能撬动地球。

大人物真的就那么厉害吗？

小花匠想着这些时，手就好像被人捉了过去，不由自主地就拨了一下写字台上的地球仪，地球仪果真就悠悠地旋转起来。刹那间，日本、朝鲜、越南、老挝、加拿大、新加坡，纷纷从他胸前滚滚而过，半个地球仿佛都滚进了他的心中。他先是惊悸、震颤，继而是兴奋、狂喜，像一个正在吃奶的婴儿，忽然一下靠上了母亲的胸膛。

小花匠猛然想起老班长说过，地球每天都在转圈，人因为居住在地球上，所以每天也在转圈。记得自己当时想不通，就问老班长，你说地球和人都在转圈，我咋看不见人在转圈呢？老班长笑了笑说，因为地球转人也转，你在转他也转，大家同时都在转，所以谁都看不见别人在转，也感觉不到自己在转。但他至今也没弄明白，为什么地球非要转圈呢？

小花匠忍不住又拨了一下地球仪，唰唰唰，地球仪又以更快的速度旋转起来。美国、苏联、英国、法国、巴基斯坦、澳大利亚等国家，统统从他胸前滚滚而过，整个地球仿佛全都滚进了他的心中。

这时，厕所里传来翻动报纸的声音。他想，团长拉屎还看报纸，学习抓得真紧。看来当领导的就是不一样，无论何时何地，关心的总是国家大事。第一版大概看完了吧？哦，还有二版、三版、四版。

等。

也不知道是否与团长蹲厕所有关，反正就在这时，小花匠突然产生了一个很不应该的念头：想放屁。可他从小就听爷爷讲过，在别人家放屁是件丢人的事情。他决定用意志，强行堵住自己屁股的阀门。

忽然，小花匠看见了一张脸，就在面前那个大大方方明明亮亮的穿衣镜里：眼睛大，圆，但缺少亮度，仿佛尽是说不清的困惑道不明的惶乱；嘴唇厚，宽，但厚得不是恰如其分，宽得也不是棱角分明，虽然双唇咬得很紧，不露一颗白牙，可看上去还是像含着一个百年的孤独；鼻子倒挺高，也大，但鼻孔小，鼻梁也有一种直不起腰的感觉。总之整个五官尽管看起来团结严肃，却少了些宽松活泼，好像一张脸皮不够用似的。

这就是我吗？小花匠又看了一遍，像看着一个似曾相识的陌生人。但他很高兴，活了这么多年，除了在小河沟里见过自己模模糊糊的影子外，还从没照过这么大这么亮的镜子。他顺便原地转了个圈，然后学着当官的样子，用脚后跟着地，轻轻走了几步。感觉不错，特别是他上衣下边那两个兜，端庄、高贵、有派，像两幅无声的广告显示着他的价值与尊严。哪像过去的战士服，只有两个兜，空空荡荡，平平塌塌，每次穿在身上，像出门上街忘了带钱，尽是遗憾。

小花匠想起刚转志愿兵的第一天，他刚把四个兜的新衣服领到手里，便急忙跑回茅屋，将门关上，穿着四个兜的干部服在屋里走来走去。接着，他让花花坐在床前，认真观看，还时不时地扯着衣角，问花花，喂，这衣服咋样？花花像位热心的观众，时而点头肯定，时而拍手欢呼，时而还将尾巴高高翘起，不停摇晃，像挥舞着一面啦啦队的旗。

小花匠望着花花，幸福的泪水顿时溢满眼眶，脑海里当即便闪出儿时那个三月的黄昏。那天，一个穿着四个兜的衣服的人来到家里，要拿走一盆他最喜欢的红玫瑰，他抓着那人的手，死活不肯。谁知父亲一下冲了过来，抡起扛过几十年锄头的巴掌，啪地扇了他一个响亮的耳光。父亲的巴掌与他鼻子相撞的刹那间，一股像花朵样鲜红的血猛地溅起，尔后飞过父亲的头顶，准确地落在了那盆像血一样鲜红的玫瑰花上。穿四个兜的人端着带血的花盆走了，他捂着血色的脸质问父亲，那是我家的花，他凭什么要拿走？父亲说，傻儿子，那是公社的干部呀！从此，“干部”二字便像烙铁样烙在了他的心。当兵后，苦活脏活累活他样样抢着干，不为别的，只图早日提干。可四年多过去了，他眼看就要提干，却被一个比团长还大的官的儿子给顶替了。好在全团就数他养花养得好，尤其是给领导养花养得好，才侥幸转了一个志愿兵。志愿兵虽然还是兵，不算干部，但军装却是四个兜，总比当战士穿的两个兜强。

小花匠正想着，忽见有只花猫也出现在了镜子当中。他愤怒地回头一看，原来一束阳光透过窗棂投射在地上，映出一团圆圆的光斑，活像一张金黄色的小饼。花猫聚精会神地用两手抓着地上的“小饼”，抓一下，举在眼前看一下；再抓一下，再送到鼻前闻一闻。可抓来抓去，“小饼”就是抓不到手里。花猫对此好像觉得很奇怪，也很生气，又无法摆脱“小饼”的诱惑，于是便围着金黄色的“小饼”转了一圈，又转了一圈，而后才停在那里，认认真真地思考起来。看样子像是在想：明明是张小饼，怎么就是抓不到手呢？小花匠差点笑出声来，笑花猫真是个大傻瓜。他很想告诉花猫，那是一团影，不是一个饼。可转念一想，说了它也听不懂，算了！

厕所又传出翻动报纸的声音。小花匠忙坐回沙发，直了直腰，然后将两手放在膝盖上，等。

渐渐地，小花匠有点坐不住了，像一盘黄花菜，虽已搁在了桌上，却久久得不到筷子的抚爱。他把头靠在墙上，不再想什么，只想不为什么。这样，他反而轻松了许多。

这样真好，这个位置真好！他默默地想着，默默地体味着。要是能坐在这个位置上，听一段音乐，读一本小说，打一次扑克，下一盘象棋，瞧一眼电视，睡一回懒觉，看……他忽然看到一张姑娘的脸。姑娘的脸就在对面的墙上，红红的嘴唇，像被露水打湿过的花瓣；鼓鼓的胸脯，似欲开的花蕾；黑油油的眼睛，正冲着他发出迷人的微笑；而姑娘这张脸的四周，则是一款精致而漂亮的镜框。

这是团长的女儿，小花匠认识。在弯弯山道上，他常常看见团长和女儿一起散步，可就是不见团长的老婆。听人说，团长的老婆刚随军时，对这儿的一切都感到新鲜，又是烫发，又是抹口红，有时一天还换三套衣服。团长走到哪儿，还总喜欢跟到哪儿。但没过两年，特别是团长当了团长后，不知怎么回事，三天摔锅碗，五天扔脸盆，成天和团长干架，总是吵着要回老家。说团长天天开会，就是没时间和她相会；还说长年蹲在山沟里，这儿不能去，那儿不能看，什么都不能说，啥事都保密，想笑不能笑，想哭不敢哭，甚至连找个人说说心里话都困难，简直像蹲监狱一样！团长老婆如此反复闹腾了好一阵子，后来就真的回老家了。

小花匠又抬头偷偷看了一眼墙上团长的女儿，团长的女儿还是在看着他，而且还是一如既往地看着他笑，便想，要是我是个干部，也在山下放卫星，那……他刚想到这里，便再也不敢往下想了，忙把一双黏糊糊的眼睛转向还在地上望着“小饼”发呆的小猫。

大约又过了几分钟，随着哗啦一声水响，团长夹着报纸终于走了出来。小花匠从沙发上一下弹起，立正，敬礼，然后，掏烟。

团长按了按他的肩膀，亲切地叫他坐坐坐，随后还递给他一支“阿诗玛”，叫他抽抽抽。他很想抽，却不敢抽；不敢抽，又想抽。结果，还是只看了看没有抽。

“你的花种得太好了，我们卫星城简直成了花的世界!”团长坐在沙发上，慢慢吐着烟雾，下巴颏上那颗肉痣泛着红润的光。

“你知道我找你来干什么吗?”

“不……不知道。”

“真不知道?”

“真……真不知道。”

“我想请你帮我做个花架。”

“做个花架?”小花匠难以置信又不可不信，屁股不知不觉就升高了三厘米。

团长摆摆手，示意他坐下：

“等花架做好后，再帮我养上几盆花。至于这花架做成什么样式，养什么花，你是养花的专家，不用我多说。总之，要不一般!”

“团长，您……您放心吧！我……我……”小花匠很想说几句像誓师大会上表决心那样的话，但不争气的舌头又像失去弹性的簧片，发不出半点优美的声响。后来团长又说了些什么，他已记不清了，只有三个字刻骨铭心——“不一般!”

小花匠忘了自己是怎样出门的，只觉脑子飘飘的；等一步步下完楼梯，才感到肚子里有点“那个”。他想了想，又想了想，这才忽然记起那个一直憋在肚里早就想放却又一直不敢放的屁。

四

一切都消失了，菠萝沟仿佛只剩下了三个字：不一般。

小花匠坐在小茅屋前的一块石凳上，一动不动，像是与眼前的花朵比试沉默。山风阵阵荡来，梳理着他蓬乱的头发，像梳理着秋天荒坡的野草。他那土黄色的脸膛上，一双疲惫而黏糊的眼睛，半睁半阖，时关时闭，如同一个正在用功的和尚。

整整一个下午，小花匠用竹棍在地上画了无数个花架，又在“花架”上摆放了无数种花，结果还是令他深感失望：太一般！

什么样的花架才叫“不一般”呢？小花匠望着花，花也望着他；半开的花瓣像张女人漂亮的嘴，却说不出一句人话。他轻叹一声，沿着花径转了一圈，又坐回石凳上。

夕阳悄悄隐去，白天的热气开始从地面升发。一只蚂蚁偷偷爬上小花匠的脚踝，穿过汗毛的森林，正向他腿部进军。蓦地，他觉着裆部一阵痛痒，忙一把抓去，谁知却抓在了男人最不该抓的地方，他忍不住“啊”地叫了一声。

蹲在旁边的花花听见主人的惨叫，叼起一朵落花，忽地蹿了过来，头一扬，甩鼻涕似的将嘴上的花朵抛在了他的手上。而后，花花汪汪汪地叫了几声，便像臣仆朝拜皇上般跪在了他的脚下。

小花匠一边用手指轻轻梳理着花花温柔的后背和蛇一样圆滑的尾巴，一边顺着菠萝沟方向抬眼望去，只见一片片一簇簇鲜红的杜鹃花，在夕阳的映照下，宛若团团跃动的火苗。于是他的眼前开始出现了另一个山沟，那是他家乡的“鸡公湾”。鸡公湾是花的世界，每年春天，蒲公英、野百合、黑玫瑰、红杜鹃、紫丁香、牵牛花，还有许许多多叫不出名的野花，满山遍野，俯拾皆是。他虽然从小生长在一个世代不变的山沟里，但那像太阳般照耀着他的花朵，却催促着他的生命，诱惑着他的心灵，激励着他的精神，为他的童年平添了颜色与亮度、希望与善美，同时也给他留下了一堆漂漂亮亮的童话和总也讲不完的故事。

那年，他才三岁，一脚踏进的便是一个花的世界。他家世世代代都是种花匠，父亲每次一出门，便用一根草绳，将他拴在家门前的一棵黄桷兰树下。于是，他人生最初的旅程，便是抓着草绳围着树干转圈。转累了，就躺在地上望着花朵似的太阳随便胡思乱想；想不通，就翻过身看着太阳似的花朵傻傻乎乎地笑；笑够了，就开始同花朵咿咿呀呀地聊天；聊饿了，再一把捉住花朵塞进嘴巴，等苦涩的花汁渗进心里，才晓得花朵只可看不能吃。

十七岁那年，还是连长的团长去他家乡接兵，他每天偷着给团长送上一束鲜花放在窗前。后来，被团长发现了，把他叫到屋里，问：

“你为什么给我送花?”

他见团长一脸和气，虽然穿着四个兜的军装，却一点不像生产队或公社那些同样穿着四个兜衣服的干部，便红着脸说：

“我想跟你去当兵。”

“为啥要去当兵?”团长问。

“我……”他嗫嚅了半天，最后还是说了，“我想穿……穿四个兜的衣服。”

团长摸了摸他补丁累累的衣服，捏了捏他那柴火棍似的胳膊，再也没说一句话。

离开家乡那天，爷爷偷偷塞给他一袋名贵的花籽；母亲拉着他手直抹眼泪：“儿子，去吧，到队伍上好好吃顿饱饭!”父亲却把牙齿锉得嚓嚓响：“你小子要混不出人样，别回来见我!”

然而，当他参军来到卫星发射场时，方才知道，那个世界原来并不是为他准备的。卫星城里除了像他这样的少数勤杂兵外，不是清华的才子，就是科大的高徒；不是工程师，便是科学家。他们或编卫星程序，或按发射电钮，一个个全是身穿四个兜的干部！而他，一个只上过小学三年级的农村娃，跻身在一个连烟灰缸都弥漫着现代文明气息的圈子里，犹如错把筷子摆进了西餐厅。部队里那一个个上升的台阶，于他犹如水中的莲花，脚刚一踏上去，眨眼便沉没水中；脚一旦缩回来，马上又冒了出来。他存在的全部意义，仿佛只是服从与等待。

后来，为了躲开那个世界，他主动要求去种菜班，来到了发射塔下这间小茅屋。

刚来这儿时，他像一个久离故土的孩子又返回了家园。每天除了翻地种菜，就是蒙头睡觉，整个身心似乎都获得了一种释放似的解脱，甚至连拉屎撒尿都能享受到一种自由舒畅的快感。每当他趴在荒坡的草地上，望着蓝天舒展飘飞的白云，和白云下静默矗立的山峦，就像趴在家乡的田野上，趴在爷爷那长满汗毛的胸脯上，如花的童子岁月便会朝着向他款款走来，一颗畏缩在躯壳里的心好像不知不觉就变成了一朵鲜亮夺目的野花，轻松愉快地长在了大自然的沃土里。

可一年之后，他又有点耐不住了。大自然之母赐予他的太多的温情，使他产生了一种欠债的感觉。一个秋日的傍晚，他忽然想起当兵时爷爷塞给他的那袋花籽，便翻腾出来，撒在房前房后。结果，来年春天，紫红万千，芬芳满坡。不到一年，他种花的美名便传遍了卫星城的每一个角落。于是上山者络绎不绝，索花者纷至沓来，甚至还有人称他为“花神”。后来种菜班解散时，他因祸得福，不但没有被处理复员，反而被团长点名留下，成了专给卫星城养花的志愿兵。

此后，他独居茅屋，潜心种花。每日清晨，他先扫净花底落叶，再提壶浇花；遇上含苞欲放者，便合抱双拳，静静等候，像一个多情的丈夫守护在分娩的妻子身旁；若是逢上花好月圆之夜，他便静坐花前，细细观赏；假如碰上狂风暴雨，他便披着斗笠，打上手电，去花圃一一查看。倘若发现花枝有折，当即以竹扶之；如有花瓣跌落冷土，拾起洗净，再塞进啤酒瓶里，悄悄葬于房后；或用竹签串成花的项链，放进自叠的纸船，再将船儿轻轻摇进清泉。

星期天，他或闭门睡觉，或登山采花，或野地踏青。但他最喜欢的，还是去后山的彝家小寨。小寨里，一树树梨花，一树树桃花，雪白粉红，鲜艳夺目，装点着一个原始古朴而美好纯洁的世界。绿茵茵的草地上，光屁股的娃儿们悠闲地晒着太阳，年轻的妈妈们勇敢地袒露着饱满的乳房，天真的婴儿则横在母亲的怀里，一边吃奶，一边用手按着电钮似的奶头，就像大学生们按着奶头似的电钮。饿了，他们便点燃一堆篝火，嘻嘻哈哈地开始烤土豆。土豆烤熟后，每人抓起一个，先用嘴吹一吹，再放在腿上搓几下，这才扔进嘴里，幸福地咀嚼起来；困了，他们就地一躺，闭上多余的眼睛，然后各自做着自己喜欢的梦。

小花匠每次一踏进山寨，就能听到一声喊："放卫星的来啰!"接着，阿爹、阿妈、阿妹子以及一群大大小小的光屁股娃儿们，像迎接寨王回山一般将他团团围住。然后这个给他核桃，那个给他梨子，并在他的身边摆满各种各样的野花；而年轻的阿妹子们则躲在老人的背后或者树下，向他偷偷传送着一个个羞羞答答的笑。接着，他们就听他讲火箭、卫星，讲发射场、发射塔；讲如何洗澡、洗脚，讲怎样理发、刷牙；讲铜纽扣、红领章、五角星，讲蒋介石、毛泽东、邓小平。总之只要一置身于他们中间，小花匠就觉得自己一下成了一个学者，一个教授，一个伟大的精神领袖，就能获得一种如鱼得水似的满足，就能享受到一种超然于芸芸众生之上的帝王似的快感。

渐渐地，高高的发射塔在小花匠眼里，便慢慢化为一种淡淡的背景。平静而独立的日子就像后山的清泉，没人时就按自己的意志滴答、滴答，有人时就被掬起一捧痛饮几口或被随手扔下的石块溅起几朵无浪的水花，等多余的脚步声逐渐消失之后，再重新归于平静。

夜幕开始降临了。

菠萝沟很快融入肃穆恬静的氛围之中。花朵纷纷垂着头，像患了感冒；一颗黄昏星挂在远天，似一个电压不足的灯泡；而空旷的发射场上，几个男女大学生绕着发射塔低头散步，像在寻找一把丢失了的钥匙。

忽然，一阵吉他声从发射场飘起，驮来一支颤悠悠的歌：

菠萝沟的菠萝哪里去了
菠萝被漂亮的姑娘摘去了
漂亮的姑娘哪里去了
漂亮的姑娘找年轻的军官去了
年轻的军官哪里去了
年轻的军官发射卫星去了

是啊，菠萝沟的菠萝哪里去了？早在十年前，小花匠就问过老班长。老班长说，很久很久前，这儿的菠萝金黄金黄又香又大，漫沟遍野比比皆是。可后来，后来菠萝就少了；再后来，菠萝就没有了。有人说是探险家马可·波罗路经此地时用骆驼驮走了，有人说是红军长征来到这儿时填了肚子了，有人说是被发射场每年的退伍兵给带走了，还有人说是被火箭的燃料给毒死了……到底怎么了，谁也说不清，谁也道不明。不过最后老班长还是说了："等着吧新战友们，菠萝总有一天会有的！"

是的，菠萝总有一天会有的。可如今，年轻的军官们都发射卫星去了，我呢？

想到卫星，小花匠心里便有一种说不出的难受。上次发射卫星那天，下午刚4点，发射场四周的漫山遍野就堆满了人。他只听说晚上发射，却不知道是几点发射，连晚饭都顾不上吃，就坐在石凳上等。可等到太阳下山了，月亮升起了，依然不见卫星升起。后来，他饿得实在受不了了，便起身进屋，想喝点水，再啃上一个馒头。可他的右脚刚刚跨进茅屋，只听山下轰隆一声巨响，顿时地动山摇，茅屋直晃。他转身就往外跑，刚迈出门槛，就被一个破花盆给绊倒了。等他从地上爬起时，火箭早已飞得无影无踪了。而这时，山上山下，呼声震天，一片沸腾！千年沉睡的菠萝沟仿佛一下从梦中醒来，疯狂地跳起了迪斯科。花花也从地上一下蹿起，向着星空汪汪大叫，那副激动万分兴奋不已的傻样，像是在喊："我也看见啦！我也看见啦！"气得他抓起地上的花盆，对准花花的屁股便狠狠砸了过去。

一周后，他带着深深的遗憾回家探亲。刚跨进家门，父亲的双眼便直愣愣地盯在那四个兜的军衣上：

“牛娃，你当干部啦！好，好，总算混了个人样！”

父亲说着，迈开颤悠悠的步子跑到院子中央，冲着邻居们便大叫起来：

“老哥们，我儿子也当干部啦，我儿子也当干部啦！”

他顿时一阵慌乱，想对父亲说，自己是个志愿兵，志愿兵还是兵，不是干部。可左右邻舍的乡亲们很快就拥进家门，像动物园看猴似的将他团团围住：这个捏捏兜兜，那个扯扯衣角；这个让他立个正，那个让他敬个礼，都夸他当了干部真有出息！一个穿开裆裤时的伙伴还拉着他的胳膊直叫唤：

“哎，牛娃，你不是在卫星城当兵吗？这几天报纸和电匣子都在说，你们放了一个卫星，快给我们讲讲吧！”

“对，快给我们讲讲吧！”乡亲们一起吆喊起来。

这意想不到的局面，一时间竟让他惶惶然不知所措：点头不是，摇头也不好。后来，他只好七编八凑哼哼哈哈，把乡亲们糊弄了一个晚上。

但是，第二天，他便成了鸡公湾的头号新闻人物。有人说他当了技术员，有人说他当了工程师，甚至还有人说他就是这次发射卫星的指挥官。猜想不断发展，想象不断演绎，仅几天工夫，就变成了一个神奇的传说。这传说像只快活的喜鹊，在鸡公湾飞来飞去，让他一下子便成了放卫星的大英雄。不是今天东家为他杀鸡，让他讲惊天动地的卫星发射，就是明天西家为他宰羊，让他谈神神秘秘的发射场。每到一处，酒过三巡，主人们便夸他能干有出息，为家乡挣了面子。他当年的小学老师，还专门为他设宴，夸他是最有出息的学生。最后，连当年拿走他家花盆的那个公社干部现在的公社书记，也请他去喝了一通，说他是全公社的骄傲家乡人的自豪，还郑重其事地邀请他去公社作巡回报告。直到这时，他这才恍然意识到，这真诚、美丽的欺骗再也不能继续下去了。于是假期未到，他便借口部队有特殊任务而匆匆逃离了家门……

忽然，山脚下指挥大楼的灯光唰地一下全亮了，像是一下从地上蹦出一千个太阳。望着辉煌壮丽的指挥大楼，小花匠犹如面对一坛香醇醉人的酒，而且这坛“酒”已经打开了盖子，正嗤嗤地往外冒着香气，向他散发着强大的诱惑。他只觉一阵晕眩，目光似乎被什么东西牵引着，越拉越远，越拉越长；一个极不安分的灵魂，好像跟随在目光的屁股后面，战战兢兢地走进了指挥大楼……

十三岁那年，仿佛也是这样一个夜晚，仿佛也是这样一幢大楼面前，他第一次走进了县城电影院。他刚进电影院，灯光叭地一下全灭了，黑暗中他拿着票却找不见自己的位置。正在这时，一个人从他身边匆匆擦肩而过，将他手中的电影票一下就挤在了地上。黑暗中，他急忙蹲下一摸，却摸到一泡浓浓的口痰。他气得连连跺脚，顺手就抹在了墙上。恰在这时，一只手电照在了他的手上。

“妈的，哪来的乡巴佬，乱抹鼻涕！”一个穿四个兜制服的人突然出现在他面前，吓得他膝盖直抖：“我……我找电影票。”

“找票？电影院只卖票，不扔票，哪有票可找！想看电影，到外边买票去。滚！”说着，一双有力的大手将他推出了影院的大门。

但就在那个人转身离去的一瞬间，小花匠突然眼睛一亮，看见或者说感觉有一张粉红色的电影票，就粘在那人的脚后跟上。于是他急忙扑了回去，大声喊道：“我的电影票！我的电影票！”可他刚到门口，影院的大门砰的一声，关上了！

小花匠只好把眼睛贴在门缝上，眼睁睁地望着那张粉红色的电影票随着那人匆匆的脚后跟消失在黑暗之中。他蹲在地上，伤心地流下了眼泪。而此刻，电影已经上演，小花匠搞不清是悲剧还是喜剧，反正各种声响从门缝里阵阵传来，时而笑声朗朗，时而哭声连连。后来，他实在按捺不住，便绕着电影院转了一圈，而后蹲在一个墙角，听了一个晚上的电影……

蓦地，小花匠有一种想拥抱父亲的冲动。我是军队的儿子，团长不就是我的父亲吗？想到此，他真想立即冲下山去，扑进团长的怀里，痛痛快快地哭上一场。然后，闯进指挥大楼，坐坐闪闪发光的电镀椅，按按樱桃似的红色电钮，再扑在一尘不染的红木地板上，翻他几个跟斗打他几个滚！

然而，当他一想到自己是个小花匠，又恨不得将眼前的花朵全部捣碎，甚至希望菠萝沟赶快来点什么，像火山爆发啦特级地震啦发射场失火啦什么的。

唉，人活着，咋个这么累啊？

五

花架终于做好了。

高一米六，上下八层，三十二格。美观大方，新颖别致，能装能拆，精巧轻便，室内室外，四季皆宜。不仅能搁放各种花盆、盆景，还可饲养小鸟、金鱼。

花架的成功，完全得益于一个梦的启示。那天晚上，小花匠到底也没想出“不一般”的花架来，只好回屋睡觉。但他眼闭着，就是睡不着，无数个式样不同的花架如魔方般在他眼前旋转晃动，可看上去全都太一般。忽然，旋转的花架变成了一个亮点，亮点愈来愈红，愈来愈大，渐渐化为那个多次升起在他梦中的花太阳！他正欣喜不已，太阳里又忽然升起一枚金色的火箭，火箭的顶端还坐着一个光屁股的小男孩！他觉得这个小男孩好熟，看来看去，又认不出也想不起这小男孩到底是谁。后来再仔细一看，原来竟是自己！他先是惊讶，接着是嫉妒，继而是愤恨。先前的我早已脱胎换骨，长大成人，这原始的肉团为何还在这里？菠萝沟早已人满为患，在这你死我活的世上，怎能容下两个自己！说时迟那时快，他一下扑上去，揪住那个小男孩便断打起来。可打来打去，谁也打不过谁。后来火箭驮着他和小男孩，继续向太空飞去。渐渐地，他感到强大的自我在不断膨胀、膨胀，很快就将那小男孩消化在了肠胃里，溶解在了血液中。他惬意极了，蓦然回首，不可一世的地球竟像一个长满雀斑的鸟蛋！他得意地大笑起来。忽然，一阵狂风迎面扑来，他一个跟斗便栽落下去，眼看就有坠毁的危险。就在这时，一朵云团横空飘来，将他轻轻托起。他定睛一看，托住他的哪是云团，而是一个非同一般的花架！他大惊大喜，急忙伸手紧搂着花架，就像紧搂着一个别离多年的恋人。花架托着他在云空里继续飘荡，天风习习，彩云飘飘，美妙舒缓的神曲如行云流水般在他耳边悠悠回响。他只觉全身舒畅，像一团云，如一片叶，似一朵花，越飘越快，越飘越轻……

不知何时，小花匠终于醒来了。醒来时，小小茅屋已投射进了光亮，有一种温和宁静的感觉，像狂风扫荡后的港湾，似暴雨洗刷过的天空。他闭着双眼，追忆着梦中的情景，但哪是梦境哪是真实，他已很难分清。留在脑海的，唯有那个花架，那个“不一般”的花架。他跳下床，抓起一支铅笔，飞速地画下了留在脑海的那个花架。

按响团长家的门铃是8点。

这是一个温和的早晨，当小花匠把刚刚做好的花架平稳地搁在团长家的阳台上时，春天的气息正伴着浓浓的花香飘然而至；而多情的阳光也恰在此时准确地洒落在了阳台上，团长家的阳台就比以往任何一天都显得温馨明媚、宽松活泼而又极富诗情画意。

团长绕着花架来回转了一圈，又伸手摸了摸，再用看队列似的目光扫视了一遍，而后连连大声赞叹说：“好！不一般，的确不一般！”

小花匠先是压住喘息，默默地站在墙角，像一个第一次交上作业的学生，等着老师的表扬或者批评；更像一个历经长途跋涉刚刚交上公粮的农夫，提心吊胆地盼望着粮食站的站长快给打个等级。后来，当听到团长那孩子般的叫好声时，他微微发颤的心才发出一声脆响，犹如一朵久遭阴雨的压迫而迟迟未开的花蕾，忽然得到了阳光的照射，倏地一下绽放开了。

回来的路上，小花匠踩着欢快的步点，浑身上下甚至连每根汗毛都激荡着开心的喜悦，就像一个总算一下子还清了债务的穷光蛋，连出气都显得匀称而又有分量了。

从此，小花匠成了团长家的常客。

不久，团长家里一个奇花异草的世界便在小花匠的手中诞生了。花架上，花草相间，几多层次，几多色彩；一株俊俏的小雪松挺立中央，一盆优雅的小文竹形成背景；左有梅花、月季，右有牡丹、玫瑰；上有彩叶苏、马蹄莲，下有瓜叶菊、红海棠；墨兰、素心兰点缀其间，青藤、红花遥相生辉。整个屋子色彩丰富，文静风雅，处处洋溢着生命的气息和春的韵味儿。

星期天，节假日，或者晚饭后，小花匠几乎都在团长家度过。他每次一去，便忙个不停，或剪枝，或培土，或施肥，或浇水，连水都顾不上喝一口。干完养花的活，他就帮团长劈劈柴火，拖拖地板，洗洗锅碗，刷刷厕所。当然，若是碰上节假日，也会坐下来和团长以及团长的女儿一起包包水饺。只不过每次水饺刚下锅，他就起身要走。团长说留下吧，吃了水饺再走。他说不了，回去吃一样。只有一次，团长的女儿说了一句，走，走什么呀？哪有光包水饺不吃水饺的道理。过来，坐下，吃饱了再走。他这才乖乖地坐下来，然后埋着头，细细地吃了五个水饺，就忙说饱了饱了真的饱了。

其实，团长越待他好，他心里越愧得慌，越感到像欠了团长什么似的。每次从团长家回去，他还总惦记着团长家花架上的花，琢磨着下次如何把花养得再好一点，把花架装饰得更漂亮一些，就像一个好不容易才初次恋爱上的小伙，每次同恋人分手后，都要追忆一番约会时的种种细枝末节，生怕有一点点闪失。因为刚入伍时，他还是个孩子，团长在他心中就是一个“党的形象”。至于什么是党，党具体是什么，他并不十分清楚，只是每天听见有人在唱：“党啊党，你是我的亲爹娘!”就以为党是个人，这个人就住在北京。直到一个多月后的一天，在一次连队召开的大会上，他才从指导员嘴里知道，党原来不是一个人，而是一个“伟大、光荣、正确”的组织。但时至今日，他在心里依然把团长看作党。他常常一边抚摸着花花的后背，一边对花花说，团长是个好人哪，要不是团长领我当了兵，我现在还在老家背着粪筐捡狗屎呢！

小花匠越这么想，团长家的花也就越养越好了。慢慢地，他脑袋里就长出些像花儿样美丽的幻想。幻想中，他像一个溺水者，眼看就要沉没水底，一伸手却抓住了一根顺水漂来的木椽。这木椽又长又胖，托着他朝着翠绿的彼岸正慢慢游去……

不久，有人说，小花匠变了。

的确变了。多年来，小花匠一直不会笑，偶尔咧下嘴，比不笑还难看；也不会说，一张嘴就冒傻气。上帝赐给他最大的权力，似乎就两个字：沉默。可自从当了团长家的养花专业户后，他脸上开始有了笑意，话也多了起来。要去团长家，他想啥时去就啥时去，按团长家的电钮，就像摸自己的肚脐眼。团长女儿的照片，他也可以随便看了，而且想看多久就看多久，高兴咋想就咋想。尤其是听团长的女儿讲话时，他心里痒得不行，还会插上几句，尽管有时为了选择一句漂亮的词语而憋得满脸通红青筋爆裂，但他觉得比当年学报纸、谈体会愉快多了。

一个星期天，小花匠浇完花洗了手，团长女儿就邀他跳舞。他羞得满脸通红，忙说不会不会。可随着一只光滑的胳膊像钓鱼竿似的伸了过来，他的身子顿时如同一尾上钩的小鱼，倏地一下便游了过去。

平时，他也用不着再按时上班了。如果有人叫他去拾掇一下花圃，或干点别的事情，他会先把对方看上一眼，然后才流鼻涕似的甩出一句话来：“过几天再说吧，团长找我还有事呢！”而每次到了团长家，想放屁时，他也再也用不着夹紧屁股了，想啥时放就啥时放，想放几个就放几个。

与此同时，小花匠也感到了周围的人对他的变化。凡去团长家的人，只要见他在团长家，先是对他笑一笑，接着便是递烟，便是问好，然后就指着花说："这花长得真好看!"要是在外面，只要他往花圃边上一坐，就会有人主动找他聊天，还亲切地叫他的名字，而不叫他"小花匠"，好像他的名字最近刚刚落实了政策似的。有时一些年轻的妈妈领着孩子路过，也会向孩子介绍说："瞧，这些漂亮的花，就是这位叔叔养的。"孩子便会小手一举："花叔叔好！花叔叔再见!"尤其他那间常年孤独清冷的小茅屋，也渐渐开始热闹起来，晚上总少不了有人去看一看，坐一坐，不是天南海北拉拉家常聊聊女人抽根香烟，就是曲里拐弯问这问那打听点团长的近况。

过去，他每天在山上看到山下大都是自行车、牛拉车和毛驴车；现在，他常常看见山下都是各式各样国产的或进口的小卧车。不少打扮得洋里洋气不知从哪里来又到哪里去的男男女女，也开始像潮水般涌进菠萝沟，好像都到这里寻找菠萝似的。指挥大楼里那些穿白大褂戴金丝眼镜的大学生们，也比原来牛气多了，说起话来又比又画，满脸放光，甚至连打喷嚏都像唱歌。而一些零言碎语也不时吹进他的耳朵，什么上次那颗卫星上天后轰动全球，美国总统、日本首相、海外华侨、台湾同胞都要来参观啦；还有中国要打美国的卫星美国要打中国的卫星啦，等等等等。可听来听去，他还是没搞明白，到底是中国要打美国的卫星呢还是美国要打中国的卫星，或者美国中国都要打卫星?

进团长家门前，他在这里看到的，也是一朵花、一棵树、一座山、一幢楼；进团长家门后，他在这里看到的，还是一朵花、一棵树、一座山、一幢楼。可透过这些，他隐隐感到自己好像又掉进了一个什么圈里，被一双看不见的手时而托起时而放下，时而前推时而后拉，搞得迷迷糊糊甚至惶惶不可终日，不知天上人间忘了昨天今天。

于是，在一个睡不着的夜晚，他脑海忽然蹦出一个大胆的想法：请团长也帮个忙，把他从山上调回指挥大院，再从志愿兵转成干部。等将来回家有人问起时，他也可以拍着胸脯说："老子也放过卫星!"

六

今天有外宾。

早早吃了饭，小花匠就来到指挥大楼门前。好几天没来，花圃里几棵鲜嫩的小草已偷偷拱出脑袋；几棵本不该露脸的花枝也乘机抢占了有限的生存空间；一株野玫瑰被一簇高大的花冠遮住阳光后，也像失恋的少女一改往日娇美的容颜。不过小花匠环视一遍几个花圃的整体外貌后，心里仍有几分得意。尤其是那一片片经过精心嫁接的月季花，色泽鲜艳，洒脱美丽，极富生气；还有绿草地中刚刚建起的梅花瓣水池，睡莲的花瓣恰好浮出水面，一股喷泉悠然跃起，再从空中洒落下来，撑起一把轻纱似的雨伞，罩住整个池面，使大院充满活力又显得风情满满。

本来，小花匠今天是想去找团长的，偏偏又要来外宾。那天，他下了好大决心去找团长，可走进团长家，见团长躺在沙发上，双眼闭合，脸色暗黄，像睡了又像醒着，一绺白发失恋似的散落额前，像一支廉价的小楷默默地书写着一脸的疲累与忧伤；脚前脚后，满地烟头，半截香烟夹在手中，分明已发出皮肉的焦煳味，团长却依然沉睡如梦。结果，什么也没谈成。

他知道，近一个时期来，团长很苦很忙。没有老婆的日子，就像没有太阳的天气，总是不怎么提得起精神。团长每天不是开会，就是学习；不是请示汇报，就是调查情况；不是学习材料，就是翻看文件。那材料和文件也太多了，像老家一片片的红薯地，年年岁岁都在翻，又总也翻不完。

后来，他几次想同团长聊聊，又觉着没有合适的机会。想早上去，怕惊醒团长的美梦；想中午去，怕影响团长休息；想晚上去，又怕打扰团长看电视。再说，他总感到有点不好开口。于是，他等待着，等待中又生出那么点小小的企盼，企盼团长有一天能同他聊聊天，就像小时候和父亲一边浇花一边聊天一样。

其实，团长有时和他一起莳弄花草时也跟他聊，只是聊来聊去，都是他老家那点鸡毛蒜皮的事，比如什么春天的燕子夏天的蝉啦，湾湾流水一条河啦；什么老家的房前有棵树，树下有个磨，磨上有个白胡子爷爷抡着蒲扇摇呀摇啦；如此等等乱七八糟。而且团长每次一聊起他的老家，就像聊起自己的第一个恋人，总是没完没了。聊到高兴处，下巴颏上那颗痣还会泛起幽幽的红光。他曾仔细观察过团长脸上的那颗痣，那是一颗很奇特的痣，圆圆的，滚滚的，像一粒饱满的绿豆。团长高兴时，这“绿豆”会变成肉红色；生气时，这“绿豆”会变成铁灰色；疲累时，这“绿豆”会变成淡黄色；苦恼时，这“绿豆”又会变成酱紫色。他本来很想听听团长聊聊发射卫星的事，可团长就是只字不提。

今天一早，团长指示他要把花圃好好弄弄，说是今天有外宾要来参观。他一听就很高兴。外国人来菠萝沟，这是第一次，活了小半辈子，他还从没见过外国人呢，正好可以一饱眼福。外国人，过去他在电影上倒是见过，不是杀人放火的，就是强奸女人的，今天他想亲眼看看，这外国人到底是个啥逑样？他还听说，这次要来八个国家的人呢！他想起小学时老师讲过，八国联军打中国，打得尸骨遍野血流成河一塌糊涂，因为中国太穷太软太他妈软蛋！现在又有八个国家的人要来，这又是咋回事呢？

想到此，小花匠的心禁不住怦怦跳荡起来，身后像有一根木棍，在啪啪地敲着他的脑袋；又像是一把小小的刀片，在轻轻剥着他的皮肉。他忍不住回头一看，原来自己的肩上，正扛着一个太阳！

这时，一个大胖子参谋挥动着一面小旗，开始轰赶无关的人群。小花匠认得，这是一个从“后门”进来的兵，当年新兵连同他住在一个班，不仅满嘴奶味，连鸡巴上的毛都没长黑，还常把“不害羞”念成“不害差”。可后来打一枪换一炮，今天这样活法，明天那样活法，没几年工夫，就入了党，提了干，还当上了参谋。

“不害差”正朝这边走来，手中挥舞的小旗像柄飘飞的枫叶。小花匠知道自己有被撵走的危险，赶忙一下钻进花圃中。宽厚的花荫犹如一顶帐篷，安稳地罩在他的头上；半肥半瘦的阳光从花枝的缝隙中筛落下来，将他的脸劈成一块块窗棂似的小格；一个花盆躺在那里，他用脚踢了踢，一屁股便坐了上去。

小花匠躲在花丛中闲着无聊，便透过花草的缝隙向外四处张望。一只公鸡陪着一只母鸡，正在花圃边上散步。母鸡体态娇美，步伐轻盈；公鸡高大魁伟，满脸红光，尤其头上那血红的肉冠，如同一面出征的战旗，威风凛凛，挺拔飞扬。忽然，公鸡呼的一声，扑向母鸡，成功地骑在了母鸡的背上。母鸡羞涩地埋着头，默默地享受着幸福的压迫；公鸡则咯咯咯地笑着，好像要让全世界都知道，他啃到了爱的果实。

此刻，大楼门前，彩旗飘飘，锣鼓喧天，几百名男女军官，身穿笔挺的军装，精神抖擞，排成两队。团长神情亢奋，来去匆匆，正忙着组织迎宾的队伍。五十多岁的人了，颠来跑去，左盼右顾，累得气喘吁吁，满头是汗。看来，当官也不容易。

外宾到了。在锣鼓喧天、阵阵口号中，小花匠将目光穿过花枝的间隙，第一次看到了一个陌生而新奇的世界：一辆接一辆的豪华小卧车，缓缓驶进大院。接着，高鼻子、蓝眼睛、卷头发、宽肩膀、胖肚子、大乳房，一个个从车里爬了出来。他们瞪着一双双美丽而惊讶的眼睛，说着笑着比画着，手上没有刀，腰上没有枪，只有脖子上挂个乌鸦似的相机，一脸世界和平，毫无半点阶级斗争。

然后，外宾们迈着轻松的步子，心平气和地向小花匠这边走来。中国的太阳公正地照在他们的身上，菠萝沟的春风平等地吹着他们的面颊。外宾越来越近，小花匠屏住呼吸，一动不动。奇装异服，看得他眼花缭乱；频频闪光，晃得他头晕目眩。一位高大肥胖的金发女郎从他眼前走过，裙裾翩翩起舞，荡起阵阵异国的芳香；大海样起伏的胸脯上，一对兴奋的大奶活泼又团结，就像两个悬在他老家墙上的西葫芦。

团长走在外宾的前面，举止大方，步伐稳健，每说一句话，脸上都挂出夸张的笑。忽然间，掌声四起，呼声震天。小花匠禁不住也鼓起掌来，但又怕鼓出声响，他只好随着军官们鼓掌的节奏，用手指轻轻点着手掌，像是一根面捏的鼓槌，在敲击着没有弹性的小鼓。

小花匠很想钻出花丛，挺胸跨进军官们的行列，但他突然看见了一个很奇怪的现象：在迎宾的队伍里，一个戴眼镜的女大学生正偷偷剪着指甲，连眼皮都懒得抬一下；而那些外宾对这锣鼓喧天、口号声声的欢迎仪式似乎也没多大兴趣，不时将目光跃过土红色的围墙，投向半山腰上那间小小的茅屋和云雾缭绕的彝家小寨。

阳光此刻已变换了位置，从另一个角度投射在了小花匠的头上。小花匠眯缝着眼，望着迷幻似的光束，想象着这光束正照耀着自己一步步走进指挥大厅。忽然，他发现光束中似有无数个尘埃在奋力翻飞着，拼命挣扎着，像一只只被烧昏了头却又不知飞向何处的小虫。

就在这时，他忽然产生了一个强烈的愿望，希望外宾能参观一下他种的花。他刚这么想，团长果然就领着外宾朝这边走来了。团长一边走，还一边指着花圃向外宾介绍。就在这时，“不害差”参谋往前跨了一步，伸手摘下一朵最大最美的月季花，而后双手递到那位金发女郎手上。不料金发女郎却惊诧不已，忽地叫了起来：“NO，NO，NO!”然后使劲莫名其妙地摇着头。但在“不害差”的反复推送下，金发女郎只好客气地将月季花捧在了手上。

小花匠心尖蓦地一颤，浑身的血管犹如解冻的溪流，骤然间狂奔起来，甚至连屁股下的花盆也高兴得嚓嚓作响。他怎也没有想到，自己种的花，居然还捧在了外国女人的手上！

忽然，金发女郎一声惊呼，外宾们很快便向外面拥去。原来，在太阳照耀的山路上，一队彝族同胞弹着月琴，唱着山歌，吹着口弦，说着笑着蹦着跳着，欢欢喜喜，浩浩荡荡，正朝着通往发射塔的方向走去。走在队伍中央的，是一匹精悍瘦小的小毛驴；毛驴上骑着爱情激荡的新娘子，一方蓝色盖头巾遮住了一脸的羞涩与漂亮；一个打着赤脚光着屁股的小男孩昂首阔胸，大踏步地走在小毛驴的前面，一手牵着毛驴，一手举着小竹棍，两瓣大蒜似的小屁股在金色的阳光下闪烁着油黄色的光。

外宾们一个个看得目瞪口呆，如痴如醉。而此时的小花匠，却像个没有营业执照的小商贩，被人突然抢走了一笔好买卖。

蓦地，小花匠见金发女郎手中的月季花一下掉在了地上。掉在地上的月季花被风驮了一程后，很快便跌落在了路边的一个粪坑里。小花匠的心像被人猛地踩了一脚，心底那个唯一让他感到热乎乎的东西仿佛如同眼前的月季花，倏忽间便悄然飘落了。他两眼一闭，便什么也看不见，什么也不想再看见了。

七

小花匠下定决心去找团长，是这个春天的最后一个下午。

这一天，菠萝沟发生了许多意想不到的事情，菠萝沟之外的世界也同样发生了许多意想不到的事情。据说，历史上的这一天，科学家爱因斯坦、波多斯基和罗森三人证明了一种叫 EPR 反论的现象：两种比原子还小的粒子，一经联系，即使在数千年后，相距数光年的情况下，也会相互感应，相互影响。另外，美国发射的一颗地球勘察卫星，在天上飞行了三百六十五圈后，又重返人间。

这些，小花匠当然不知道。他只晓得这一天的太阳醒得很晚，比往日推迟了半个小时还多一点。他一步坚定地跨出茅屋时，第一眼看到的便是从雾中拱出的太阳。他的眼前很快又幻化出另一个太阳，圆圆的，大大的，红红的，像一团开放在山巅的花朵。而在这一刻，他像基督教相信上帝一样，坚信今天的太阳是为他而升起的。

但他刚走到石凳前，便站住了，突然有一种壮士一去不复返的感觉。就像已经竖起的火箭，一旦飞腾，便再也不能回到大地了。于是一股无法说清的缠绵之情，禁不住像地泉般从心底涌了出来。当年，那位彝族老爹离开茅屋时，也是这种心情吗？小花匠瞥了一眼高高在上的发射塔，再看着发射塔下的小茅屋，一动不动。他看得很认真，很仔细，很痴迷，像看一件极其珍贵的艺术品。他企图再回忆回忆自己有关小茅屋的种种情景与细节，再感受感受多年来小茅屋给予他的片片抚爱与缕缕真情，但似乎已经很难办到了。此时此刻，他眼中的小茅屋好像已经失去了光泽，没有了引力与，犹如一部扔在荒原的古老铁犁，被千年的风雨剥去了皮肉，抽走了筋骨。他用了很大的努力，才勉强回忆起小茅屋被冬冻过的瓦片、夏烤过房梁以及老鼠撕咬过的墙洞、蚊虫亲吻过的小窗。

他忽然想起儿时在老家的屋前房后玩耍的情景。光屁股，赤脚板，滑溜溜的头上戴着一顶用花枝绕成的小草帽，在花丛里钻来钻去，与自己的影子藏猫。他每天都要玩耍到听见妈妈叫喊吃晚饭的声音时，才举着一束野花一蹦一颠地跑回已经亮起油灯的小茅屋。想到这些时，小花匠心里便浮起一层淡淡的乡愁，像一支嫩色的竹笛，在青青的田埂边徐徐吹奏着自己的七孔人生。紧接着，我是谁？从哪里来？到哪里去？终归何处？这个流传了百年千年的老问题，又像一位风流少妇般向他缠了过来。此刻，他真想再听到一声妈妈唤他回屋吃饭的声音。但没有，只有山泉咚咚，风儿轻轻。

小花匠侧过身去，凝视着眼前的花朵，久久不动。绿的叶，黄的茎，红的瓣，一束束花朵好似团团燃烧的火苗。多年来，他的青春就是被这火苗燃烧着，生活也是被这火苗照耀着。可此刻，这火苗似乎开始熄灭了，没有了留恋，没有了遗憾。但他又分明感到，自己的心灵深处，依然还有某种说不出的留恋，说不出的遗憾。

这时，花花兴冲冲地来到他的身边，咬他的裤腿，抓他的胸扣，又蹦又跳，扑来扑去，还汪汪汪地叫了几声，像是对他今天的决定表示坚决的拥护。他单腿跪在地上，双手搂住花花的脖子，把脸贴了过去。花花伸出空荡荡的舌头，细细地舔着他的耳朵、鼻子、额头与眉毛，像一位痴情的公主吻别即将远行的王子。然而，当他忽然想到山下那个富丽堂皇的大院时，又感到那个像共产主义似的世界远比这狗更有意思。于是，他推开花花，甩开步子，大胆向山下走去。

小花匠走进指挥大院时，步子开始紧张起来。他想悄悄越过大楼门前，谁也不想看见，也不愿被谁看见。可花圃前，有几个大学生围在那里赏花。虽然他们谁也没注意到他，但在他的感觉中，几位大学生的视线好像全都集中在他的身上。他忙低下刚刚扬起的头，绕过花圃，匆匆走了过去。

这时太阳已经高高挂起，照在了小花匠的脸上。小花匠停下脚步，眯缝着眼，望着太阳，想象着在一个花香飘飘的早晨，他迎着太阳，夹着皮包，迈着名正言顺的步子，昂首挺胸，理直气壮地跨进辉煌的指挥大楼，而后走进更衣室，换上雪白的工作服，在柔美的灯光照耀下，坐在银光闪闪的电镀椅上快活地按着樱桃似的电钮，像家乡的小队会计得意地拨弄着算盘珠……想着想着，他就禁不住笑了，一抬腿，踩着一片绿茵茵的草地，像踩着一片红扑扑的欢乐。这欢乐推送着他，走向苦苦寻求的世界。

楼梯真难爬，一层又一层。

团长此刻在干什么呢？小花匠一边爬着楼梯，一边寻思着。他感到双腿好累，像在一个步点一个步点地丈量着自己二十多年走过的路程。他回想着二十多年来走过的路，这路弯弯曲曲、晃晃悠悠，如同一根悬在山涧的青藤。他在这根青藤上一寸寸地挪动着，就像一个笨拙的杂技演员，扮演着一个无可奈何的角色，一举一动遵从的都是导演的意志。然而今天，他要自己给自己当一回导演，自己给自己做一次国王。

然而，小花匠刚跨进团长家，便一下愣住了！桌椅搬动，横七竖八；报刊资料，撒落一地；小猫蹲在墙角边，两眼半睁半闭，像在回忆着那张金黄色的“小饼”；厨房的水管可能没有关严，滴答、滴答的流水声仿佛在向主人诉说着一肚子的委屈与忧伤。

而此时的团长，则穿着一件没有领章的军装，正忙着在拆那个“不一般”的花架。几个花盆全部碎了，盆中的花草撒落一地。团长动作缓慢，脸上暗淡无光，活像一张失去水分的树皮；而黄土地似的额头上，也爬满了五线谱似的皱纹，每根“五线谱”上，仿佛都谱写着酸、甜、苦、辣，荣、贵、兴、衰。

“团长。”小花匠轻轻叫了一声。

团长停下来，冲小花匠微微一笑，还握了握小花匠的手。小花匠一惊，觉得团长今天的笑，笑得很真实，手也极富肉感，像一个刚刚走下舞台的演员。下巴颏上那颗“绿豆”，也失去了变化，完全就是个实实在在的肉疙瘩。小花匠忽然感到，原来团长也是这样的普普通通，这样的简简单单，这样的实实在在，既不像太阳，也不像月亮，而就像……就像自己的父亲！

小花匠轻轻地向前跨了一步，像问父亲：

“团长，是要搬家吗?”

“不是。”

“是要调走吗?”

“不是。”

“那……”

“党组织已经决……决定，让我转业，回……回老家。”

“让你转业？回老家?”

小花匠的神经蓦地抽搐起来，脸上先是红，后是白，继而变成了青灰色。一颗刚才还年轻有为的心，刹那间像长出了一串白胡子。他忽然想起来了，前不久他曾听人说过，说师长犯错误了，团长是师长提拔起来的……

小花匠不再说话了，只默默地望着团长，像是在默默地读着一本厚厚的书。可这本书他刚翻开第一页，便再也读不懂了，只有站在那里傻傻地想：当兵难，当官难道也难？这个世界为什么总是难、难、难?

小花匠又一次忘了自己是怎么下楼的，有点迷糊，又有点清醒。直到完全走出楼房，回到山上，重新站在了小茅屋的面前，才感到有那么点淡淡的惆怅，像是刚从一个多年苦苦耽留的梦里漏了出来。

许久，小花匠才抬起头来，将目光撒向通红的西天。西天，一抹火烧云在静静地燃烧着，好像在为苍天织着一匹多余的云锦；高高俯视着大地的发射塔，面对菠萝沟的一切，依然保持着惯有的沉默；而浑圆滚烫的夕阳则不慌不忙地向下滑落着，最后终于停留在了山巅上，像是为人间暂时打下了一个昼的句号。

当晚，菠萝沟下了这个春天里最后一场雪。雪很大，下了整整一个晚上。在雪花的伴舞中，小花匠又梦见了那个从大山背后升起的花太阳，圆圆的，大大的，红红的，像一团开放在山巅的花朵。梦醒后，爷爷的话仿佛又从梦中忽然飘来：

“傻孩子，时候不早了，浇花去吧。”

1986 年 8 月 8 日